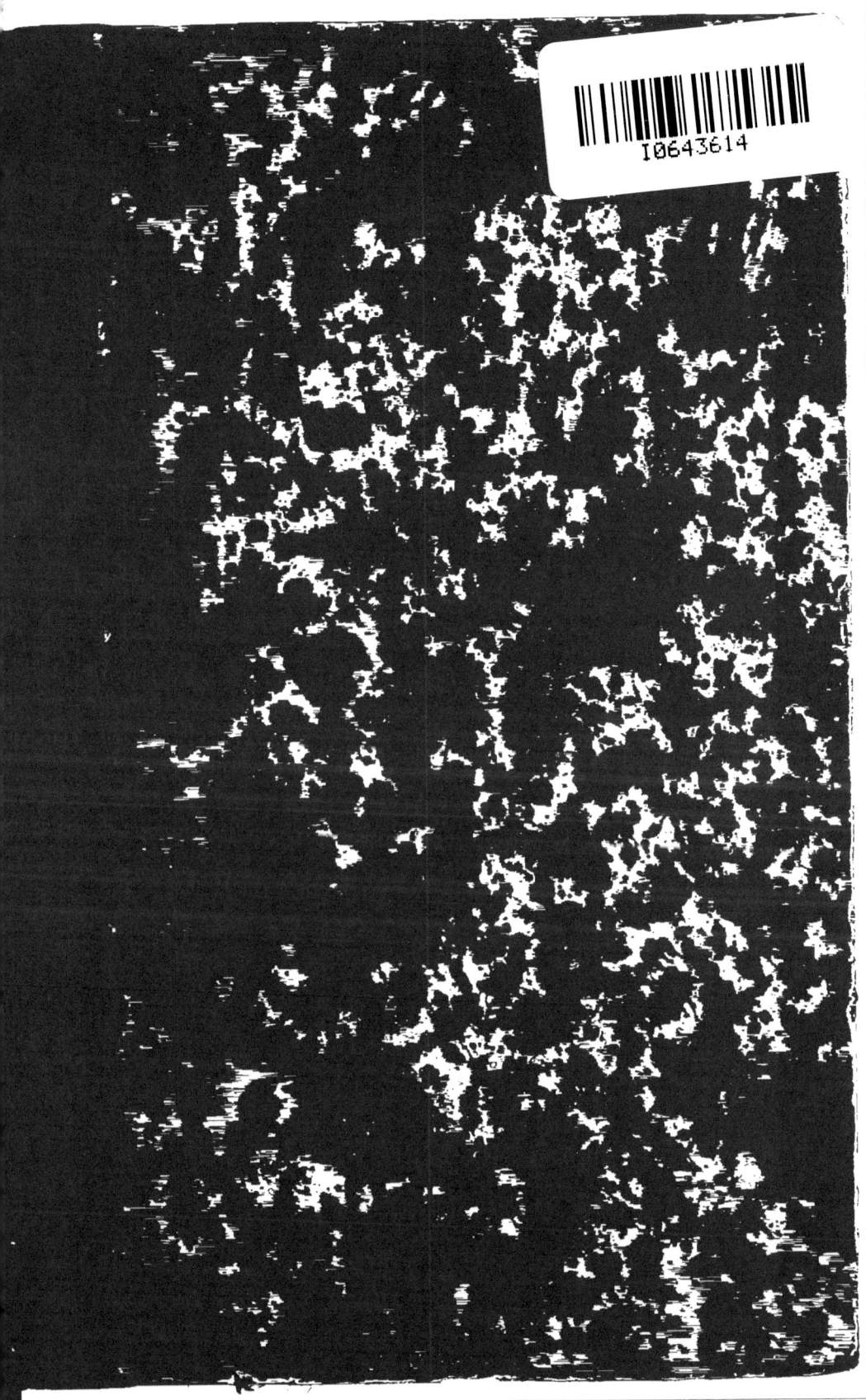

SATIRES PARISIENNES

DU XIXE SIÈCLE

PARIS, IMPRIMERIE DE PILLET FILS AINE

RUE DES GRANDS-AUGUSTINS, 5

SATIRES
PARISIENNES

DU XIXE SIÈCLE

PAR

ÉDOUARD GABRIEL REY

Auteur du poëme *Amour et Charité*.

J'ai cherché à mériter de plus en plus
l'honneur de dire la vérité à mes conci-
toyens.

PARIS

E. DENTU, LIBRAIRE-ÉDITEUR

PALAIS ROYAL, GALERIE D'ORLÉANS, 13.

—

1860

UN MOT, JE VOUS PRIE

— Vous aussi, Monsieur, vous faites de la satire?

— Oui, Monsieur. Pourquoi avoir l'air de me parler sur le ton du reproche? Voulez-vous soutenir la cause de la société? Mais la société n'a pas, ce me semble, le droit de se plaindre de la satire, quand c'est elle-même qui l'alimente de ses folies; si la satire lui déplaît, qu'elle la tue d'un seul coup, en se corrigeant.

— Hum!

« C'est un méchant métier que celui de médire. »

— Le métier ne peut-il honorer l'homme, c'est à l'homme à honorer le métier. L'auteur du vers que vous citez s'est bien gardé d'avoir un trop grand repentir; il savait qu'il faut aux vices un contre-poids; aussi ne s'est-il pas gêné pour appeler les choses par leur nom. Et pourtant, si ma mémoire est fidèle, quoiqu'il eût *dit du mal de tout le monde*, il y avait foule à ses obsèques... On ne s'était plus souvenu que des bonnes intentions d'un homme de bien.

— Boileau avait du crédit, était soutenu par son souverain...

— Je vous entends, Monsieur :

« Tous les discours sont des sottises
« Partant d'un homme sans éclat ;
« Ce seroient choses exquises
« Si c'étoit un grand qui parlât. »

— Eh bien! vous vous condamnez vous-même ; vous êtes trop faible pour diriger vos attaques contre les corps de la société! Vous vous en prenez à plus dur que vous. Vos satires n'aboutiront à rien autre chose qu'à vous créer des ennuis et à prouver votre impuissance.

— J'aurai jeté du moins dans un des plateaux de la balance mon grain de sable à côté des grains de sable de ceux qui m'ont devancé ; un jour, un dernier grain de sable, échappé de la main d'un homme de cœur, rétablira l'équilibre ou plutôt, j'ose l'espérer, fera pencher la balance du côté de la raison. La goutte d'eau qui tombe sur les pieds du colosse finit par user le granit, et le colosse tombe.

— Le colosse des abus ne tombera point de votre temps, si jamais il tombe! Mais ce que vous pourrez voir, ce sera la colère de certaines classes chatouilleuses de la société dont vous avez accusé les travers avec la brutale et mathématique exactitude du daguerréotype.

— J'ai cherché à faire détester tout ce qui n'est pas

amour de Dieu, tout ce qui n'est pas amour du prochain. Convenez cependant, Monsieur, que je n'ai pas
dit de la société tout le mal que je pouvais en dire ;
tandis que, dans un autre ouvrage qui est comme la
préface indispensable de celui-ci, pour faire mieux
connaître et aimer tout ce qui est amour de Dieu, tout
ce qui est amour du prochain, j'ai promené doucement, avec délices, mon lecteur à travers les vallons
émaillés des fleurs de la vertu humaine.

— Aussi les journaux, sauf un seul, qui est fort
peu lu, vous ont-ils prouvé leur bienveillance. Je dois
avouer que vous avez, en reconnaissance, cherché à
profiter des critiques qu'ils ont daigné vous faire.
Même c'est pour vous rendre plus digne encore de la
justice que l'une d'elles vous rendait[*], que vous avez
consacré à la correction de vos satires deux années de
plus que vous n'y songiez tout d'abord. Mais aujour-
d'hui, qui sera pour vous? Vous ne vous êtes ménagé
aucun ami.

— Vous vous trompez, Monsieur! J'aurai pour moi
les cœurs droits, là même où je frappe !

Un mot de remercîment à mon jeune ami et ancien
élève, M. Anthony Bresson, avocat, docteur en droit,

---

[*] M. V. Fournel, dans l'*Athenæum* du 26 janvier 1856, dit : « On
voit que c'est un homme qui travaille ses ouvrages et qui respecte le
public; on le verra mieux en le lisant. »

à mon cher camarade de classes, M. Alph. Renard, qui sont du nombre de ces amis

« Prompts à vous censurer...
« Et de tous vos défauts les zélés adversaires. »

Un mot de remercîment encore à d'autres personnes qui m'aiment assez pour avoir conçu à mon sujet quelques appréhensions au moment où je publie ce livre, mais qui m'estiment trop pour me détourner de mon entreprise.

Paris, 12 mai 1860.

PROLOGUE

LA BUTTE MONTMARTRE. — PARIS.

> Tu me demandes ce que tu dois surtout
> éviter? La foule..... Jamais je n'en rap-
> porte les mœurs que j'y avais apportées;
> quelque chose de ce que j'avais mis en
> ordre est dérangé; quelque chose de ce
> que j'ai chassé revient.
>
> (SÉNÈQUE, *Lett.* VII.)

PROLOGUE

LA BUTTE MONTMARTRE. — PARIS.

Urbi et orbi.
A la ville et au monde.

Un soir, chargé d'ennuis, le cœur gros de soupirs,
Fuyant la capitale et ses tristes plaisirs,
Je glissais à travers l'insouciante foule,
Lasse et folle de tout, qui bourdonne et qui roule
Dans les mille détours de ce Paris bruyant,
Comme des farfadets sur un gouffre béant.
Je cherchais, loin des murs du labyrinthe immense,
Le calme inspirateur pour toute âme qui pense,
L'air plus pur de la nuit, la liberté des cieux,
Qui reposent l'esprit, la poitrine et les yeux,
Au cœur rendent la paix que les soucis lui volent,
Et d'une illusion doucement le consolent.
J'errais à l'aventure et pensif dans les champs
Où Paris vient s'ébattre au retour du printemps;
Mon regard se perdait dans un océan d'ombre.
De Montmartre endormi la masse lourde et sombre
Formait un mur épais entre Paris et moi.
Seul, et n'ayant que Dieu pour témoin et pour roi,

Oh! comme ma pensée ardente, d'un coup d'ailes,
S'élançait de la terre aux voûtes éternelles,
Nageait dans des plaisirs qui ne fatiguent pas,
Et goûtait une vie inconnue ici-bas !
Ah ! je le sens, enfin ! le tourbillon des villes
En élans généreux rend les âmes stériles ;
Le souffle infect du vice étiole les cœurs,
La solitude élève et retrempe les mœurs.
Du Dieu qui la créa, vers qui seul elle aspire,
L'âme alors se nourrit, se pénètre, s'inspire,
Se grandit au contact de la Divinité,
Apprend à respecter sa propre dignité ;
Et, comme le métal, en passant par la flamme,
De l'alliage impur se dégage, ainsi l'âme
Conversant avec Dieu qu'elle avait oublié
Dans le torrent du siècle, a bientôt renié
Les ignobles haillons de la faiblesse humaine,
Regarde avec pitié la vanité mondaine ;
Et, toujours accessible à de nobles douleurs,
Aux pleurs des malheureux elle mêle ses pleurs.

Cependant, j'atteignais la butte solitaire
Qui semble de Paris épier le mystère,
Comme une sentinelle immobile, aux aguets.
J'en eus gravi bientôt les extrêmes sommets :
Un humble cimetière entoure une humble église
Dont la simplicité révolte et scandalise
L'œil fastueux du luxe.... et non l'œil du Seigneur !...
Je contemple et j'écoute. Une sourde rumeur,
Qui vient en tournoyant effleurer mon oreille,
M'apprend que sous mes pieds la sirène encor veille.

Point de repos pour elle; elle est debout toujours.
Des travaux, des plaisirs, là l'éternel concours.
Voilà du monde entier la cité souveraine,
Objet, en même temps, et d'amour et de haine!
Son caprice fait loi; dans le vaste univers
On cherche à l'imiter jusque dans ses travers;
Mais on ne saisit pas sa gracieuse allure;
On fait moins son portrait que sa caricature;
Et Paris qui, de tout, sait rire, avec esprit,
Des autres et de lui; que souvent on surprit,
Même dans ses malheurs, à rire, car le rire
Est un besoin pour lui comme l'air qu'il respire.
Paris éclate alors en joyeux impromptus
Et force sa victime à faire aussi chorus.
Le Ridicule! Il est, moderne Démocrite,
Ton goût, ton élément, ton arme favorite.
Frivole, insouciant, tu ne respectes rien;
Tu frappes tour à tour et le mal et le bien.
N'es-tu pas plus léger que tes folles paroles?
Un même jour voit naître et périr tes idoles;
Les hommes, dans tes mains, ne sont que des hochets;
Tu les a vite usés par mille ricochets.
Impatient, jaloux, d'un seul mot, comme Athènes,
Tu brises les pouvoirs ou tu rives des chaînes.
Tel que les vieux Gaulois sous le fer expirants,
Tu rirais sous le joug des plus cruels tyrans,
Et les ferais sécher de dépit et de honte.
Volages sont tes fils; mais, France, que l'on compte.
Si l'on peut les compter, leurs immenses travaux.
Nos plus graves voisins en ont-ils de plus beaux?

Si tu ne fustigeais que les vices des hommes,
Je bénirais tes coups à l'époque où nous sommes.
Non point que du passé flattant les défenseurs :
J'ose immoler mon siècle à ses prédécesseurs ;
Fils d'un âge mauvais, il est mauvais sans doute ;
Les siècles, peu s'en faut, suivent la même route.
Ils roulent, nous roulons avec eux cahotés
Dans la nuit du mensonge où nous sommes jetés.
Notre œil, de l'objet vrai n'a qu'un vain simulacre ;
Tout n'est que sotte erreur que l'usage consacre.
La Vérité peut-elle habiter ici-bas ?
Alors qu'elle apparut on ne la reçut pas.
Les hommes éblouis, au milieu des ténèbres,
Se sont réfugiés dans leurs ombres funèbres.
« Je suis la Vérité ! Mortels, ouvrez les yeux ! »
Criait-elle. « Je viens à ce monde si vieux
« Arracher son bandeau ; la lumière nouvelle
« Descend illuminer votre sombre prunelle. »
Les hommes, en plein jour, ont nié la clarté,
Et sur le Golgotha traîné la Vérité.

Si tout ce qui m'entoure est nuage et mensonge,
Fuyons, non les humains, mais le mal qui les ronge.
Je ne déteste en eux que leurs honteux travers.
Que ne puis-je toujours célébrer, en mes vers,
Ainsi que je l'ai fait dès ma tendre jeunesse,
Leurs généreux penchants, leur amour, leur sagesse,
Ces grands et beaux travaux pour le pauvre entrepris,
Qui semblent au-dessus des forces d'un Paris,
Et que la charité, dans son zèle, improvise !
Exalter la Vertu fut ma seule devise.

Maintenant aiguisons, sans doute, avec douleur,
Sans hésiter, pourtant, un fer qui, jusqu'au cœur,
Ira toucher la plaie, et, s'il se peut encore,
Extirpera le chancre, hélas ! qui nous dévore.
Poursuivons notre tâche, et puis souvenons-nous
De ne prendre jamais pour le but de nos coups
Que la société, les hommes et non l'homme ;
Pour moi, je n'admets pas la satire qui nomme.
Tant qu'il n'est pas acquis à la postérité,
Un nom, comme un dépôt, doit être respecté.
Les abus triomphants, les mœurs, les caractères,
Les sottises des fils, bien dignes de leurs pères,
A mes crayons vengeurs fourniront mille traits.
Si la société, dans ces divers portraits,
Pouvait se reconnaître et rougir d'elle-même,
Quel doux instant pour moi que cet instant suprême !
Comme elle comprendrait combien il faut l'aimer
Pour encourir sa haine en osant la blâmer,
Et, quand derrière un tort elle se barricade,
Résolûment prêcher contre elle une croisade !

Ici donc, fort souvent, je prétends revenir.
Car tout pour m'inspirer semble s'y réunir.
Sous mes yeux, ce Paris, son luxe et sa misère,
Son égoïsme froid et sa bonté de mère,
Sa mâle activité, son repos énervant...
De vice et de vertu c'est l'emblème vivant.
Là des ambitions qui se heurtent sans cesse,
La folle pétulance encor de la jeunesse ; .
Peuple caméléon, peuple d'une cité
Où l'univers entier se voit représenté.

Voilà pour la satire une mine féconde,
Et critiquer Paris, c'est critiquer le monde.
Ce muet cimetière où l'ange de la mort,
Qui passe et qui repasse, a nivelé le sort
Des hommes oublieux de la même origine
Quand la prospérité les enfle et les fascine,
M'encourage, m'exhorte à traiter sans merci
Des biens et des honneurs qui pourrissent ici,
Alors que de ces dons, cruel dépositaire,
L'homme s'en est gorgé, sans penser à son frère.
Mais de cet humble temple, une douce lueur,
Des plus sombres tableaux dissipera l'horreur ;
Cet auguste rayon pénétrera mon âme ;
Je pleurerai, sans doute, en déversant le blâme ;
Une voix sortira des replis de mon cœur
Et me crîra : « Tu n'es, toi-même, qu'un pécheur ;
« Appelle à ton secours la charité du Maître ;
« En cas pareil sais-tu ce que tu pourrais être ? »

1854.

SATIRE I

JACQUES BONHOMME

Frère, il faut aujourd'hui
Que tu fasses un coup de maître :
Tire-moi ces marrons...
(LA FONTAINE, IX. 17.)

SATIRE I

JACQUES BONHOMME

I

LE BON VIEUX TEMPS. — DON QUICHOTTES PATRIOTES.

Il dolce far niente.
Ne rien faire, douce chose.
    (*Proverbe italien.*)

Le char de l'État navigue sur un volcan
et s'engage dans l'ornière de l'impossible.
    (*Grandeur et décadence de M. Pru-
    dhomme.*)

Vive le bon vieux temps ! disons-nous tous les jours ;
On n'avait à songer qu'aux plaisirs, aux amours,
Libre des noirs soucis, des disgrâces cruelles
Qui pèsent lourdement sur les races nouvelles.
Vive le bon vieux temps ! Alors point de pervers :
Seule la bonne foi régnait dans l'univers,
Et les hommes, exempts de toutes nos misères,
Étaient unis entr'eux comme un essaim de frères.
D'un bonheur qui n'est plus quel suave tableau !
Le Paradis terrestre était-il aussi beau ?

Ce n'est qu'un rêve, hélas! ces aimables sornettes
N'existèrent jamais qu'au cerveau des poëtes.
D'ailleurs ce bon vieux temps, parmi nous si vanté.
Fut-il bien l'âge d'or de la simplicité?
Le manteau de vertu sous lequel il s'abrite
Ne protégea-t-il pas maint et maint hypocrite?
Est dévot aujourd'hui qui veut l'être, et la foi.
Plus libre en son essor. est de meilleur aloi.
Non! plus d'inquisiteurs pour nous suivre à confesse
Fer et flamme à la main; d'accord; mais si la messe
Fut le trait d'union entre l'homme et l'argent,
L'intrigue et la faveur font-ils moins à présent?
Les modes ont changé. l'homme est resté le même;
Tout n'est que froid calcul, perfide stratagème.
— Halte-là! direz-vous; pourquoi calomnier?
Tout se fait en plein jour, on ne peut le nier.
— Oui, j'ai vu, j'en conviens, le plus vil égoïsme
Afficher les dehors du pur libéralisme;
J'ai vu nos beaux penseurs, philanthropes hardis.
Chacun au pauvre peuple offrir un paradis,
Et leurrant son espoir d'un bien imaginaire.
Mettre encore en défaut son bon sens ordinaire.
Mais qu'il a ri le jour qu'un grand logicien.
A l'honnête ouvrier. au noble citoyen
Qui nourrit huit enfants, ses vieux parents, sa femme,
Vint nier la famille, et, dans un livre infâme.
Faisant du genre humain un troupeau de bâtards.
De sauvages poilus nés de mille hasards.
Soutenir, sans pudeur pour nos tendres oreilles.
Que le pénible fruit de quarante ans de veilles,
Est un vol! C'est ainsi que l'on parle chez nous!
On ne rêve pas mieux chez les Toupinambous.

S'ils étaient conséquents dans leurs sombres systèmes,
On pourrait, à la fin, résoudre leurs problèmes.
Mais quoi! vous déclarez, dans un pompeux édit.
Que le fruit du travail, du travail, ai-je dit,
Est un vol, et voilà que, changeant de langage,
Vous décrétez le droit au travail : est-ce sage ?
Mieux valait proclamer : « Soyons tous des bandits!... »
Et transformer en bagne aussitôt le pays.

Pour bien mettre en son jour cette affreuse morale
Qu'ils prêchent à l'envi d'une voix doctorale,
Je veux vous esquisser, en deux coups de pinceau,
Pour un tableau de genre un sujet tout nouveau.
Ne croyez pas, au moins, que j'outre la nature :
Je peins ce que j'ai vu ; j'abhorre l'imposture !
Vous pourrez, s'il vous plaît, composer à loisir
Le fond du paysage et l'orner à plaisir.
Mon héros est un homme à l'aspect morbifique.
Que le peuple malin, dans sa langue énergique,
Appelle un croque-mort. Peu content de son lot,
Il évangélisait alors un pauvre sot
En style relevé de plus d'un mot sonore,
Que dans Boiste ou Wailly l'on n'admet pas encore.
L'adepte, entre deux vins, mais parfait auditeur,
Comme un autre Messie écoutait l'orateur.
— « Frère, lui disait-il, frère, à chaque lanterne,
« Suspendons les ventrus et tout ce qui gouverne! »
Il parlait, et déjà la peste asiatique
Sur l'Europe exerçait sa rage épidémique.
L'infâme!... Chômait-il de ses tristes profits,
De son droit au travail, quand râlait tout Paris?

Pauvre Jacques Bonhomme! on use et l'on abuse
De ta simplicité; bien plus, on s'en amuse.
Le peuple est bon enfant, dit-on, et par le nez
Peut le mener qui veut... Quoi! vous vous étonnez
Que d'adroits histrions, d'habiles saltimbanques,
De leur vil artifice alimentent leurs banques,
En trafiquant du peuple et de sa bonne foi?
Eh! qui ne juge un peu des autres d'après soi?
Le peuple, sans détours, sans arrière-pensées,
Profite rarement de ses fautes passées.
Morbleu! mes beaux Catons, vous qui parlez si haut,
Qui raisonnez si juste et du froid et du chaud,
Vos actions souvent démentent vos paroles,
Et vous aussi, parfois, vous faites des écoles.
Vous ressemblez assez à ce mauvais plaisant
Qui, voyant un badaud qu'un filou complaisant
Déchargeait de sa montre et de quelques emplettes,
Riait, quand de son nez s'envolaient ses lunettes.
Ainsi, Messieurs, quittez votre ton goguenard,
Car vous avez déjà croqué plus d'un canard.
Ils sont plus fins que vous... De quel côté qu'on cingle.
Ils retirent du jeu fort à point leur épingle.
Mais on ne peut toujours en imposer aux gens;
De leurs ruses, enfin, perceront les fils blancs.
Allez, non plus que vous, un jour de mascarades,
Le peuple n'est pas dupe, à toutes leurs parades.
Vous êtes, comme a dit le curé de Meudon,
Un couvercle, Messieurs, bien digne du chaudron *.

* Rabelais, *Prologue*, p. xlvii, t. I, édit. Le Duchat.

II

LA FEMME LIBRE

> La femme ne prendra pas le vêtement de
> l'homme.
>   (DEUTÉRONOME, XXII, 5.)
>
> Les hommes font les lois, les femmes font
> les mœurs.
>   (M. FERD. DENIS, *Sagesse populaire*.)

Qui donc au sérieux, chez nous, a pris jamais
La femme libre, enfant du caprice français ?
Ce fut le comble alors de la folie humaine.
La femme est de nos cœurs l'aimable souveraine ;
Et là se borneront son rôle et son espoir.
En sortant de sa sphère elle sort du devoir.
Elle pratiquera les vertus domestiques
Et ne descendra pas sur les places publiques.
On prévoyait si peu les femmes-orateurs,
C'est tellement contraire à nos goûts, à nos mœurs,
Qu'en formant notre langue on ne prit pas la peine
De peindre par un mot ce rare phénomène.

Hélas ! la femme libre, en ses jours les plus beaux,
Serait-elle Aspasie ou Ninon de l'Enclos,
La vertu se détourne à son aspect profane ;
Quel que soit son renom, c'est une courtisane.
Quand l'âge détruira sur ce front sans pudeur,
Des roses et des lis l'éclatante fraîcheur,

Dans un triste abandon, huée et méprisée,
De sa folle jeunesse en un clin d'œil usée
Qui la consolera dans ses mornes loisirs?
Aura-t-elle un témoin de ses derniers soupirs?

La femme qui remplit son noble ministère
Est notre bon génie, un ange tutélaire,
Le charme de nos cœurs minés par les soucis.
L'homme est roi du dehors, elle est reine au logis.
C'est elle qui soutient d'un mot ou d'un sourire,
Celui pour qui la gloire est le seul point de mire,
Et le console aussi, quand, victime du sort,
Il brise son esquif, dès son entrée au port;
C'est elle dont la voix douce et persuasive.
Au travail sait plier notre enfance rétive;
Qui, soignant à la fois notre âme et notre corps,
Donne au pays des fils et vertueux et forts.

Ton empire est immense et ton rôle est sublime!
Tout par toi s'embellit, et par toi tout s'anime!
De l'homme né cruel tu domptas la fureur;
Tu fus sa bienfaitrice et son législateur.
Être sacré, quel est ton heureux privilége!
Toi, faible, la vertu te grandit, te protége.
Jeune, le vieillard même a pour toi du respect;
Vieille, l'adolescent se courbe à ton aspect.
Telle est ton action sur l'esprit, les manières,
Le langage et les mœurs, qu'on juge des lumières
Tout d'abord, chez un peuple, aux honneurs qu'il te rend.
Mais le prestige tombe au delà de ton rang.
Ah! ne dédaigne pas une place bénie
D'où la Mère du Christ, l'humble et tendre Marie,

S'est élancée un jour, emportant jusqu'aux cieux,
L'idéal dè la femme et ses droits glorieux !

Ainsi, pour relever la femme et sa puissance,
On décrétait déjà sa triste déchéance ;
On métamorphosait l'emblème gracieux
D'amour, de modestie, en tribun factieux ;
Et l'on voulait, créant une engeance maudite,
Du chef-d'œuvre de Dieu faire une hermaphrodite !

De la femme on osait saper la dignité,
Et c'était aux noms saints d'amour, de liberté !

Pour aller de sang-froid écouter ces libelles,
Quel mal étrange attaque et trouble les cervelles ?
C'est un fléau terrible, un choléra morbus...
Le monde est vieux, radote, et le bon sens n'est plus.

III

BIGOTS LIBÉRAUX

> Pauvres moutons, oh! vous avez beau faire
> Toujours on vous tondra.
>
> (*Chanson populaire.*)

LE FAISEUR DE SAUCISSES.

> ... J'admire comment, moi, je suis propre
> à gouverner le peuple.

DÉMOSTHÈNES.

> C'est très-facile; fais les mêmes choses
> que tu fais: brouille toutes les affaires ainsi
> que le hachis de tes andouilles; rends-toi
> toujours maitre du peuple en lui parlant
> cuisine. Du reste, tu réunis en toi les autres
> conditions de la popularité : voix terrible,
> mauvaise nature, impudence bavarde. Tu
> as tout ce qu'il faut pour administrer les
> affaires publiques.
>
> (ARISTOPHANE, *les Chevaliers*, 211.)

Mon Dieu! pourquoi faut-il que les plus beaux noms mêmes,
Amour et liberté, deviennent des blasphèmes,
Quand d'un zèle menteur prompte à se pavaner,
Une bouche hypocrite a pu les profaner?
Amour et liberté! c'est l'âme de la vie,
C'est l'horizon si doux dont la vue est ravie ;
C'est l'étoile qui brille au front du firmament
Et guide le marin sur l'humide élément...
Sublime liberté! la richesse du sage !
En vain, pour lui ravir son auguste apanage,
Les tyrans conjurés le chargeront de fers ;
Il est libre, il les brave, il brave l'univers ;

Des terrestres liens il brise les entraves;
Il est roi; ses bourreaux ne sont que des esclaves.
Mais ne confondons pas, avec la liberté,
L'orgueilleuse licence et son masque effronté.
Le pire effet, souvent, vient des plus nobles causes,
Et l'on voit des bigots, hélas ! en toutes choses.

Il est de ces mortels, nés pour notre malheur,
Qui semblent se jouer des purs élans du cœur.
Le mot sacré d'amour est toujours à leur bouche,
Quand un vil intérêt les conduit et les touche.
Le véritable amour, sans parler, nous séduit.
Je crains fort la vertu qui recherche le bruit.

O charlatans d'amour et de patriotisme,
Votre religion n'est que du fanatisme !
Vous avez beau jeter des poudres d'or aux yeux,
Apôtres de l'erreur, arrière les faux dieux !

Non ! ce n'est pas ainsi que le Christ, sur la terre,
Prêcha la liberté, ni l'amour pour un frère !
Quand je vois votre orgueil et son humilité,
Que je vous sens petits dans votre vanité !
Vous marchez à tâtons dans une nuit profonde,
Et croyez que votre œil illumine le monde.
Vous vous intitulez bienfaiteurs des mortels...
Insensés, qui déjà vous dressez des autels,
Vouliez-vous les rougir du sang que dans nos villes
Ont souvent fait couler vos affreux évangiles?
Vous pensiez égaler, laissons là tout détour,
L'Homme-Dieu qui pour nous a signé son amour

Sur l'arbre de la croix, en sanglants caractères...
Il est le bon pasteur et vous... les mercenaires.
Cessez de nous poursuivre et de nous débaucher.
Tels que le coq qui grince au faîte du clocher,
Tournerons-nous toujours au vent de vos caprices,
Pour avoir, nous le mal, et vous les bénéfices ?
Vous vous servez du peuple, infâmes suborneurs,
Comme d'un marchepied pour monter aux honneurs...
Vous l'attirez ainsi que ces lueurs perfides
Qui scintillent le soir sur les gouffres liquides :
Le voyageur perdu dans l'ombre de la nuit,
Prend courage en voyant cette vapeur qu'il suit...
Du chaume hospitalier c'est la clarté lointaine,
Son phare de salut dans sa course incertaine.
Il marche, il marche encor jusqu'au bord de l'étang...
Le feu follet s'enfuit... la mort seule l'attend.

Ainsi quand vos discours ont exalté les têtes,

Précipité la foule au milieu des tempêtes,
Ont soufflé la discorde aux hommes de tout rang,
Et brisé les liens les plus sacrés du sang ;
Quand l'heure du péril, comme un glas de mort sonne
Pour tous, où vous trouver ?... on ne voit plus personne...
Au peuple vous taillez, très-prudents pour vous seuls.
Quelqu'oraison funèbre et de pompeux linceuls.

IV

TABLE RASE

Venez errer sur ces poudreux débris
Et répétez dans vos chants fantastiques :
Mortels, c'est là, c'est là que fut Paris.
Dansez, farfadets,
Satan vous invite, etc.
(M. GUSTAVE LE ROY.)

O vous que des honneurs l'ardent amour embrase,
Vous avez dit : « Faisons, ici-bas, table rase !
La société touche à son instant fatal.
Colosse vermoulu sur un vieux piédestal,
L'idole, au moindre choc, va rouler sur la terre ;
Sur ses débris poudreux fondons la nouvelle ère ! »

Insensés ! voilà donc vos sublimes desseins ?
Il fallut six mille ans aux races des humains,
Six mille ans de travail, de lutte, de souffrance,
Six mille ans de génie et de persévérance
Pour dresser l'édifice, imparfait comme il l'est.
Et vous espérez, vous, posséder le secret
De le bâtir soudain, sans défauts et plus ample !
Dieu seul peut, en trois jours, reconstruire le temple !
Si le monument croule, on doit en prévenir
La ruine à tout prix ; on doit le soutenir
De la base à la cime, et, d'une main posée
Mettre une pierre neuve où la pierre est usée.
Ébranlez les piliers, la salle des festins
Écrasera Samson et tous les Philistins.

V

TITRES DE NOBLESSE DU PEUPLE

> Et le Verbe s'est fait chair et il a habité
> parmi nous.
>
> (Saint JEAN, I, 14.)

> Er kannte für sich keinen edlern Namen,
> als dass er sich den Menschensohn, das ist,
> einen Menschen nannte.
> Le Christ ne connaissait pas pour lui de
> plus noble nom que celui qu'il se donnait,
> le fils de l'homme, c'est-à-dire, l'homme.
>
> (HERDER, Lettres.)

Sur vous tous, imposteurs, je lance l'anathème !
Car la cause du peuple est la mienne !... Oui, moi-même
Je suis enfant du peuple et j'en fais vanité !
Point de quartier pour vous qui l'avez insulté,
Qui l'avez compromis dans vos haines privées,
Et lui fîtes porter vos ignobles livrées !
Point de serfs dans le peuple ! arrière les tyrans !
A la glèbe attachés verrions-nous nos enfants !
Éloignez-vous de nous, dangereuses sirènes,
Vos hymnes sont des chants et de mort et de haines.
Votre langue dorée est celle du serpent :
Peut-on civiliser un peuple en le tuant ?
Vous voulez l'anoblir ? quelle ironie amère !
Sommes-nous, moins que vous, enfants du premier père ?
La plus belle noblesse habite dans les cœurs...
Le peuple en manque-t-il et plaint-il ses sueurs ?

Il vous nourrit, vous tous qui seriez incapables
D'alimenter un jour le luxe de vos tables,
De vos appartements où peut-être demain
Vous iriez afficher un faste souverain,
Tristement oublieux des amis de la veille,
Si le peuple, à vos vœux, pouvait prêter l'oreille.
Vous voulez l'anoblir et le grandir aussi!
Il s'illustre sans vous, n'ayez aucun souci...
Croyez-vous que les arts qu'il cultive avec gloire,
Soient le moins beau feuillet de sa touchante histoire?
Au travail condamné dès l'aube de ses ans,
Il ne laisse l'outil qu'en laissant les vivants ..
Vrai philosophe, il sait, dans son bon sens extrême,
Se créer des plaisirs de son supplice même.
Il ne méconnaît pas les charmes du labeur...
Travail plus modéré serait pour lui bonheur...

O vous, qui dans le luxe usez votre jeunesse,
Vous n'estimez rien tant qu'une riche paresse...
L'or est de la vertu le plus fatal écueil,
L'or plus que le travail précipite au cercueil.

Oui, régénérateurs de la nouvelle école,
De grandir les petits quittez le soin frivole.
Vous venez un peu tard, colporteurs éhontés,
Vendre l'orviétan que vous nous débitez.
Gardez, gardez pour vous vos petites recettes;
Allez conter ailleurs vos fatales sornettes !
Le peuple est anobli depuis dix-huit cents ans.
Quand le Christ se fit homme, est-ce parmi les grands,

Sur le trône éclatant d'un prince redoutable,
Qu'il voulut prendre chair? Non, mais dans une étable !...
De l'humble charpentier partageant les travaux,
Au peuple Dieu donna ses titres les plus beaux !

                                                    1854.

SATIRE II

SEULE CONTRE LA MISÈRE..... ET L'HOMME!

> Que celui d'entre vous qui est sans péché
> lui jette la première pierre!
> (S. JEAN, VIII, 7.)

2

SATIRE II

SEULE CONTRE LA MISÈRE..... ET L'HOMME!

> La raison du plus fort est toujours la meilleure.
> (LA FONTAINE, I, 10.)

Qui ne plaindrait le sort de ces infortunées
Aux orages du cœur trop tôt abandonnées,
Sans guide, sans appui, dans la grande cité,
Où la jeunesse en proie à tant d'adversité
Péniblement remplit sa tâche journalière
Et lutte avec la faim, mauvaise conseillère?
Puis, quand succombe un jour la malheureuse enfant,
On se la montre au doigt, sans nul ménagement;
C'est elle que toujours on insulte, on accable;
Elle était la plus faible, elle est seule coupable!
Et l'homme qui peut-être exploitant sa douleur,
Dans sa détresse achète à vil prix son honneur,
De tout malin discours son sexe le protége,
Il sort des embarras les pieds blancs comme neige.
« Il faut bien, se dit-on, que jeunesse ait son temps...
« Nos fous d'hier seront demain sages parents. »

Voilà l'homme! Pour lui, d'une indulgence extrême,
Il fait en sa faveur, tout, jusques aux lois même.

L'homme a toujours raison, la femme a toujours tort.
Mais certain qu'auprès d'elle il n'est pas le plus fort,
Grâce aux dons qui des cœurs la rendent souveraine.
Il veut qu'au moins le Code, à son défaut, l'enchaîne.

Et pourtant il la tient durement sous sa main,
Car il lui vend bien cher, trop cher, son pauvre pain :
Quand elle a travaillé comme nous, plus peut-être.
Quel misérable gain reçoit-elle d'un maître,
Pour prix des longs efforts qui brisent sa santé.
Et ne la sauvent point de la mendicité !

La femme est, dès l'enfance, à la merci des hommes !
C'est nous qui la gâtons ; elle est ce que nous sommes.
Et l'on va s'étonner qu'au vent des passions
La femme, elle aussi, plie, alors que nous plions !

1855.

SATIRE III

— —

LE LUXE

Was die heulende Tiefe da unten verhehle,
Das erzählt keine lebendige glückliche Seele.

Ce que le gouffre hurlant dans ses profondeurs recèle, nul être vivant ne peut le
raconter.

SCHILLER, *le Plongeur*.)

2.

SATIRE III

LE LUXE

I

VENTRE DE SON, HABIT DE VELOURS.
L'OUVRIÈRE DUCHESSE. — LE GÉRANT RESPONSABLE.

> De loin, c'est quelque chose, et de près ce n'est rien.
> (LA FONTAINE, *Fables*, IV, 10.)

Chacun veut maintenant briller, briller quand même ;
Mais il faut, pour briller, vivre de stratagème,
Déguiser ses haillons sous de fiers oripeaux,
Se coucher sans dîner, s'attendre à mille maux.
Humble, on était heureux ; en sortant de sa sphère,
En regardant le ciel, on butte sur la terre ;
On rêvait la grandeur, elle échappe toujours ;
On a ventre de son, vêtement de velours.
Oh ! qu'il faut payer cher la coquette dorure
De ses ameublements ou bien de sa parure !
Qu'il faut longtemps plier les deux genoux, hélas !
Pour se targuer du droit de ne saluer pas !
Combien de fois pleura de rage et de colère
Celui qui durement fait pleurer la misère !

Combien de fois sans doute, avant de s'endurcir.
Il a rougi ce front qui ne sait plus rougir!

— C'est pour donner du pain à toute ta famille
Que tu tiens sans relâche et le fil et l'aiguille,
Que tu sacrifîras tes moments les plus beaux...
Noble femme!... que Dieu bénisse tes travaux!
Tu souris... Ah! pardon, madame l'ouvrière!...
Vous n'eûtes, dites-vous, jamais l'âme épicière...
Fi donc! gagner du pain pour vos jeunes enfants!
On agissait ainsi jadis au bon vieux temps;
Mais on est revenu de ces erreurs grossières...
Ne sommes-nous donc pas au siècle des lumières?

Je vous entends, madame; au peu qu'honnêtement
On gagne se joindront les cadeaux d'un amant...
On aura les atours et l'air de la richesse;
Le soir, à l'Opéra, l'on fera la duchesse;
On verra les lorgnons des jeunes éventés
Nous prendre pour seul but, parmi tant de beautés;
Que nous serons heureuse! et si notre ramage
Ressemble aussi, beau paon, à notre fier plumage,
On nous croira duchesse... ou l'on serait bien sot.
En tout cas, prudemment, ne soufflez pas un mot...
Le silence qui sied aux nobles douairières,
N'est pas à dédaigner, même des couturières.

Voilà les mœurs du jour! Pour quelque gazillon
Dont elle a vu parer la dame de haut ton,
Femme vend son honneur, s'accoutume à la ruse.
L'amour l'eût aveuglée, il serait son excuse,

Car la chair est si faible ! Eh ! quel est le Caton
Qui peut se vanter d'être au-dessus d'un pardon !
Mais c'est l'ambition, c'est le désir de plaire,
Qui devant elle creuse un gouffre de misère.
Quelque vieille lorette, aux appas déclinants,
Ne pouvant plus, par elle, attirer les galants,
Pour conserver sur eux un reste d'influence,
Sur les charmes d'autrui fonde son espérance.
Courtisane aujourd'hui, pourvoyeuse demain,
Elle a, sur les dandys, toujours la haute main.
Et, comme toute peine exige son salaire,
A l'une elle promet ses succès de naguère,
A l'autre un riche emploi pour l'excellent mari
Qui se frotte les mains : « La Fortune a souri !
Dit-il, et mon mérite obtient sa récompense. »
Pauvre homme ! plus heureux encore qu'il ne pense...
Le bon cultivateur récolte-t-il toujours
Ce qu'il plante ? Lui, grâce à d'utiles amours,
A ces petits soupers dont il n'est pas convive,
Et que seule ignora son âme trop naïve [1],
Il récolte des fruits qu'il n'avait pas semés...

D'un désordre pareil quelque jour informés,
Peut-être les enfants détesteront leur mère.
Le hasard à chacun nommera son vrai père,
Et d'une Thébaïde ourdissant les complots,
De fils dépareillés va faire des rivaux.
L'un pourra dire à l'autre : « Être chétif et mince,
Tu n'es qu'un roturier, moi, je suis fils de prince ! [2] »

II

LES VIERGES FOLLES.

> De tous les produits parisiens, le produit
> le plus parisien, sans contredit, c'est la gri-
> sette.
>
> (M. J. JANIN, *la Grisette.*)

Combien en voyons-nous, hélas ! de pauvres filles
Que la misère arrache au sein de leurs familles,
Reines, dès leurs quinze ans, étaler dans Paris,
Au milieu d'une cour de riches favoris,
Ce luxe désiré dont l'éclat les fascine,
Et qui, si promptement, les fatigue et les mine !
Jeunes encor, déjà leurs charmes sont flétris,
Et leurs adulateurs n'ont plus que les mépris.
Leurs amants, dégoûtés des folles amourettes,
Ont disparu, riant des dupes qu'ils ont faites.
De la haute union qu'approuve leur orgueil,
Quand même ils daigneraient vous jeter un coup d'œil,
Dans vos traits avilis, sous vos tristes guenilles,
Pourraient-ils deviner ces grisettes gentilles,
Sylphides du Prado, déesses des amours,
Pour qui l'encens jadis brûla si peu de jours ?
Tous vos enchantements, ô sémillantes fées,
Sont détruits pour toujours ! Ruelles étouffées,
Greniers noirs et puants remplacent à jamais
Vos brillants boulevards, vos somptueux palais.
Vous gagnez rudement sous le lourd éventaire
Qui vous meurtrit le corps, le pain de la misère.

Quelques collégiens, dont les traits et la voix
Devront vous rappeler vos amis d'autrefois,
A quatre pour deux sous achèteront vos pommes...
Prenez garde!... Déjà ce sont de petits hommes...
Quand sur vous le malheur appesantit ses coups,
Sur vos filles veillez mieux qu'on a fait pour vous!

III

LA LEÇON DES JOUJOUX. — ROSIÈRES.

> Les joujoux sont l'expression de la société.
> (H. RIGAULT, *Conversat. lit.*, p. 10.)

A peine les enfants savent-ils le français,
Qu'ils entendent partout discuter d'intérêts,
De festins, de toilette ; ils finissent par croire
Que l'homme n'est créé que pour manger et boire,
Être chamarré d'or, nager dans les plaisirs ;
Et, comme l'argent semble offrir à nos désirs
L'aliment naturel qui doit les satisfaire,
L'argent, c'est tout pour eux, c'est la pierre angulaire,
La première vertu dont il faut se parer,
Le seul dieu que l'on peut, sans rougir, adorer.

Dans l'âge où chacun cherche enfin à se connaître,
Il est bien difficile, impossible peut-être,

D'extirper des erreurs qu'on suce avec le lait ;
Jamais enseignement ne fut aussi complet,
Puisque par les jouets même qu'on nous accorde,
On fait déjà vibrer cette funeste corde
Dont l'écho sympathique étouffe dans le cœur
La voix de la justice et celle de l'honneur.

A vos filles, toujours de toilette occupées,
Donnez donc maintenant les modestes poupées
Et les lourds chariots de carton et de bois
Qui naguère enchantaient les enfants de nos rois !
De tels colifichets sont trop au-dessous d'elles...
La petite maman veut des filles bien belles,
Parlant distinctement, de vrais prodiges d'art :
Châle en crêpe de Chine et robe de brocart,
Chapeau du dernier goût, somptueuses dentelles,
Même à faire damner de grandes demoiselles,
Le tout étincelant de perles, de bijoux ;
Voilà comme aujourd'hui l'on offre des joujoux !
Du prix qu'on les achète on nourrirait, sans doute,
Vingt familles en pleurs... tant pis ! coûte que coûte !
Au niveau de son siècle il faut bien se placer.
Mais d'un landau galant pourrait-on se passer
Sans honte, quand on est poupée aussi coquette ?
Non pas ! aller à pied gâte trop la toilette...

Sur vos filles déjà le grand coup est porté ;
Dans leur cerveau se niche un grain de vanité.
— « Tiens, ma poupée a bien une riche parure...
Quand donc aurais-je aussi belle robe et voiture [3] ? »

Enfin, s'il plaît à Dieu, vos filles grandiront,
Et, pleines de talents, quelque jour sortiront
De ces maisons de choix où, par malheur, l'enfance
Puise des goûts de luxe au contact de l'aisance.
Si l'on peut soutenir son rang, c'est demi-mal ;
Mais si l'on est sans bien, c'est un écueil fatal.
On n'a jamais appris, on rougirait de faire
Ce que n'ignore pas la bonne ménagère.
Puis un spectre apparaît... l'affreuse pauvreté !
L'étreinte est rude, on cède avant d'avoir lutté.
D'une robe à crédit vite l'on fait emplette,
Et le quartier Bréda recrute une lorette.

Ainsi donc va le monde au siècle des progrès ;
Mais aussi que le luxe engendre de regrets !

L'homme qui de sang-froid assiste aux mascarades
Des gueux endimanchés, à leurs vaines parades,
Soupire... Il a surpris d'un regard attentif,
Les angoisses du cœur sous le ris convulsif ;
Il se détourne, il veut, par delà les montagnes,
Chercher la douce joie au milieu des campagnes.
Mais tout est gangrené, tout. Ses yeux attristés
Y voient en raccourci le vice des cités...

Un temps fut où le front de nos jeunes rosières,
Couronné d'innocence et de fleurs printanières,
De leur âme semblait le miroir enchanteur,
Et des anges du ciel reflétait la candeur.
Nanterre alors, au Dieu respecté des familles,
En prémices offrait la vertu de ses filles.

8

Jour de joie et d'orgueil ! chacun devant ce choix
S'inclinait, et jamais une maligne voix
N'eût osé contester l'éclat pur de leurs roses,
Et d'un si noble choix, incriminant les causes,
Rendre cyniquement cet arrêt impromptu
Que la plus intrigante eut le plus de vertu !

IV

LUXE DES BOUTIQUES, LUXE DES HABILLEMENTS.
L'HABIT NE FAIT PAS LE MOINE.
DENRÉE MATRIMONIALE.

> Fais honneur à tes habits et tes habits te
> feront honneur.
>
> M. FERD. DENIS, *Sagesse populaire*

Le luxe est à son comble, et bien qu'on en médise,
Chacun, par sa conduite, aujourd'hui l'autorise.
A l'homme vertueux mais pauvre accordons-nous
Les honneurs que l'on rend à de riches filous ?

Le commerce a perdu cet auguste héritage
Qu'on léguait à ses fils comme un noble apanage :
La Bonne Foi. Jamais, aux frais de l'acheteur,
On n'étalait le luxe où seul brillait l'honneur.
En dépit du proverbe : « A bon vin point d'enseigne, »
Sans nulle exception, partout le faste règne.

Et c'est pitié de voir qu'un simple boulanger
Oubliant qu'à son art le luxe est étranger,
Sur les glaces et l'or qui parent ses fenêtres,
Étale un pain moins pur que ceux de ses ancêtres.
Un bon pain que je sais être de vrai froment.
Dans une simple huche et sans nul ornement,
Me plaît, car il est fait avec de la farine...
C'est le pain que je mange, et non pas la vitrine.
Mais le pli, par malheur, est pris ; sage en mes goûts,
Je dois, bon gré mal gré, payer comme les fous
Ce luxe diabolique enté sur toute chose,
Et passer par la loi que le marchand m'impose.
— Marchandez ! crîra-t-on. — Marchander ? eh ! vraiment,
C'est lui faire, à sa barbe, un joli compliment ;
C'est lui déclarer net : « Je n'ai pas confiance
« En vous, car vous manquez ici de conscience.
« Si je marchande, enfin, ce n'est pas sans sujet ;
« Trois fois trop cher, monsieur, vous vendez chaque objet. »
Ne vaudrait-il pas mieux, plus franc et moins honnête,
Lui jeter brusquement sa denrée à la tête,
En français bien ronflant l'appeler... un voleur,
Que d'aller sou par sou le traiter de menteur [4] ?

Le luxe dont sans cesse on rêve la conquête,
Des mœurs et du bon sens proclament la défaite ;
L'esclave se révolte, il est maître à son tour,
Et nous sacrifions tout au seul dieu du jour.
Hydre à cent gueules d'or, insatiable idole,
Il engloutit d'un trait le bonheur qu'il nous vole,
Encor s'il nous laissait, dans sa voracité,
Le plus beau des trésors, l'honneur et la santé !

— Puisque rien ne vous plaît aujourd'hui, de nos pères
Ressuscitez les goûts et les lois somptuaires !
Le code d'une main, de l'autre, des ciseaux,
A chacun taillez donc des habits plus moraux [5].
— Vous riez ! ah ! riez si telle est votre envie !
Assez de malheureux pleurent toute leur vie.
Allez, non plus que vous, je n'ai pas le désir
De ramener un temps qui ne peut revenir.
Où l'arbre séculaire est tombé de vieillesse,
N'en replantez jamais un de la même espèce.
Le sol qui refusait l'aliment au premier,
Trouve de nouveaux sucs pour nourrir le dernier.
Rien ne reste en repos sur terre ; la nature,
A chaque âge qui vient imprime une autre allure ;
Luttant contre son siècle, on lutte contre Dieu.
Mais Dieu ne défend pas, à toute heure, en tout lieu,
De remettre en sa route un homme qui s'égare,
Ou de sauver un fou des maux qu'il se prépare.
Et vous aussi, monsieur, vous qui riez si fort,
Avec moi, j'en suis sûr, allez tomber d'accord.
Vous plaît-il qu'un abbé supprime sa tonsure,
Laisse-là sa soutane et coure à l'aventure,
Le long des boulevards, sous un habit bourgeois ?
Vous pensez mal de lui ; j'en conviens, quelquefois
Je cherche dans quel drame il va jouer un rôle ;
Déguisé de la sorte, il échappe au contrôle.
Aussi, point de soldat qui ne soit obligé
De garder l'uniforme en un jour de congé.
— Oui, d'un simple coup d'œil il faut que l'on se dise :
Un tel est militaire ou bien homme d'église.
Nous sommes sur ce point du même sentiment.
Mais poursuivez, monsieur, votre raisonnement.

— Eh bien donc, à son cœur il faut parler en maître,
Se montrer tel qu'on est, non tel qu'on voudrait être ;
Se taillant un habit, pour patron prendre enfin,
Sa propre bourse et non la bourse du voisin.
Riche de sa valeur, se souvenir, qu'en somme,
L'habit peut bien parer mais non pas faire l'homme.
Quand un sot, affichant des airs de grand seigneur,
Fier d'un manteau parfois moins à lui qu'au tailleur,
Vient heurter de son ton, de sa fade livrée,
Du mérite indigent la misère sacrée,
Je voudrais que sur lui l'insulte retombant,
A l'égal du fer chaud le flétrit à l'instant,
Qu'on se donnât le mot pour le fuir à la ronde,
Ainsi qu'on fuit, hélas, le pauvre dans ce monde.

Comme la courtisane, abjecte dans ses mœurs,
Sans honte, à tout venant, accorde ses faveurs,
Trop souvent la Fortune, aveugle en son caprice,
Flagelle la vertu pour caresser le vice.
Si le pauvre est coupable, il est peu d'innocents
Ici-bas, et surtout peu d'hommes de bon sens.
Étrange préjugé qui, sans pitié, m'accable,
Si, tel que l'Homme-Dieu, je nais dans une étable !

Quand nous verrions qu'on juge enfin l'homme d'honneur
Sur les dons précieux de l'esprit et du cœur,
Nullement sur l'éclat, la couleur, la tournure
D'un tissu qui souvent couvre tant d'imposture,
Comme ces connaisseurs qui jugent gravement
Des vins par le bouchon, à cet heureux moment,
Le clinquant, désormais inutile accessoire,
Finirait pour toujours son règne dérisoire ;

La grande dame alors, belle de sa beauté,
Ne l'étoufferait plus sous un charme emprunté,
Diminûrait l'ampleur de sa robe traînante
Qui s'en va balayant les salons qu'elle hante,
Embarrasse ses pas, vient de la faire choir,
Et semble lui permettre à regret de s'asseoir [6].
Le superflu gênant d'une étoffe si chère,
Par son prix pourrait même adoucir la misère,
Et partant, deux plaisirs aisément obtenus :
Un grand ennui de moins, un grand bienfait de plus.

L'or fond si lestement dans les doigts d'une dame,
Qu'il faut être un Rothschild pour oser prendre femme.
Quant au choix d'un mari, c'est simple et peu civil;
On ne demande pas « Quel est-il? » mais, « Qu'a-t-il? »
Les chiffres disent tout. A quoi bon tant de peine
Pour acheter ou vendre un lot de viande humaine?
Mariez-vous! messieurs, mesdames, approchez!
Signez votre bonheur, ou plutôt vos marchés [7]!

Le luxe est, à vrai dire, une glissante ornière;
On veut être aussi bien, pourtant, que sa portière;
On se pique d'honneur, on s'escrime; à la fin,
Riche l'on se ruine, et pauvre on meurt de faim.
Insouciante, en proie à l'esprit de vertige,
La société rit, le sage en vain s'afflige.
Et pressentant des maux qu'il ne peut prévenir,
Il plonge, avec effroi, son œil dans l'avenir.

                                        1855.

NOTES DE LA SATIRE III

1. — PAGE 33.

« D'ordinaire nous savons les derniers les désordres de notre maison ; nos voisins glosent sur les vices de nos enfants et de nos femmes; nous les ignorons. » *Solemus mala domus nostræ scire novissimi, ac liberorum et conjugum vitia, vicinis canentibus, ignorare.* (S. JÉRÔME, ép. 48.)

2. — PAGE 33.

Cette réponse a été faite par deux collégiens, fils d'une personne bien connue.

3. — PAGE 36.

Voir, sur les jouets d'enfants, le spirituel article de RIGAULT, *Conversations littéraires et morales,* collection Charpentier.

4. — PAGE 39.

« Il n'est rien que je haïsse comme à marchander : c'est un pur commerce de trichoterie et d'impudence; aprez une heure de debat et de barguighage, l'un et l'aultre abandonne sa parole et ses serments pour cinq souls d'amendement. » (MONTAIGNE, I, 40.)

5. — PAGE 40.

L'abbé de Choisy dit au Ve livre de la *Vie de saint Louis,* d'après Guillaume de Chartres, que le roi « voulait que chacun fût habillé selon sa qualité et son âge. » Plus tard, sous Philippe le Bel, les femmes titrées avaient seules le droit de se donner quatre robes par an.

Quand je vois ce luxe effréné qui perce par tous les pores de la société, je ne puis m'empêcher de penser à ce bureau de bois grossier,
grossièrement travaillé, dont se contentait le descendant de tant de
rois, Louis XVIII. Cette table dont il s'était servi en exil, dont il se
servait encore aux Tuileries, est actuellement au Louvre parmi les glorieux souvenirs du musée des souverains. Diogène, qui n'avait pas lu
la *Civilité puérile et honnête*, ayant besoin de cracher pendant qu'un fat
lui faisait parcourir avec ostentation ses somptueux appartements, et ne
voulant pas salir les beaux tapis, cracha au nez du maître de la maison. Nous autres, mieux appris, contentons-nous de dire avec Rollin :
« Ameublements, habillements, équipages, rien de tout cela ne rendra
un homme plus grand ni plus aimable. »

6. — PAGE 42.

Je ne sais plus où j'ai lu cette plaisante remarque, que toutes les
pièces composant la toilette d'une dame, étant ajoutées les unes aux autres, on obtiendrait une hauteur égale à celle de la colonne Vendôme. Il
est vrai que c'était avant les crinolines, alors que les dames étaient
écrasées sous le nombre de leurs jupons. Mais voici une observation qui
prouve encore une fois de plus qu'il n'y a rien de nouveau sous le soleil. Un article du journal *l'Opinion nationale*, du 19 octobre 1859, nous
montre que la crinoline pourrait remonter, à la rigueur, au temps d'Hé-
siode (dixième siècle av. J. C.). En effet, on lit dans les *Travaux et les
Jours :* « Jeune homme, prends garde aux séductions de la femme dont
le vêtement est ballonné par derrière (*pygostolos*), qui gracieusement
babille, etc.* »

A la vue des *paniers* auxquels nos crinolines n'ont rien à envier,
Addisson pensait toujours à ce voyageur de l'antiquité qui, ayant visité
un temple égyptien, en cherchait le dieu, et s'écriait après avoir découvert, au milieu de l'édifice, un petit singe noir accroupi : Quel somptueux palais pour un propriétaire si étrange !

7. — PAGE 42.

Cette annonce, qu'on voit à la quatrième page des journaux, ne vient-
elle pas à l'appui de mes paroles? « M. Protin est le plus habile négo-
ciateur, par son procédé unique. 6ᵉ année. Dots de 25, 50, 100, 200,
300,000 francs. » Au reste, si avec de l'or on allèche les hommes, de nos

---

* Vers 343, 344, collection Tauchnitz.

ours, comme au temps de Juvénal, on apprend aussi aux jeunes filles, avant leur alphabet, qu'il faut être riche :

Hoc discunt omnes ante alpha et beta puellæ.

Ce n'est pas ainsi que pensait la douce Héloïse, quand elle écrivait à Abeilard : « Elle est à vendre, qu'elle le sache bien, la femme qui épouse plus volontiers un riche qu'un pauvre, et qui recherche dans un mari ses biens plutôt que sa personne. Assurément, celle qu'un semblable calcul conduit au mariage, a plutôt le droit d'être payée que d'être aimée ; car il est bien sûr qu'elle suit les avantages et non l'homme, et que si elle le pouvait, elle voudrait se prostituer à un plus riche : *Certè quamcunque ad nuptias hæc concupiscentia ducit,* MERCES *ei potius quam gratia debetur. Certum quippe est eam res ipsas non hominem sequi, et* SE, *si posset,* VELLE PROSTITUIRE *ditiori* *. Pour être juste, sur tant de dames esclaves des riches toilettes, beaucoup pourraient-elles dire avec la femme de Phocion : « Les vertus de mon mari sont mes plus beaux ornements ? »

Lettre 1, Dom GERVAISE.

SATIRE IV

FAUT VOIR, TROP NE FAUT.

> Pécher, c'est de l'homme, mais demeurer
> dans le péché, c'est du diable.
> (S. GRÉGOIRE, cité par dom GERVAISE
> *Vie d'Abeillard.*)

SATIRE IV

FAUT VOIR, TROP NE FAUT.

... *Vitiis nemo sine nascitur ; optimus ille est.*
Qui minimis urgetur.
Nul ne vient au monde sans défauts ; le
meilleur est celui qui en a le moins.

(HORACE, liv. I, sat. 3.)

Voulez-vous conserver au monde votre amour ?
Ne regardez jamais l'homme que dans son jour :
Sur le trône, le roi dont l'éclat nous fascine,
L'ami dans le bonheur, le juge sous l'hermine,
Le héros à la guerre et le prêtre aux autels.
Observé de trop près, le plus saint des mortels,
Ainsi que le tableau dont l'effet nous captive,
Perd toute illusion, s'il perd sa perspective.

Quelque Diable-boiteux en vain m'apparaîtrait
Comme au jeune écolier de Lesage, et dirait :
« Veux-tu que je soulève humbles toits et coupoles ?
Tu suivras l'homme à nu dans ses loisirs frivoles,
Ou dans l'ombre tramant ses orgueilleux projets ? »

— Va-t'en ! jetons sur lui, crîrais-je, un voile épais !
Que verrais-je ?... ourdissant sa trame criminelle,
L'ambitieux saper le trône qui chancelle,
Du roi qui le nourrit braver les justes lois,
Et d'un pied insolent monter sur le pavois...
Où sont tes beaux serments, ô flatteur détestable !
Il sied mal au convive admis à notre table,
Qui vient de nous presser si tendrement la main,
De déchirer son hôte au sortir du festin...
Que verrais-je ?... un vieillard exhaler dans l'orgie,
Dans la sale débauche un râle d'agonie,
Et ruiner ses fils qu'il condamne au malheur...
Je verrais, plein d'effroi, ce juge sans pudeur,
Commettre l'action qu'il va, changeant de mode,
Peut-être, dès demain, punir, armé du code...
Je verrais Messaline, Egisthe, et cætera...
Le vers qui se respecte a son *nec plus ultra*...

Non ! je n'ai pas besoin d'en savoir davantage ;
Ignorer est parfois la devise du sage...
Hélas ! pour ignorer fait-on ce que l'on peut ?
Le temps découvre tout... n'ignore pas qui veut !

                                        1855.

SATIRE V

L'IMMUABLE UNIVERSITÉ

> ... *Rudis indigesta que moles.*
> Masse grossière et informe.
>
> (OVIDE, *Mélam.*, 1, 7.)

> C'est un bel et grand adgencement, sans
> doubte, que le grec et latin, mais on l'a-
> chepte trop cher.
>
> (MONTAIGNE, liv. I, 25.)

SATIRE V

L'IMMUABLE UNIVERSITÉ.

I

NOS MANDARINS EN *US*.
LA SORBONNE SOUS LES PHARAONS A VENIR.

> .. J'aimerais mieux être au rang des ignorants
> Que de me voir savant comme certaines gens.
> (MOLIÈRE, *Femmes savantes*, IV, 3.)

Paris est plein de fous de toutes les nuances :
On en voit dans les arts comme dans les sciences.
On en voit chez le pauvre et le riche, et parfois
On en voit sous le froc ou la pourpre des rois:
Encor si nous n'avions que des fous ! J'ose dire,
Sauf à payer comptant le petit mot pour rire,
Que l'on pourrait souvent, le soir, au coin du feu,
Avec ces Triboulets se divertir un peu.
Mais j'ai vu gens sensés, gens graves, gens austères,
Gens qui ne parlent point sans leurs dictionnaires,
Avoir de ces accès, tomber dans ces fureurs
Qu'ils mettraient à l'index, s'ils n'en étaient auteurs.

Leur corps est à Paris et leur esprit à Rome ;
Et cherchant je ne sais quel fan'ôme ou quel homme.
Ainsi que Diogène, une lanterne en main,
Ils explorent la Grèce et le pays latin,
Et sortent rarement de ces doctes parages.
Leur science profonde est celle des Sept Sages ;
Ils se garderaient bien d'en changer un seul mot ;
On ne badine pas avec un tel dépôt.
Peut-être leurs discours sont-ils moins poétiques ;
Mais doit-on espérer de ces vivants lexiques
La grâce de Marot, l'éclat de Cicéron,
La douceur de Virgile ou bien de Xénophon,
Le feu de Bossuet, le nerf de Démosthène,
Et la naïveté de ce bon La Fontaine?
Ce n'est pas là leur fait : perroquets du passé,
Leur mémoire, voilà ce qu'ils ont exercé.
Péniblement courbés sur un poudreux volume,
A peine ont-ils le temps de tenir une plume ;
Heureux s'il leur restait le loisir de penser !
Mais on peut, en Sorbonne, aisément s'en passer.
A l'admiration leur vie est condamnée ;
On dirait que dans eux elle s'est incarnée.
Ne croyez pas au moins que leur sens laudatif
En admiration même soit inventif ;
Quand un siècle a trouvé qu'une chose est fort belle,
Et que l'Académie aussi la trouve telle,
La Sorbonne se risque à lui voir des attraits.
Si jamais on revient aux emblèmes discrets
Dont l'Égypte brisée offre encor mainte page,
On peindra des savants l'auguste aréopage
Par un signe bien simple et bien expéditif...
Vous devinez... — Mais non... — Un point admiratif !

Je ne leur en veux pas d'admirer, et moi-même
Je lis et je relis ces vieux auteurs que j'aime.
C'est l'excès que je blâme, et cet usage enfin
De voir tout par les yeux d'un Grec ou d'un Latin.
Vos remarques, messieurs, seraient donc plus mauvaises
Si vous coiffiez vos nez de lunettes françaises?

II

PETITES FRIANDISES DE LA MUSE EN US.
MAC-ADAM UNIVERSITAIRE.
LE GRAND MOULE ET LES GRANDS CISEAUX.

> Aussitôt la bête aquatique
> Du fond de son petit thorax,
> Leur chante pour toute musique :
> Brre keke kex koax, koax.
> (J. B. ROUSSEAU, *le Rossignol et la
> Grenouille.*)

Des bonnes choses même il faut un sage emploi;
Ne donnons à nos goûts jamais force de loi.
Habillez votre esprit un peu plus à la mode,
Et non pas comme au temps du colosse de Rhode:
On ne vous force pas d'être des élégants ;
Docteurs, changez d'habit au moins tous les cent ans.
Pourquoi vous obstiner toujours à nous soumettre
Au joug du vers latin? Voulez-vous me permettre
Une réflexion qui n'est pas de mon cru,
Mais de ce cher Horace? Horace sera cru.

Horace donc, messieurs, naïvement confesse
Le tort que lui, Romain, avait en sa jeunesse
D'aligner des vers grecs. Romulus apparaît,
Lui dit : « Pourquoi porter du bois à la forêt [1] ? »

Tel fut, surtout des Grecs, pour leur divin langage,
Le culte et le respect, qu'ils l'aimaient sans partage.
Leur langue était pour eux leur étude de cœur.
Parler une autre langue était un déshonneur.
Démosthène huit fois transcrivit Thucydide ;
Cicéron fut blâmé, tant l'on était rigide [2],
Pour avoir parlé grec à des Grecs. De nos jours,
L'Université même applaudit, aux concours,
Les bêlements latins des moutons de Panurge [3] !

Contre le vrai savoir personne ne s'insurge ;
Ce qui cause nos cris, c'est l'étrange travers
De toiser le mérite à la taille d'un vers !
Malheur ! si votre esprit se morfond et se glace
Sans pouvoir rebouter quelques bribes d'Horace !
Vous êtes un crétin, point de places pour vous,
Vous êtes tout au plus propre à ramer les choux.
Mais l'Université se prélasse d'ivresse,
Répand de ses faveurs la coupe enchanteresse,
Quand un bon écolier, un futur professeur,
Lui sert en beau latin, latin de prix d'honneur,
Un gros gâteau de plomb, fait suivant la formule,
Sous l'inspiration de sa docte férule.

Que faudrait-il offrir ? Serait-ce du français ?
Au français, trop bourgeois, à peine on donne accès ;

On a le temps toujours d'en dire un mot ; la mère
Qui ne parle pas grec, n'a rien de mieux à faire.

Mais quel rude labeur de tailler en un sens,
Sur un même patron tant d'esprits différents !
De les passer vingt fois dans le même calibre,
Pour rétablir dans tous un heureux équilibre !

Dieu qui veut ici-bas tant de variété,
Avait osé compter sans l'Université.

III

LE BREVET DE SCIENCE S. G. D. G.
PANACÉE EN ÈS ET EN US.

> Par mon utile ministère,
> Ici, sous le sceau du mystère,
> On sert, on chante tour à tour,
> Mercure, Thémis et l'Amour.
>
> (Hymne *à la plume*, sur un très-an-
> cien bureau d'écrivain, qui se voit
> encore au faubourg Saint-Denis.)

Torturer à plaisir une pauvre cervelle,
C'est une tyrannie odieuse et cruelle.
— Pourquoi, répondront-ils, vous y soumettez-vous ?
Personne n'est contraint de s'enrôler chez nous.
— Personne ? En vérité, docteurs, je vous admire ;
A mon avis, voilà parler pour ne rien dire.

Mieux vaudrait, meurtrissant les ailes d'un oiseau,
Vous étonner, messieurs, après un coup si beau,
Que le pauvre animal ne fuyant pas sa cage,
Pût à la liberté préférer l'esclavage !
Sans doute, à la rigueur, rien ne me force, enfin,
D'étudier le grec, mais..... c'est ce parchemin,
Ce timbre qu'il me faut, ce diable de diplôme,
Sans lequel ici-bas je ne puis être un homme.
Rien ne se fait, chez nous, sans grec ni sans argent ;
Le grec rend, comme l'or, un sot intelligent.
Il nous donne le droit de soigner nos semblables :
De bonne foi, sans grec, en serions-nous capables ?
Grâce au latin, un jour, je verrai donc mes fils
Consacrer leur épée ou leur plume au pays !
Le ciel m'eût-il doué d'une rare éloquence,
Si je ne sais parler que le français en France,
Je ne puis arracher un innocent aux fers.
En vain je connaîtrais les langages divers
De vingt peuples vivants, leurs mœurs et leur science,
De la langue des morts j'ai peu l'expérience.....
La Sorbonne m'écarte et tend sa docte main
Au cuistre barbouillant quelques mots de latin.

IV

CE QUE PROUVENT SOUVENT LES EXAMENS.

Que sçay-je?
(MONTAIGNE, liv. II, 12)

De nihilo nihil.
Rien ne se fait de rien.
(PERSE, sat. III.)

Nous ne sommes pas nés tous pour la même chose.
Tel qui de son esprit gène l'essor, l'expose,
Le condamne à raser le sol timidement,
Quand il avait sa place inscrite au firmament.
Napoléon lui-même, avec tout son génie,
Eût fait triste figure en votre Académie.
S'il eut dû conquérir son baccalauréat,
De Brienne, sans doute, il fût parti soldat.

Ce ne sont pas toujours les jeunes gens d'élite,
Qui, dans les examens, arrivent le plus vite :
Une heureuse mémoire en latin comme en grec,
Bien plus que le talent vous sauve de l'échec [4].
D'ailleurs le vrai talent est souvent trop timide.
Souvent la hardiesse est une sûre égide.....

Que d'examinateurs seraient embarrassés
S'ils subissaient encor leurs examens passé..
Tant l'on exige, hélas, de la pauvre jeunesse
D'inutiles travaux que soudain on délaisse ! [5]

Un étranger voyant ces antiques tournois,
Amusements guerriers des princes et des rois :
« C'est trop peu, » se mit-il naïvement à dire,
« Si tout est sérieux ; sinon c'est trop pour rire. »

Ainsi des examens qui, la plupart du temps,
Ne prouvent que l'acquit de soixante-deux francs [6].

V

LE FRANÇAIS, BÊTE NOIRE DE L'UNIVERSITÉ.

> *Nullus gallus hic cantabit.*
> Nul coq (ou Français) ne chantera ici.
> (Inscription à Rome, pour dire qu'il n'y
> aura plus de pape français.)

De tout enseignement plus ou moins littéraire,
Il faut que le français soit la pierre angulaire.
Quand on jette un corps dur sur la glace des eaux,
Autour du point choqué, des cercles inégaux,
Parallèles entr'eux, se décrivent, se chassent ;
Loin du centre commun roulent et puis s'effacent.
Telle est l'instruction : le français tout d'abord [7],
Et de ce qui l'entoure il sera le ressort.
Les leçons, trop souvent, sans lien se succèdent,
Dégoûtent la jeunesse et sans profit l'obsèdent.
Qu'elles s'enchaînent donc et sans encombrement,
Pour ne point d'un seul coup tuer l'entendement.

L'IMMUABLE UNIVERSITÉ.

Lhomond que nous rend cher sa longue expérience,
Veut qu'à petite dose on donne la science [8].
Mais l'Université fait les choses en grand :
Aussi l'enfant, chez elle, apprend et..... désapprend.
Car lorsqu'ils ont suivi, dix ans, vos doctes règles,
Vos élèves, messieurs, sont-ils, non pas des aigles,
Possèdent-ils toujours cet honnête savoir
Que pour gagner son pain chaque homme doit avoir,
Ou n'est-ce simplement qu'un faux air de science ?
Deux Grecs ont, je le sais, dit que la vraisemblance
L'emporte sur le vrai : serait-ce votre avis [9] ?
Les Gorgias, je crois, sont un peu vos amis.
On ne juge des gens d'ailleurs qu'à la figure,
Et l'or même n'a pas l'éclat de la dorure.
On serait, toutefois, beaucoup trop exigeant
Si l'on ne trouvait pas assez pour son argent.
Heureux donc les parents, quand leur fils sait bien lire,
Mettre un peu l'orthographe et proprement écrire,
Au sortir du collége, après dix ans d'efforts !
Dedans il savait tout, il ne sait rien dehors [10].

VI

LE GREC ET LE LATIN SUR LE MODE PARISIEN.

> ...Qui, dès leur tendre enfance, élevés dans Paris
> Sentaient encor le chou dont ils furent nourris.
>   (BOILEAU, Sat. III.)

Paris doit renoncer aux prétentions vaines
De prononcer le grec mieux que les Grecs d'Athènes.
Car c'est plaisant d'entendre un lettré du pays
Se demander quel grec on apprend à Paris?
Le grec! nous le rendons méconnaissable et terne.
Qu'un enfant du Pirée, à la façon moderne,
Le dite, il reprendra cet air oriental
Qui reproduit si bien son type original.
En conservant au grec son cachet véritable,
S'il devient plus utile, il est plus agréable,
Qu'on le parle, et joyeux l'antique Parthénon,
Brisé, superbe encor, reconnaît ce doux son
Qu'il répétait jadis du haut de l'Acropole,
Quand vers lui s'élançait la foule ardente et folle
Qui bruyante accourait demander tant de fois
A Minerve un triomphe, un oracle ou des lois.
Le grec ainsi montré disposerait l'enfance
A prononcer, un jour, avec bien plus d'aisance,
Des sons, le désespoir de nos gosiers français,
Des sons qu'ont retenus l'Allemand et l'Anglais,
Et qu'ils ont pris, je pense, où les a pris l'Attique[1]
Je veux, à ce propos, citer un fait comique

Qui prouve qu'on devait, même pour le latin,
Adopter un accent. Sans doute, il est certain
Que la bouche d'Horace eût mieux dit ; mais en somme,
Que ne le parle-t-on comme on le parle à Rome?
N'est-il pas naturel d'espérer qu'en ces lieux
Où Virgile chantait ses vers harmonieux,
Le peuple ait conservé dans sa langue si belle
Qu'on la croit du latin, tant elle le rappelle,
Quelques traces du ton, des grâces de jadis,
Que ne peut soupçonner la race de Clovis?
C'est alors qu'à bon droit ce latin qu'on épelle,
Fût devenu pour nous la langue universelle.

J'ai lu qu'au temps passé, des princes et des rois,
Par le même intérêt tous poussés à la fois.
De leur respect donnant une pompeuse marque,
Voulurent saluer un illustre monarque.
Quand les ambassadeurs eurent parlé, dit-on,
Avec beaucoup de grâce et beaucoup de bon ton,
Le ministre chargé de faire la réplique
Dit à son souverain : « Doux maître, je me pique
« De montrer à ces gens qui semblent si courtois,
« Que de la politesse ils ignorent les lois.
« Sommes-nous donc forcés de connaître leurs langues?
« Ne peut-on en latin débiter ses harangues? »
A peine eût-il fini son discours d'apparat
Qu'on murmurait, taxant d'orgueil le potentat
Pour n'avoir pas daigné se servir d'un langage
Qui, dans l'Europe instruite, est d'un commun usage.
Tous parlaient latin; nul ne s'en était douté.
Pourquoi?..... Je le demande à l'Université.

VII

PETIT CONSEIL A NOS GRANDS SAVANTS EN *US*.
DOM BARBARISME.
DAME ROUTINE. — ASSASSINATS UNIVERSITAIRES.

> Et j'ai dit dans mon cœur : Que faire de la vie ?'
> Irai-je encor suivant ceux qui m'ont devancé,
> Comme l'agneau qui passe où sa mère a passé,
> Imiter des mortels l'immortelle folie ?
>   (M. DE LAMARTINE.)

> Dieu seul a droit
> Sur tout ce qui respire ;
> Ne pouvant rien créer, il ne faut rien détruire.
>   (*Mélodie* de MM. CLAPISSON et GUERIN.)

Pour un illustre corps soyons justes ; ses vices
Ne font pas oublier ses immenses services ;
Il popularisa le science en tous lieux ;
Pour elle, il a compté des martyrs glorieux.
Mais quand l'on tient en main et l'espoir des familles
Et le sort du pays, les moindres peccadilles
Sont des crimes. Messieurs, vivant trop à l'écart.
Le siècle marche, et vous, vous êtes en retard,
Assoupis au milieu d'une lourde atmosphère.
On peut lever le nez sans sortir de sa sphère,
Voir qu'est-ce qui retourne ici-bas ; d'un coup d'œil,
Juger s'il neige ou pleut, sans quitter son fauteuil.
Eh ! comment deviner ce que de vous réclame
Le besoin du moment, quand votre esprit, votre âme,
Sont toujours égarés dans ces âges lointains
Où de la France encor sommeillaient les destins ?

Vous écartez de vous tout avec jalousie,
Vous n'aimez que vous seuls. ... A votre fantaisie,
Messieurs, chacun son goût! Ne nous étonnons plus
De l'usage brutal de nos savants en *us*,
Apôtres empesés de l'esprit de routine,
Qui, pour perpétuer l'urbanité latine,
Ont banni de leurs cours, pour plaire à Juvénal,
Les femmes dont jadis il a dit tant de mal.
Cet arrêt peu galant ne nuit qu'à la Sorbonne;
C'est un tour d'écolier que le corps en personne
A voulu vous jouer, un jour de bonne humeur,
Pauvres femmes! Pour vous est-ce un dur crève-cœur,
De ne pouvoir entendre une bouche classique,
En français saupoudré toujours de sel attique,
Car jamais le refrain ne gâte la chanson,
Roucouler tout..... hormis l'objet de la leçon !
— Faut-il que pour ces cours les dames se désolent,
Quand de s'en abstenir tant d'hommes se consolent?

Si la Sorbonne eût mieux possédé son Platon,
Elle aurait, ce me semble, agi d'autre façon;
Elle eût compris qu'ensemble on peut instruire et **plaire;**
Et mettant à profit le conseil salutaire
Qu'il donne à Xénocrate, un froid déclamateur
Qui fit bâiller aussi maint et maint auditeur,
Elle eût voulu, brûlant ses vieilles paperasses,
Pour la première fois sacrifier aux Grâces.
Dès lors dom Barbarisme, en l'Université,
Malgré les vieux statuts, perdait droit de cité,
Et l'on congédiait, n'étant plus à la mode,
L'antique et malheureuse et stérile méthode

4.

Qui n'apprend rien. Je souffre en voyant tant d'efforts
Pour nous ressusciter des idiomes morts.
Ce jargon que latin pompeusement on nomme,
Eût fait pâmer de rire un écolier de Rome.
Pourquoi s'embarrasser d'un orgueilleux fatras ?
Connaître les auteurs ne suffirait-il pas ?
Pourquoi parodier, sans profit et sans grâce,
Ces langues qu'un sommeil de plus de mille ans glace [12] ?
Ne vaudrait-il pas mieux, plus ami de nos temps,
Faire un meilleur accueil aux langues des vivants [13],
Que d'aller profaner des cendres endormies,
Et de vouloir toujours animer des momies ?

Nous vivons tôt mais peu ; ménageons les instants ;
On ne fait pas un homme avec des mots ronflants.

Que dis-je ? Vous tuez plus d'une intelligence
Avec votre cruelle et funeste exigence.
Des jeunes professeurs, vos lauréats de choix,
Combien peu soutiendront leur éclat d'autrefois !
Sans cesse harcelés de vos doctes vétilles,
De dissertations sur des pointes d'aiguilles,
Résistent-ils d'esprit, quand déjà sur leur front,
Une ride précoce a gravé son affront ?
Cependant la patrie a cru l'instant propice
D'exiger de ses fils quelque léger service ;
Mais leur sève hâtive est épuisée enfin.....
L'homme mûr tout entier est mort dans l'examen [14] !

VIII

LE VER RONGEUR ET LE VER RAGEUR.
LES MARCHANDS DE SOUPE.

> L'un disait : il est mort, je l'avais bien prévu ;
> S'il m'eût cru, disait l'autre, il serait plein de vie.
> (LA FONTAINE, V, 12.)

Messieurs, si l'on en croit vos rudes adversaires,
Que de torts vous avez, aux yeux des séminaires !
Vous dirigez contre eux, de bon cœur, tous vos coups ;
Mais vous vous en prenez à bien plus durs que vous.
En vain vous nous criez : « Gardez-vous des soutanes !
« De vos fils, ô parents, ils vont faire des ânes ;
« Des ânes mal bâtés, ou d'humbles capucins,
« Qui, les regards baissés comme des séraphins,
« Feront dévotement et sans lever la tête,
« La pluie et le beau temps, le calme et la tempête. »
Le séminaire, au fond, ni pire, ni meilleur,
Ne va pas, avec vous, prendre le ton railleur.
Il vous écrase net d'un seul mot : « Sacrilége !...
« Ne damnez pas vos fils dans les murs d'un collége,
« Le collége, ô parents, conduit droit à l'enfer,
« Le collége maudit adore Jupiter ! »

Et les pauvres parents ne savent dans leur doute,
A quel saint se vouer, quelle est la bonne route.

Que le ciel qui connaît leur bonne intention,
Les sauve de la glu du chef de pension !
Car le marchand de soupe, et ce nom populaire
Indique tout d'abord quel trafic il doit faire,
Est toujours à l'affût, guette leurs mouvements ;
Bien malin qui s'arrache à ses enlacements.
De chaque enfant qui naît quelque diable l'informe [15] ;
Comme le dieu Protée il revêt toute forme,
Hors la sienne, et ce trait est le comble de l'art ;
Sinon qui viendrait donc se prendre au traquenard ?

La pension n'a pas le bon du séminaire,
Encor moins du collége ; elle est dépositaire,
Trop souvent, du mauvais commun à tous les deux.
Fort peu de pensions prennent au sérieux
L'intérêt des enfants qu'à leurs soins on confie ;
L'amour cruel du gain, sans pitié, sacrifie
L'avenir d'un jeune homme au profit du moment ;
C'est la traite des blancs sous un déguisement.
Le collége voit-il une brebis galeuse ?
Redoutant à bon droit sa présence hideuse,
Il la chasse à l'instant, épure le troupeau,
A l'élève parti succède maint nouveau.
Une institution n'agit pas de la sorte ;
Le plus triste sujet, on le met à la porte
Toujours à contre-cœur, à son corps défendant ;
On doit dans le commerce être un peu plus prudent,
Ne pas aller jeter l'argent par les fenêtres...
Les laïques d'ailleurs ne sont ni saints ni prêtres...
Il faut vivre avant tout... Les élèves chassés
Seront-ils, sur-le-champ, sans perte remplacés ?

La morale est du luxe, et ce noble accessoire
Nous expose à manquer du manger et du boire.

Si j'avais un conseil à donner aux parents,
Je leur dirais : « Gardez près de vous vos enfants
« Le plus que vous pourrez ; ne risquez pas un homme
« Contre l'or le plus pur de la Grèce et de Rome.
« Une âme sans souillure, une belle santé,
« Ces trésors valent bien ceux de l'antiquité.
« Suivez, suivez des yeux votre fils, votre fille ;
« Nourrissez, dans leur cœur, cet esprit de famille,
« Cet amour du foyer, si rare, en bonne foi,
« Qu'on semble être, à présent, bien partout, hors chez soi. »

Oh ! que je voudrais voir en complète faillite
Ces boutiques de grec où l'enfance, si vite,
S'étiole au contact des êtres dépravés
Qu'un barbare intérêt n'avait pas réprouvés !
J'ai vu, quand transpirait une action blâmable,
Quand on devait sévir, épargner le coupable
Si l'on croyait avoir, avec lui, fait long bail,
Et huer l'innocent qu'on chassait du bercail ;
Il fallait un exemple, et le bouc émissaire
Était, de droit, celui qu'on ne garderait guère.

On agit autrement dans telle pension
Dont l'enseigne ostensible est la religion.
On dit aux écoliers d'un air de circonstance :
« Mes amis, le chrétien doit l'oubli de l'offense ;
« Sur les fautes d'autrui sa douce piété
« Jettera le manteau d'amour, de charité.

« Soyez discrets, enfants; ne parlez à personne
« De ce qui s'est passé... La charité l'ordonne ! »
Et puis, pour cimenter les serments qu'ils ont faits,
On donne le signal du baiser de la paix.

Jamais un seul renvoi ! La forte discipline !
Quelle sainte maison !... Dites : « Quelle sentine ! »

IX

CE QUE DOIT ÊTRE L'ENSEIGNEMENT.

> Je vouldrois aussi qu'on feust soingneux
> de luy (à l'enfant) choisir un conducteur
> qui eust plustost la teste bien faicte que bien
> pleine; et qu'on y requist touts les deux
> mais plus les mœurs et l'entendement que
> la science.
>
> (MONTAIGNE, I, 25)

Mère Université, tu n'es pas, non, sans doute,
Un dragon de vertu, mais au moins, somme toute,
Nous voyons tes défauts, ils nous sautent aux yeux.
Et du danger qu'on voit on se préserve mieux.
Jamais je ne me fie à ces vertus hautaines
Qui ne connaissent point les faiblesses humaines ;
Leur cœur est, ce me semble, un labyrinthe obscur
Où l'on discerne mal le pur d'avec l'impur.
Tout veut un contre-poids. Collége et séminaire
Doivent lutter d'ardeur, non à coups de tonnerre.

Oui, ces deux corps fameux, par un sublime effort,
N'en seraient plus qu'un seul, en se mettant d'accord,
S'ils voulaient immoler leurs intérêts aux nôtres,
A ceux de la patrie, et n'en avoir point d'autres ;
Et, donnant de concert l'exemple et la leçon,
Ménager de vertus une riche moisson.
On récolte ici-bas, messieurs, ce que l'on sème :
Aimez-vous les premiers afin que l'on vous aime !
D'ailleurs la charité sied bien aux professeurs.
Les sciences, messieurs, ne sont-elles pas sœurs ?

Messieurs, l'enseignement, pour être salutaire,
Doit rappeler toujours l'enseignement du père,
N'en être que l'écho, l'interprète érudit.
Compagne de l'esprit, la vertu l'embellit.
En peut-on dire autant de la pédanterie ?
Montaigne, dont les traits de fine raillerie
Portent si juste, a dit qu'on cherche trop souvent
« Quel est le plus savant, mais non le mieux savant. »

X

LES PETITS AIGLONS DE NOS AIGLES.

> Toutes mes phrenes, metaphrenes, et dia-
> phragmes sont suspendus et tendus pour
> incornifistibuler en la gibbessiere de mon
> entendement ce que dictes et respondez.
> (RABELAIS, III, 25.)

Il vaut mieux faire envie, ici-bas, que pitié.
Ce conseil est d'un Grec fier de votre amitié [16].
Aussi, prenez-vous soin de laver en famille,
Maint et maint collet gras, mainte et mainte guenille.

Un de vos favoris, un *Dignus intrare*,
Comme aurait dit Molière, *in docto corpore*,
Garçon d'esprit d'ailleurs, vous soumit une thèse,
Où, sans cérémonie, il s'était mis à l'aise
Avec le bon Lhomond, comme avec un voisin.
Ce n'était pas français, ce n'était pas latin.
Que fit Paris? Il fit ce qu'aurait fait Athènes
Si l'on eût au latin condamné Démosthènes :
On corrigea la thèse ; il fut sacré docteur.

Ne prenons pas pourtant ce mot à la rigueur,
Car il ne veut pas dire, en style de Sorbonne,
Que d'une œuvre mauvaise on en tire une bonne :
C'est ajouter par ci, c'est retrancher par là,
C'est parfois retomber de Charybde en Scylla.

J'ai commis, j'en conviens, un affreux barbarisme ;
Vous corrigez, j'y gagne un petit solécisme.
Élève et professeur, tous deux nous hésitons :
Dans une langue morte on ne va qu'à tâtons[17] ;
Rien n'est sûr. Je ne puis me souvenir sans rire
D'un jeune professeur qui vint un jour me dire :
« Sur le point de passer mon agrégation,
« Je porte à monsieur tel un bout de version,
« Traduction et texte ; il crut avoir un thème.
« Il a corrigé... quoi ? le texte latin même. »

Ce monsieur tel était académicien,
Professeur en Sorbonne, un savant bel et bien.

Quelque savoir qu'on ait, prudence en toute chose :
On risque à se charger d'une mauvaise cause.

XI

LES OMBRES PLUS OU MOINS CHINOISES

> Mais sa muse en français parla grec et latin.
> (BOILEAU, *Art poétique*, 1.)
>
> Et sur les questions qu'on pourra proposer,
> Faire entrer chaque secte et n'en point épouser.
> (MOLIÈRE, *Femmes savantes*, III, 2.

Lorsque l'on a l'honneur de parler le français,
Se servir du latin ou du grec, c'est niais [18],
A moins qu'on ne désire appliquer cette règle
Que le sot en français, en grec doit être un aigle.
N'est-ce pas imiter ces volages maris
Qu'on s'étonne, à bon droit, de voir, un jour, épris
De femmes qui jamais ne vaudront leurs épouses,
Trop dignes pour descendre au rôle de jalouses !

Ceux d'entre vous, messieurs, qui ne dédaignent pas
De vendre leur français au Journal des Débats,
Sans doute écrivent bien ; mais cette franche allure,
Ce type accentué, d'une mâle nature,
Eux, ils ne les ont point! Ils ont lu, beaucoup lu,
En français, en latin, en grec; ils ont voulu
De vingt styles divers se composer un style,
Comme l'essaim compose un doux miel qu'il distille
Du calice embaumé des filles du printemps;
Mais l'abeille transforme, et vous, bien moins savants,

Vous faites un bouquet des fleurs de la prairie....
Ce n'est qu'un style mixte, une marqueterie ;
Rien n'est d'un seul morceau, rien n'est grand, rien n'est fort ;
Vous plaquez, vous soudez des pièces de rapport.
Je reconnais toujours les bribes qu'on mastique
Dans les cadres étroits de cette mosaïque.
Tous procèdent de même, et l'on se croit auteur,
Quand on a pratiqué le métier d'ajusteur !
Point d'élan, point d'entrain en pareille science :
La marche est uniforme au jeu de patience.
Ils se ressemblent tous, mieux que frères germains ;
Qui voit l'un a vu l'autre ; ils sont comme les vins,
Les bons vins de Paris, au bouchon authentique ;
Point de goût de terroir, le goût est identique.
« Le style est, » dit Buffon, « de l'homme même ; » aussi
On pourra l'imiter ; mais le voler, nenni !
« Or l'imitation, » et nul ne le conteste,
« N'a jamais rien créé .....» Vous connaissez le reste.....
Voilà pourquoi jamais dans l'Université,
Hormis son beau latin, on n'a rien inventé.

Comme un chêne nourrit le gui, cher à nos pères,
Vous vivez tous, messieurs les universitaires,
Du suc des autres, non de votre propre bien.
Si l'on n'avait rien dit, vous ne diriez, vous, rien !

Ne pas trop s'avancer, douter plutôt que croire,
S'exercer moins le cœur, l'esprit, que la mémoire,
N'aimer que soi, les siens, et n'applaudir que soi,
De l'Université c'est la suprême loi.

XII

LES ÉTUDIANTS.

> Messieurs les étudiants
> S'en vont à la Chaumière,
> Pour danser le cancan
> Et la Robert-Macaire... etc.
> *(Refrain trop bien connu au pays latin.)*

Il faut parler au cœur encor plus qu'à la tête,
Dans ce Paris, surtout, où rien ne vous arrête,
Immense fourmilière où tout est confondu,
Où le vice chemine auprès de la vertu,
Où l'on ne connaît pas son voisin, qu'à chaque heure
On rencontre et coudoie auprès de sa demeure.
Quel contrôle exercer sur l'homme et sur les mœurs?
Vous aurez vainement aux familles en pleurs,
Ravi tout à la fois l'honneur et la fortune,
Quittez votre quartier: nulle plainte importune
N'assombrira vos jours d'un nuage de deuil;
La vindicte publique expire à votre seuil;
Vous êtes l'étranger venu d'un autre monde,
Vous êtes innocent. Affichez à la ronde,
Le brillant appareil d'un luxe nouveau-né,
On saluera toujours votre habit galonné.

O parents! Saignez-vous, au fond de vos provinces,
A Paris, vos enfants feront les petits princes:

Dans la gueule du loup vous exposez vos fils.....
Reviendront-ils, hélas, ce qu'ils étaient partis?.....
Vous pouviez surveiller leur jeunesse frivole.....
Ils vont dissiper tout..... jusqu'au temps qui s'envole.

Paris, je vous entends, fait un géant d'un nain;
C'est le bureau d'esprit de tout le genre humain,
C'est l'auguste foyer de toutes les lumières.....
Pauvres parents, chassez vos ténèbres grossières.....
Vous ne dormirez pas longtemps ce doux sommeil,
Et vous vous ménagez un terrible réveil.

Vos fils, je veux le croire, aidés de la nature,
Plus que des professeurs, prendront leur docte allure,
Leur science peut-être, et l'obscur écolier
Retournera chez lui le front ceint d'un laurier.
La famille en extase, oubliant ses souffrances,
Fonde alors sur ce fils de justes espérances;
Sous les vices rongeurs il chancelle aujourd'hui,
Il saisissait la palme..... elle tombe avec lui.....

Que de rêves dorés de grandeur et de gloire
Planent sur un enfant! Que de chants de victoire
La mère, avant la lutte, a dits près d'un berceau,
Qui vinrent se heurter sur les rocs du tombeau
Que l'homme en se jouant dans le chemin du vice,
Avant le temps se creuse au fond du précipice!
Nos vices destructeurs, fruits de nos passions,
Sont les germes secrets de tant d'afflictions!
Nous expions souvent les fautes de nos pères.....
Nos fils dégénérés, accablés de misères,

Victimes des écarts peut-être d'un seul jour,
Déploreront aussi nos forfaits à leur tour.
Car l'homme, hélas! sans frein, aveugle volontaire,
S'obstine à ne point voir, quand le passé l'éclaire;
Et toujours emporté sur l'aile du plaisir,
Au présent qu'il encense immole l'avenir.

1854.

NOTES DE. LA SATIRE V

1. — PAGE 56.

Pour moi, quand je faisais de petits vers grecs, moi né en deçà de la mer Ionienne, Quirinus me le défendit, alors que m'apparaissant à minuit, heure où les songes ne mentent pas, il s'écria : « Ne porte point de bois à la forêt..... » (HORACE, liv. 1, sat. 10.)

Parmi ceux qui condamnent l'usage de faire composer des vers latins aux écoliers, on peut citer le P. PAPON, professeur de l'Oratoire (*Essai d'éducat.*) et PLUCHE (*Spect. de la nature*, t. VI). qui pensent qu'une *petite lettre*, dans leur *propre langue*. leur serait plus utile. Le grand ARNAULD (*Mémoire sur le règlement des études*. vol. XLI), dit nettement : « C'est ordinairement du temps perdu que de leur donner des vers à composer. De soixante ou quatre-vingts écoliers, il peut y en avoir deux ou trois de qui on *arrache* quelque chose ; le reste se morfond ou se tourmente pour ne faire rien qui vaille. » (A. HOFFMANN[1], *les Vices de l'éducation publique*. — Barrois, 1832.)

On peut juger, par le fragment de dialogue entre Apollon et Horace, à propos des poëtes latins les plus estimés du siècle de Louis XIV, quel était le sentiment de Boileau sur les vers que nous faisons dans la langue de Virgile. Ne suffirait-il pas de montrer des règles de la versification juste ce qu'il faut pour saisir les beautés de la poésie latine, grecque, et surtout française ? Au reste, on ne s'occupe point de la versification française ni de celle des autres langues vivantes. Les anciens seuls ont le cruel privilége de torturer, des heures entières, la

---

[1]. M. A. Hoffmann est le frère du célèbre médecin de ce nom. Pendant plus de trente années les familles les plus d stinguées lui ont confié leurs fils. Peu de jours avant sa mort, arrivée en mars 1858, il m'a, pour ainsi dire, légué ses deux dernières leçons. Je regrette de n'avoir connu son livre qu'au moment de mettre le mien sous presse : j'y aurais puisé d'utiles renseignements.

cervelle des pauvres écoliers qui s'escriment à faire huit ou dix vers dans une langue qu'ils ne savent point. Ce fut pour économiser, le plus possible, le temps et la peine des écoliers de son époque, que mon père, entre autres ouvrages, composa sa *Prosodie latine*, adoptée par l'Université impériale, fort estimée pour sa clarté et sa netteté (M. QUÉRARD, *la France littéraire*, t. XII, p. 229), et que M. Quicherat relate dans la préface de la sienne.

2. — PAGE 56.

« Verrès me dit que c'était scandaleux d'avoir pris la parole dans un sénat grec, et que d'avoir parlé grec à des Grecs ne pouvait se tolérer[1].» Cicéron n'était pas en faute dans cette circonstance : simple particulier et non magistrat, il défendait les intérêts des Siciliens. Car les magistrats, au rapport de Valère Maxime[2], ne répondaient aux Grecs qu'en latin ; on forçait même les Grecs à se servir d'interprètes, non-seulement à Rome, mais en Grèce et en Asie.

3. — PAGE 56.

M. Anot de Maizières, professeur de rhétorique au collége de Versailles, dans son *Cours gradué de narrations françaises*, etc., s'exprime ainsi : « La séance s'ouvrit par la *périodique sottise* d'un *discours latin*, écouté seulement de quelques vieux conseillers qui voudraient faire croire qu'ils le comprennent.» Arnauld de Port-Royal a donc raison de dire, quelques lignes avant le passage que je cite dans la note précédente : « On voit par expérience que la plupart (des écoliers) sortent des colléges sans entendre le latin. » Toutefois, M. Anot de Maizières peut citer avec orgueil un de ses élèves qui a connu le latin autant que nous autres modernes pouvons le connaître, Hippolyte Rigault, qui fut aussi mon camarade de classes, mais autre part qu'à Versailles[3]. Dans une notice

1. CICÉRON, *Verr.*, act. II, liv. IV, 66.
2. *Id.*, II, 2.
3. Hippolyte Rigault passa près de sept ans à l'ancien collége de Saint-Germain en Laye. Il y fit sa rhétorique. Il refit sa seconde, sa rhétorique, la redoubla à Versailles, où il obtint le grand prix d'honneur au grand concours. M. Huré, homme de cœur et d'esprit, était alors propriétaire-directeur de cet établissement, qui compte parmi ses anciens élèves : le roi Jérôme Bonaparte ; le vice-roi d'Italie, Eugène Beauharnais ; l'amiral de Mackau ; le général de division Le Pays de Bourjolly, sénateur ; M. Mestro, conseiller d'État, commissaire général de la marine, directeur des colonies ; Mgr. Rivet, évêque de Dijon ; M. Achille Longet, membre de l'Académie de médecine, auteur d'un ouvrage très-estimé sur le *système nerveux* ; M. Edmond Le Blant, auteur d'un ouvrage intitulé : *Inscriptions chrétiennes de la Gaule antérieures au huitième siècle*, qui a obtenu le premier prix au concours de 1852, à l'Académie des inscriptions ; publié par l'imprimerie impériale.

de M. Paul Mesnard, je vois que le professeur faisait quelquefois improviser en vers latins, à son brillant élève, la traduction d'une méditation de M. de Lamartine.

4. — PAGE 59.

Un jeune homme qui avait eu au grand concours le plus de couronnes peut-être qu'on eût encore vues réunies sur un front d'écolier, m'avouait, quelques années après, qu'il n'avait réellement d'idées qu'en écrivant le latin ; d'où je conclus qu'il était fort pauvre de son propre fonds.

5. — PAGE 59.

On ne saurait trop répéter, à ce sujet, la réponse d'Agésilas à une personne qui lui demandait ce que doivent apprendre les enfants : « Ce qui leur sera aussi utile quand ils deviendront hommes. » (PLUTARQUE, sentence 67ᵉ, Agésilas.) Un ingénieur en chef d'un département me disait à ce propos : « Que de choses j'ai étudiées péniblement à l'école polytechnique, dont je n'ai jamais eu, dont je n'aurai jamais à faire l'application ! »

Pour les deux vers précédents, voici une petite anecdote que je me rappelle avoir entendu raconter à M. Arago aux cours de l'Observatoire : « Dans un examen public, le professeur qui devait interroger sur la géographie s'étant absenté, M. de Laromiguière, si je ne me trompe, prit le programme et posa au candidat la question qui le concernait. Cette question sur la géographie mathématique était assez obscure d'après le texte du programme. Le candidat garda le silence. Alors M. de Laromiguière se tourne vers ses collègues et leur demande, en souriant, s'ils peuvent répondre à cette question ; ils avouent, en rougissant, que non. — Ni moi non plus ; mettons un *bien* pour la géographie au candidat. » Voilà qui est plus spirituel que la plupart de ces *mots heureux* et *polis* des examinateurs, qui embarrassent tant les pauvres candidats au baccalauréat.

6. — PAGE 60.

L'immuable université a changé ses prix d'examens, mais je n'ai pas cru devoir changer mon vers. On payait, pour être bachelier ès-lettres, 62 fr. : 24 fr. pour droits d'examen, 36 fr. pour droits de diplôme, et 2 fr. dont on ne vous donnait point quittance, pour la robe de candidat, que la génération présente ne peut se vanter d'avoir jamais vue à Paris. Ce dernier droit, qui profitait surtout au secrétariat de la faculté, a causé, il y a quelques années, un peu de tapage dans les bureaux.

7. — PAGE 60.

Rollin, dans le *Traité des études*, au chapitre de la langue française,
montre que les Romains apportaient tant de soin dans l'étude de leur
langue, qu'ils veillaient sur la manière dont la parlaient les nourrices et
les domestiques attachés à leurs enfants. Rollin déplore l'espèce d'abandon auquel nous condamnons notre langue. Peu de personnes la savent
par principes, même parmi les plus habiles. « Un défaut si ordinaire
vient sans doute de l'instruction. Pour le prévenir, il est nécessaire
d'employer *tous les jours*, pendant le *cours des classes*, un certain
temps à l'étude de *notre langue*. Quatre choses peuvent, ce me semble,
contribuer principalement au progrès qu'on doit en attendre : la connaissance des règles, la lecture des livres français, la traduction, la
composition..... En apprenant aux jeunes gens les principes et les beautés de leur langue, on commencera aussi à leur former le goût et le discernement..... Dans la lecture que l'on fera des livres français, on ne se
contentera pas d'examiner les règles du langage..... on aura soin de remarquer la propriété, la justesse, la force, la délicatesse des expressions et des tours, etc. »

« Voulez-vous apprendre le français? disait l'abbé d'Olivet, lisez Cicéron. » L'université suit ce conseil trop à la lettre. On a actuellement
supprimé aux examens du baccalauréat la composition française sous
ses différentes formes; c'était pourtant ce qui pouvait démontrer le mieux
l'intelligence d'un jeune homme. On n'exige plus, en fait de composition, qu'un froid et raide discours latin qui ne prouve, dans celui qui
réussit, que le triste talent de savoir mettre en ligne de bataille tout
l'attirail de guerre du *Conciones*..... les *quousque tandem*, les *jam jam,
denique tandem*, les *verum enim vero*, et surtout les *proh Dii im-
mortales !*

8. — PAGE 61.

« Il est surtout important de ne pas leur (aux enfants) présenter plusieurs objets à la fois; il faut pour ainsi dire faire entrer dans leur esprit
les idées une à une, comme on introduit une liqueur goutte à goutte
dans un vase dont l'embouchure est étroite; si vous versez trop en même
temps, la liqueur se répand et rien n'entre dans le vase. » (Lhomond,
préface de la *Grammaire française*.)

M. de Parieu a dit avec raison, en 1848 ou 49, à l'assemblée nationale,
que les études ont gagné en superficie ce qu'elles ont perdu en pro-
fondeur.

9. — PAGE 61.

Dans le *Phèdre* de Platon, Socrate donne quelques coups de patte à Gorgias, à Tisias, qui ont découvert que le vraisemblable vaut mieux que le vrai.

> Le vrai peut quelquefois n'être pas vraisemblable.
>> (BOILEAU, *Art poét.*, III.)

10. — PAGE 61.

Comme l'Université paraît avoir oublié ou peut-être n'a jamais lu le *Traité des Études*, l'évangile des professeurs, je me permettrai de lui faire observer que Rollin traite minutieusement, dans cet ouvrage, des soins à donner aux enfants et aux jeunes gens pour :

1° *La lecture :* prononciation, ton, temps d'arrêt exigés par la ponctuation. (Édition des frères Estienne, t. I, p. 7, 24.)

2° *L'écriture ·* netteté, majuscules, minuscules, ponctuation, plumes, etc. (p. 12, 7, 13.)

3° *Les règles de la grammaire* (p. 6, 7.)

4° *L'orthographe* (p. 9 et suiv.)

Voir ci-dessus, note 7.

Dans un collège les classes sont trop bourrées d'élèves pour que les leçons y soient profitables. Peut-on croire qu'un seul professeur suffise à soixante ou quatre-vingts élèves? Une dame instruite, qui s'est entièrement vouée à l'instruction de ses neveux, regrettait vivement qu'il n'y eût pas, dans chaque classe, des bancs réservés aux parents qui voudraient assister aux leçons données à leurs enfants. L'idée ne me paraît pas mauvaise; les parents sauraient comment on instruit leurs fils, et les professeurs s'observeraient un peu plus.

« Quand nous sortons des écoles, nous avons à oublier beaucoup de choses *frivoles* qu'on nous a apprises; à apprendre des choses *utiles* qu'on croit nous avoir enseignées, et à étudier *les plus nécessaires*, sur lesquelles on n'a pas songé à nous donner des leçons. De tant d'hommes qui se sont distingués depuis le renouvellement des lettres, y en a-t-il *un seul* qui n'ait pas été dans la nécessité de *recommencer* ses études sur un nouveau plan? Si c'est hors des écoles que nous commençons à nous instruire, à quoi servent-elles donc? » (CONDILLAC, *Hist. mod.*, cité par A. Hoffmann; Vices, etc., p. 19.)

11. — PAGE 62.

Les lettres grecques *ch, th* et *d* représentent assez exactement les sons du *ch* allemand, dans le mot *sprechen*, parler, du *th dur* et du *th doux* des Anglais, dans les mots *think*, penser, et *that*, cela. Voilà à coup sûr, pour nous, de véritables difficultés de prononciation. Cette similitude de sons n'a rien d'étonnant si l'on réfléchit qu'il doit y avoir de l'affinité entre langues de la même famille. « La première grande souche de langues, dit Klaproth, la plus nombreuse et la plus répandue, est celle à laquelle je donne le nom d'*indo-germanique*. » Les langues des peuples qui appartiennent à cette souche sont : « les idiomes hindous, le persan, l'afghan, le kurde, le mède, l'ossète, l'arménien ; les idiomes slaves, l'*allemand*, le danois, le suédois, et en général tous les idiomes germaniques et scandinaves, le *grec*, le *latin* et les langues *dérivées* du latin. » Les moyens d'exprimer ses pensées par la parole sont aussi variés que tout ce qui existe sur le globe. Balbi trouve deux mille langues, mais il n'en classe que huit cent soixante, et cinq mille dialectes.

Pour revenir au grec, la prononciation orientale dans cette langue est observée par M. Egger à la Sorbonne, et par M. Rossignol au collége de France. Au reste, ce n'est pas une innovation, c'est un retour sur ce qui existait au seizième siècle. On a des mots français dérivés du grec prononcé des deux manières : par exemple, *plèvre* et *pleurésie*, venant de *pleura*, côté. Rendre au grec ancien sa prononciation orientale, c'est nous mettre en état de comprendre très-promptement le grec moderne. Sur le territoire de l'antique Béotie, on ne demandera plus Thèbes ou Thêbai, mais *Thivé*, avec le son du *th* dur anglais. Les erreurs de prononciation ont parfois des résultats assez inattendus. Ainsi, les Grecs du seizième siècle qui, lors des guerres, entendaient toujours appeler l'amiral Doria, ser Doria, abréviation de messer Doria, inventèrent, un peu aidés par un souvenir historique, un nouveau *Sertorius*.

12. — PAGE 66.

Pourquoi faire du thème grec ou latin autre chose qu'un moyen de résumer les règles nécessaires à l'intelligence des auteurs ? Loke, Beauzée, Dumarsais, blâment l'abus des thèmes. » Le latin qu'on fait par les thèmes, dit WANDELAINCOURT (*Introd. à la méth. lat.*), n'est pas tel que celu des auteurs... On a mille peines à oublier ce méchant latin. »

Dans *Tableau de Paris*, MERCIER dit : « On emploie dans les colléges sept ou huit ans pour apprendre la langue latine, et sur *cent* écoliers, *quatre-vingt-dix* en sortent sans le savoir. » C'est ce que pensait à peu près le grand ARNAULD. (Voir note 3.)

« Je crois qu'on devrait se borner à les *entendre* (les auteurs), et que le temps qu'on emploie à *composer* en latin est un temps perdu. Ce temps serait mieux employé à apprendre par principes sa *propre langue*, qu'on ignore toujours au sortir du collége, et qu'on ignore au point de la parler mal. » (D'ALEMBERT, *Encyclop. méthod.*)

TANNEGUI LEFÈVRE se prononce fortement contre la méthode des thèmes. Le moyen le plus efficace pour arriver à la perfection de l'éloquence latine, c'est de lire assidument, d'expliquer et de traduire sans cesse les auteurs de la bonne latinité... *Budé, Scaliger, Turnèbe, Passerat* ont étudié ainsi... C'est ainsi qu'il instruisit sa fille, la célèbre madame *Dacier*. (HOFFMANN, *passim.* ouvrage cité, note 1.)

ROLLIN[1] est aussi de cet avis. D'ailleurs, surtout pour les commençants, il craint, par un travail *pénible* et *peu utile*, de leur inspirer du *dégoût*. Sans doute Rollin se rappelait alors les paroles de MONTAIGNE[2], qui se félicite d'avoir eu « affaire à un homme d'entendement de précepteur, » qui lui fit aimer l'étude. Autrement, ajoute-t-il, « j'estime que que je n'eusse rapporté du collége que la haine des livres, comme faict quasi toute nostre noblesse. »

13. — PAGE 66.

Il vaudrait peut-être mieux mettre, au collége, franchement de côté les *langues vivantes*, qui sont pourtant d'une utilité incontestable, que de les étudier comme on le fait. M. Savoye, professeur d'allemand au collége Louis-le-Grand, s'exprime ainsi dans sa brochure adressée à M. le ministre de l'instruction publique, en septembre 1846 : « Depuis cinq heures du matin jusqu'à huit, l'écolier n'a qu'une demi-heure de répit, et travaille dans les salles d'étude. A huit heures, il passe aux leçons de latin, et c'est à dix seulement que, après avoir déjà pâli pendant quatre heures et demie sur les langues mortes, il arrive aux langues vivantes, fatigué, abattu et maudissant ces classes *bâtardes*, fâcheux *caput mortuum* qui vient encore le poursuivre si mal à propos... A l'inconvénient des heures mal choisies se joint la parcimonie avec laquelle on distribue le temps accordé à ces facultés. Pour le latin et le grec, les élèves ont chaque semaine dix, douze et jusqu'à seize heures de classe, tandis que pour l'allemand ou l'anglais, il ne leur en est donné que deux. Quant au travail entre les classes, il n'en faut pas parler : le temps manque! etc. (*Considérations sur l'état de l'enseignement des langues vivantes dans les colléges de France*, p. 8 et 9.)

1. *Traité des études*, t. 1, p. 160 et suiv.
2. Liv. 1, 25.

« Je vouldrois premierement bien sçavoir ma langue, *et celle de mes voisyns où j'ay plus ordinaire commerce.* » (MONTAIGNE, liv. 1, 25.)

14. — PAGE 66.

Ces jeunes plantes que l'action d'une chaleur concentrée avait fait naître en quelques jours, qui devaient se flétrir quelques jours plus tard dans les corbeilles d'argent placées autour d'Adonis, aux fêtes de ce favori de Vénus, ne sont-elles pas l'image de beaucoup de nos brillants sujets universitaires? Ils ne durent pas plus que ces *adónidos kêpoi*, ces jardins d'Adonis, expression qui était devenue proverbiale dans l'antiquité, et que l'Université ne saurait me blâmer d'employer ici, pour désigner les choses éphémères.

Cette assiduité constante, à laquelle on condamne la jeunesse, le manque d'exercice et d'air, ne peuvent que nuire à la santé, au développement de l'homme. Et puis, n'est il pas cruel de placer les longues stations des concours dans les mois les plus chauds de l'année, alors que les professeurs des facultés songent prudemment à prendre leurs vacances? On ne saurait avoir trop de précautions pour prévenir les infirmités qui assiégent même la jeunesse. Ainsi, en Allemagne, l'usage des lunettes devint si fréquent parmi les écoliers, qu'on songea à rechercher les causes de cet affaiblissement de la vue. L'enquête prouva que les principales causes étaient les livres grecs mal imprimés, et l'explication des auteurs de cette langue au moment où le jour baisse.

« Je diroy volontiers que comme les plantes s'estouffent de trop d'humeur, et les lampes de trop d'huile; aussi faict l'action de l'esprit, par trop d'estude et de matière. Et combien ay-je veu de mon temps d'hommes *abestis* par téméraire avidité de science?... Il n'est rien *si gentil* que les petits enfants en France; mais ordinairement ils trompent l'espérance qu'on en a conceue... J'ay ouy tenir à gents d'entendement que ces colléges où on les envoye, de quoy ils ont foison, les *abrutissent* ainsi[1]. »

M. Biot, me disait un de mes amis qui eut l'honneur de parler plusieurs fois à cet illustre académicien, reconnait que de son temps on exigeait dans les examens à l'école polytechnique, plutôt l'aptitude à la science que la science elle-même. Cela me parait fort judicieux et tout à fait dans le sens du conseil d'Isocrate à Démonique : « Si tu aimes la science, tu seras savant. »

Vous tuez votre fils, disais-je à une mère pleine de tendresse pour

1. MONTAIGNE, liv. J, 24, 25.

son enfant, mais ne pouvant résister à la gloriole de le voir briller dans les concours. Quand il aura acquis, s'il l'acquiert, la position à laquelle vous le destinez, il ne sera plus bon à rien. — Qu'importe! il sera tout de même arrivé. — Arrivé, ai-je répondu; oui, comme le brave soldat sur la brèche... mourant!

15. — PAGE 68.

On cajole, on obsède les parents, on leur achète, c'est l'expression dans sa vérité toute crue, leurs enfants qui ont des chances de réussir aux concours. Dans les colléges, on se contente de pousser, au détriment des autres élèves, ceux qui peuvent faire briller le professeur et l'éta-blissement. Heureux quand on ne transforme pas ces jeunes prodiges en *spécialistes*, bons seulement à gâcher du *thème grec* ou des *vers latins!*

16. — PAGE 72.

Pindare. (STOBÉE, *de l'Envie*, 22.)

17. — PAGE 73.

Rien ne peut prouver qu'on écrive mieux en latin qu'Horace, dans le fragment de Dialogue par Boileau, n'écrit en français. Boileau revient sur ce sujet dans la lettre CI. Je vois avec plaisir que M. *Villemain* est de cet avis : « l'Anti-Lucrèce, agréable monument de l'art *assez douteux* d'écrire en latin, quand on est né dans les Gaules dix-huit siècles après Lucrèce. » (*Répertoire de littérature* au mot LUCRÈCE.)

18. — PAGE 74.

J'ai sous les yeux une thèse en grec, par un membre bien connu dans l'Université, dédiée à M. le ministre, je veux dire *dioikêtê huper-tatô* Guizot. Pourquoi pas *Guizotô*, de même qu'on a mis *ek tou tupo-grapheiou tôn toû Phirminou Didotou huiôn*, pour nous apprendre que le livre sort des presses de MM. Didot frères? *Tou Phirminou Di-dotou*, transformation aussi splendide que celle de Napoléon en *Nea-polio*, dans l'inscription latine de la Colonne, aussi drôle que le mot tout moderne *imprimerie*, et tant d'autres, affublés d'un déguisement grec ou latin. Mais ainsi que l'Université autrefois le reconnaissait elle-même, Dom Barbarisme était le bien venu chez elle. D'abord M***, en sa qualité d'Helléniste, n'aurait pas dû employer, en prose, le mot *hupertatos*, forme poétique qu'il eùt été forcé de corriger dans un thème grec de ses élèves; et puis, comme français, il aurait pu, avant d'écrire en grec et d'imprimer en grec les 42 pages de sa thèse, se souvenir de ce qu'au chapitre de la langue latine Rollin dit de la langue française, « la langue ordinaire de tous les honnêtes gens dans les pays étrangers, et celle qu'on y emploie communément dans le commerce de la vie civile.» Rollin nous rappelle que le français est la langue diplomatique, et il ajoute : «Ne serait-il pas honteux à des Français de renoncer, en quelque sorte, à leur patrie, en quittant leur langue maternelle, pour en parler une (le latin) dont l'usage ne peut jamais être, à leur égard, ni si étendu, ni si nécessaire? » Un secrétaire d'ambassade, auquel j'ai eu à donner des leçons de français, m'a fait observer que, si une cour étrangère écrit à une autre cour étrangère, en français, on lui répond en français; si elle emploie son propre idiome, on lui répond dans l'idiôme du pays auquel elle s'adresse.

Avant 1840, on parlait latin dans les concours de l'école de droit , et la brochure de M. *Bravard-Veyrières*, sur cette question, nous montre quel absurde galimatias on y entendait. Je ne dirai pas avec le poëte :

Qui nous délivrera des grecs et des latins?

mais de tout ce qui est ridicule en grec et en latin, sans en excepter ces beaux distiques, dans une langue morte, inscrits au frontispice des monuments publics, à l'usage des vivants; par exemple, ces deux vers gravés sur la fontaine de la place Saint-Michel :

Hoc sub monte suos reserat sapientia fontes ;
Ne tamen hanc puram respue fontis aquam.

Les habitués de cette place, les porteurs d'eau, ont peut-être le bon sens de croire que cette inscription constate que l'aqueduc d'Arcueil ou plutôt les sources de Rungis alimentent cette fontaine; les turbulents hôtes du quartier, les étudiants, bacheliers ès-lettres, ont bien autre chose en tête que le style lapidaire. Quelque vieux professeur retraité qui désormais peut prendre ses aises, braque son lorgnon sur le marbre, flaire le terrain, comme s'il voulait en lever un plan géométrique, et sourit; il a compris la finesse. Il y a eu toujours des collèges aux alentours; *sapientia* signifiera donc la science, habitante des collèges, et même, en enchérissant un peu, il trouvera que ce latin veut dire quelque chose comme : «La Sorbonne, au pied de cette montagne, ouvre ses sources de science ; cependant ne fais point fi de cette eau pure de source.» Si ce n'est pas là le vrai sens, un autre jour notre savant sera plus heureux.

L'Université, cette institution éminemment française, ne doit s'occu-
per que de grandes choses. Quoi de plus grand, de plus digne de sa
sollicitude, après la morale qui est le fondement des fortes études, dans
tous les pays, que cette belle langue française que tant d'étrangers connaissent mieux que beaucoup d'entre nous? Que l'Université use de son
crédit, non pour faire graver des vers latins sur les bornes-fontai-
nes, mais pour faire en sorte qu'on rencontre, le moins possible, de ces
instituteurs ou institutrices qui écrivent en français comme les savants écrivent en grec ou en latin. A propos d'une affaire qui intéresse
de jeunes enfants, mes pupilles, j'ai reçu, il y a peu de temps, d'une
institutrice de la Basse-Normandie, une lettre dont voici quelques lignes : « M. le curé de.... est employé, comme moi, légataire, dans la
crainte qu'il m'arrivât quelque chose, qui est un homme si juste.....
toute la famille a signé, comme il l'accepte sans frais vous comprenez
que celui qui en fera le payera au détriment de leurs enfants. J'en
serais fâchée, ces peines on jéné leur pauvre oncle jusqu'à la mort où il
ma fait prononcé trois paroles sacrés en mourant de tenir toutes ces
volontés.... »

« Votre humble S^{te} X***, institutrice. »

Maintenant peut on croire qu'il soit possible de rédiger un procès-
verbal, semblable au suivant, dont je ne change que les noms propres,
copié au greffe de la justice de paix d'une ville importante d'une
sous-préfecture du département de la Nièvre, à une lieue de la commune où le fait s'est passé ?

« Jont sousigné Élie Plot addejoint de la dite comune de.... serti-
fiont que nous teurtout habitant dicy, javont entrepri (donné par entreprise) audit sieu Dabot tailleure de pière la fabrication et le taiyage
en piarre dun S Michelle patront de la dite comune pour le mettre
daut laiglise moiennant ce que je somme convenut avecque le dit
Dabot. — Ai lai (il a) donque fabriqué et taillée noutre dit S Michelle de
tout les coutiés et y nous a dit dasambler tout le pai et noul itou compri
pour de lai (là) nous transpourter dans noutre aiglise pour prandre li-
vrèson du dit S Michelle quile a fais au nombre dais saint qui se trou-
vont ici. — Je nout sont trouvé rai uni (réunis) ansamble dans laiglise
otoure du dit S Michelle le dit Dabot iétant ausi — javont tourné ai len-
vyron du dit S Michelle et javont trouvé quai y manquot un oreile —
de pu quai ne ressamble pat tant seulemaut à un S Michelle qua un
boucard (bouc) — de pu quai io fai das soies aussi grous qune paillaïs-
sée de treufe (trèfle) — quai iaie fait de pu deut jous ossi grouse quun

flutreu (ioueur de flûte) — de pu quai ié fait une culote bleu et une vaiste roige si biu si biau quai leurre samble (qu'il ressemble) ai un coumédien — de pu quai ië fait un livre dans la main quié tout leire dunne tabaquierre — de pu quai lai piarre avèque quoy il a baty S Michelle ai tandre tou coume du froumaige mou dont auquèle je touchont quai se casse.

Jont teurtout dy au dit Dabot jeu voulins poin de son S. Michelle quoi peu ben le gardé pour ly et quai lempourte tou de suitte sinon que je vout limpulser de noute aiglise par lé force du paï. »

« A.... 12 novembre 1845. »

Cet adjoint est monté en grade ; il est maire. Au surplus, M. le maire était peut-être l'élève d'un instituteur des environs qui, en 1854, au moment de la guerre en Orient, me pria de lui indiquer, sur la carte, la Crimée, qu'il cherchait vainement : malgré mon vif désir de l'obliger, je ne pus lui rendre ce service, attendu que la carte sur laquelle il s'escrimait depuis une heure, était celle de France.

SATIRE VI

LES PARVENUS

Réussir plus qu'ils ne le méritent, c'est
pour les sots une source de mauvaises
pensées.

(DÉMOSTHENE, IVe *Philippique.*)

SATIRE VI

LES PARVENUS

La caque sent toujours le hareng.
(*Dict. de l'Académie.*)

C'est l'orgueil trop souvent qui nous perd et l'envie.
On veut toujours monter plus haut, et l'on oublie
Que nous sommes acteurs dans ce grand univers,
Qu'en y changeant de rôle, on jouera de travers...
Que la société n'est qu'une immense échelle ;
Chaque échelon se suit, se commande, et sur elle
Il ne faut se hisser qu'en allant pas à pas,
Et même à son sommet tous ne parviendront pas.
Peu d'hommes que le ciel visiblement protége,
De tenir le haut bout ont eu le privilége.
Est-ce une récompense ou non que la grandeur ?
Le vertige saisit à semblable hauteur ;
Et, sur son piédestal, en butte à la tempête,
Isolé, le héros sent grisonner sa tête.

Si le pauvre savait le néant des honneurs,
Qu'il se garderait bien d'en briguer les faveurs !

Car le bonheur, qui fuit le maître d'un royaume,
Peut habiter parfois sous le modeste chaume.
Ah ! combien d'élégants circulent dans Paris,
En gants jaunes, tranchant du comte ou du marquis,
Paient leur dîner bien cher à la Maison dorée,
Et dans un punch joyeux, brûlent chevaux, livrée,
Qui de honte mourraient, sottement orgueilleux,
S'ils voyaient un d'Hozier étaler à leurs yeux
Leur généalogie, et prouver que leur père
Aunait du calicot ou labourait la terre !
Mais ne vous en déplaise, ô mes jeunes seigneurs,
Qui dissipez les fruits de si dignes labeurs,
Votre ton vous trahit : plus je vous examine,
Du moulin paternel plus je sens la farine.
Jamais en un seul jour l'apprenti n'est patron :
« A force de forger on devient forgeron. »
Faites-moi remonter votre illustre origine
Aux champs Catalauniens, au vieux pont de Bouvine,
Et des preux chevaliers, compagnons des Louis,
Montrez les écussons tout parsemés de lis,
Je saluerai vos noms, chers à la Providence,
Qui portaient jusqu'aux cieux la gloire de la France,
Ces noms presque divins... Mais, ce marquis d'hier,
Qui croit prendre un air noble, alors qu'il n'est que fier,
Et de quoi ? du clinquant dont brille sa personne,
Ce n'est qu'un coffre-fort ambulant qui résonne.

Rougir du nom d'un père, humble mais vertueux,
Inventer à plaisir ou voler des aïeux,
De ses titres menteurs qu'avec faste on déroule,
Éblouir les niais dont pullule la foule,

Et, par son ton, fournir à Cham bien plus d'un trait,
Voilà des parvenus le vulgaire portrait.

Il est des parvenus en tout, en vertu même;
Leur jeune piété montre un orgueil extrême;
Leur maladroite aumône insulte en obligeant;
Ils obligeraient mieux en gardant leur argent.
De leurs bienfaits, mon Dieu, que ta bonté me garde!
Partout les prônerait leur charité bavarde!

Grâce donc à vous seuls, messieurs les parvenus,
L'urbanité française enfin n'existe plus!
Oui, vous avez détruit, avec votre rudesse
De langage et de mœurs l'exquise politesse
Qui rendit un Français l'emblème du bon ton.
Vous êtes-vous grandis dans notre estime?... Non!
Qu'avez-vous donc gagné? Sans doute l'avantage
De conserver plus neuf, sur vos fronts qu'il ombrage,
Un chapeau dont les bords ne se froissent jamais...
Mais aussi, par malheur, tels maîtres, tels laquais.
Car ce qui vous entoure est fait à votre image;
On croirait déroger en paraissant plus sage.
Ainsi tout se gangrène au contact de vos pas...
C'est l'huile qui pénètre et ne s'arrête pas.

Faut-il donc maintenant s'étonner que sur terre,
Des êtres abrutis, aigris par la misère,
N'aient aucune pitié des nobles animaux
Dont l'utile concours allége leurs travaux,
Qu'ils les traitent... messieurs, j'ose le dire à peine...
Comme vous, vous traitez la créature humaine?

Gloire, gloire à vous seuls pour de tels résultats!
Vos succès feront peu de jaloux ici-bas!
Triomphez longuement, sans fatigue, à votre aise!
A qui donc voulez-vous qu'un si triste honneur plaise?
Aux jeunes rejetons des antiques guerriers,
De la France jadis illustres boucliers?
Ils savent bien qu'au fond ils sont ce que nous sommes,
Que Dieu qui parle en père au plus petit des hommes,
S'il les a distingués du reste des humains,
Ce n'est pas pour flétrir les œuvres de ses mains.

Oui, l'affabilité, mais jamais l'insolence,
Nous prouve, sans réplique, une haute naissance!
Eh! qui va croire noble un homme que l'on voit
Dans ses grossiers accès oublier ce qu'il doit
Aux autres comme à lui. Lui, noble! C'est un rustre
Et non le rejeton d'une famille illustre *!

Marquis de contrebande, enflés d'un sot orgueil,
On vous reconnaît tous, tous au premier coup d'œil.
Une peau de lion vous irait à merveille,
Si toujours ne perçait un petit bout d'oreille.

1855.

* Pourquoi parles-tu de tes aïeux et non de toi-même? Mieux vaut
la vertu sans naissance, que la naissance sans la vertu. Une rose est
poussée sur une tige épineuse, elle n'en est pas moins une rose. Mais
toi, si tu n'es qu'une épine sortie d'une bonne terre, tu mérites le feu.
Comment, pervers que tu es, t'enorgueillir autant de tes ancêtres?
Gros âne fait pour la meule, tu as la fierté du cheval.

   (S. Grégoire de Nazianze, distiq. sur un noble.)

SATIRE VII

LA PLAIE DE L'OR

Un mal qui répand la terreur,
Mal que le ciel, en sa fureur,
Inventa pour punir les crimes de la terre .
(La Fontaine, VII, 1.)

SATIRE VII

LA PLAIE DE L'OR

I

FINASSIERS FINANCIERS. — LA BOURSE .. OU LA VIE !

> L'exemple est un dangereux leurre.
> (LA FONTAINE, II, 16.)

> A solemn council, forthwith to be held
> At Pandæmonium, the high capital
> Of Satan and his peers...
> ... All access was throng'd : the gates
> And porches wide, but chief the spacious hall. .
> Thick swarm'd, both on the ground, and in the air,
> Brush'd with the hiss of rustling wings.

> (Les hérauts ailés proclament) qu'un conseil solennel va se tenir à l'andæmonium, la grande capitale de Satan et de ses pairs.... Tous les abords étaient encombrés; les portes, les vastes portiques, et surtout la salle immense... fourmillaient de nombreux (esprits), à la fois sur la terre et dans l'air, froissé du sifflement de leurs bruyantes ailes.
> (MILTON, Paradis perdu, I, 755.)

Au voleur ! au voleur ! aux galères, cet homme
Qui dans mon coffre-fort a soustrait une somme !
Limiers de la police, en avant ! sus ! holà !
Flairez, suivez sa piste ! Il a passé par là !

Prendre l'argent d'autrui ! mais c'est abominable !
La loi ne saurait trop frapper un tel coupable.
— Calmez-vous, je vous prie, ô banquier vertueux,
Que révolte à bon droit ce délit scandaleux,
Justice sera faite, et même la potence
Pourra bien quelque jour finir son existence.
Il a volé, c'est vrai ; qu'il soit puni, d'accord ;
Mais n'est-il rien qui puisse atténuer son tort ?
Plus que lui, croyez-moi, la faim fut criminelle ;
Ce qu'il vous a ravi n'est qu'une bagatelle...
Et vous êtes si riche !... il pouvait prendre plus...
— Monsieur, tous vos discours pour lui sont superflus ;
Je n'ai pas de pitié pour les voleurs ! — Je pense
Que vous placez aussi dans la même balance
Ceux dont l'exemple a pu les perdre ? — Assurément.
— Monsieur, vous vous mettez vous-même en jugement !
Croyez-vous donc, messieurs les gros capitalistes,
Des dés et du hasard cruels apologistes,
Édifier beaucoup le peuple en lui montrant
De votre art dangereux le secret enivrant ?
Vos tours de passe-passe, adroit escamotage
Qui fait glisser soudain le plus riche héritage
De la poche du maître à celle du valet,
Habile compérage, exploit de gobelet ?

Pénétrons dans le temple, étourdissant repaire
Où rugit adoré le monstre monétaire,
Babel française au cri discordant et changeant,
Le Pandémonium de l'or et de l'argent.
Quelle confusion et quelles bousculades ?
Mon Dieu ! mais c'est Paris un jour de barricades !

Se peut-il qu'on tolère au sein d'une cité,
Une école d'émeute et de rapacité?

Il existait jadis et bravant la morale,
Maintes maisons de jeux, asiles du scandale.
On détruisit naguère, au milieu des bravos,
Ces déplorables lieux, ces infâmes tripots.
Les joueurs expulsés de leur sombre tanière
Et dévorés toujours de la soif financière,
Auraient-ils à la Bourse acquis l'impunité?

La Bourse maintenant, c'est une royauté ;
Du chiffre et du calcul voilà l'apothéose.
Dans ce dédale obscur malheur à qui s'expose!
En vain l'on tient en main le fil libérateur,
La Ruse qui vous suit l'embrouille avec fureur.
C'est là que trop souvent le père de famille
Engloutit son honneur et la dot de sa fille.
Quand on hante la Bourse, il faut s'y marier,
Devenir numéraire et barrème et papier ;
Pour elle oublier tout, ses enfants et sa femme,
Et comme au cabaret s'y livrer corps et âme.

Que dis-je? Cet appât d'un lucre aventureux
Qui fait tourner la tête à tant de malheureux,
Arrache à son foyer, au soin de son ménage,
La femme qui se mêle aussi d'agiotage!
A ces gens éblouis d'un éclair de bonheur,
Allez donc conseiller un honnête labeur!
Ils vous riront au nez. — « Ah! le pauvre salaire
« Qu'on tire du travail! » dira l'actionnaire;

6.

« Du travail ! Vous m'offrez un bien maigre régal ;
« C'est acheter trop cher sa place à l'hôpital.   [peine,
« Mieux vaut, pour mes vieux jours, et sans beaucoup de
« Gagner d'un coup de dé quelque riche domaine. »
— Oui, riche au premier coup et pauvre au coup suivant ;
Vous marchez, croyez-moi, sur un terrain mouvant...
La hideuse misère et sa cruelle escorte
Assiégeront demain peut-être votre porte...
— « Eh bien, vaincre ou mourir ! Si je suis ruiné,
« A la terre je rends ce qu'elle m'a donné !... »

Et voilà le secret de tant de suicides.

Que faire ? Si parfois ils se montraient lucides,
On pourrait les traiter ; mais ce mal, tout nouveau,
Est une fièvre ardente, un transport au cerveau
Qui sans cesse au malade inocule sa rage.
Ils désirent toujours, ces Midas de notre âge,
Que ce qu'ils ont touché se convertisse en or.
Ciel ! d'un don si fatal préserve nous encor !
Soustrais à leur contact notre fertile Beauce
Dont ils feraient sans doute, en jouant à la hausse,
Une Californie au lieu d'un bon grenier,
Si la Loi n'était plus le puissant bouclier
Qui défend l'homme en butte aux manœuvres coupables
De ceux qui pour de l'or affament leurs semblables.

Aussi quand l'or tient lieu des vertus qu'on n'a pas,
Qu'à l'opulent coquin on parle chapeau bas,
Tandis qu'en abordant le pauvre, mais honnête,
Sans scrupule on le garde enfoncé sur sa tête,
Que de gens peuvent dire : « On fête les filous,
« Pauvre l'on meurt de faim... hurlons avec les loups ! »

II

L'IDOLE... .

Unde habeas quærit nemo, sed oportet habere.
D'où proviennent les richesses, personne ne s'en
informe, mais il faut être riche.

(Ennius, JUVENAL, sat. XIV, 207.)

Nous sommes tous hommes, Sire, nous avons
tous failli; nous avons tous désiré d'être consi-
dérés dans le monde; nous avons vu que sans
bien on ne l'étoit pas; il nous a semblé que sans
lui toutes les portes nous étoient fermées; que
sans lui nous ne pouvions pas même montrer
notre talent, si Dieu nous en avoit donné...

(PELLISSON, II Discours pour Foucquet.)*

Qui frappe? — Un malheureux sans asile et sans pain
— Je suis trop occupé..... vous reviendrez demain !
Qui frappe ? — L'or ! — Ouvrons à deux battants la porte !
L'or chez moi ! Quel honneur... Que me veut-il ? N'importe !
Qu'il soit le bienvenu !..... L'or a toujours raison;
C'est l'âme du foyer, l'ami de la maison,
Le seul roi dont la loi gaiement est acceptée;
C'est un dieu !... Gloire à Dieu, je ne suis pas athée !

A l'or le plus abject les forfaits sont remis;
L'or fait pardonner l'or, et nul n'est compromis.
Tous les moyens sont bons pour gagner la richesse;
Point de scrupule sots... du nerf et de l'adresse !
On a toujours trop peu, mais jamais trop osé;
Pourvu qu'on réussisse, on est tout excusé...

La fortune soutient l'homme que rien n'étonne.....
Mais malheur à celui qu'un jour elle abandonne!
Eût-il pour triompher bien combiné ses plans,
Fût-il homme d'honneur, d'esprit et de bon sens,
Il a voulu sortir de la commune ornière,
C'est un âne! et chacun de lui jeter la pierre.

L'or!..... Qu'est-ce donc que l'or? c'est le germe fatal
De l'arbre de science et du bien et du mal,
Que le ciel recélait aux profondeurs des terres
Pour retarder l'essor de toutes nos misères.
L'or! c'est le seul pivot des choses d'ici-bas,
C'est le seul talisman dont nous ne doutions pas,
C'est la langue muette à tous intelligible.....
C'est le glaive au plafond..... C'est le signe terrible
Qui vient prophétiser à plus d'un Balthazar
Qu'il ne videra pas sa coupe de nectar.
L'or nous ferme le cœur; il nous rend insensibles
Aux douceurs du foyer, à ces vertus paisibles,
Les solides trésors qu'on ne peut nous ravir,
Car la coupable main ne sait pas s'en servir.
Sans vertu par lui-même et partant inutile,
Il fallut lui créer la valeur mercantile,
Valeur nulle et d'emprunt, image de ces gens
Dont le mérite est tout dans leurs titres ronflants.
L'or!... souvent c'est le trouble au sein d'une famille.
C'est à lui que le père immolera sa fille.
Au digne et tendre objet de son premier amour,
Un barbare intérêt l'arrache sans retour.
Que dis-je? il l'a rendue épouse criminelle!...
Nous dérivons toujours où le cœur nous appelle.

L'or!... il est sans pudeur, il ne respecte rien,
Bat en brèche un fripon comme un homme de bien.
Pour que la place un jour ne soit pas occupée,
Il faut que l'âme alors soit fortement trempée.....

Ah! monsieur l'avocat, vous étiez, ce matin,
Défenseur de la veuve et du pauvre orphelin...
De sauver le malheur la noble impatience
Aurait-elle en défaut mis votre expérience?
« Quel bonheur, disiez-vous dans votre juste orgueil,
« De pouvoir foudroyer le crime d'un coup d'œil!
« De rendre à l'opprimé la vie et l'innocence! »
Que c'était beau, monsieur! Mais dans votre balance
L'argent de l'oppresseur a-t-il fait contre-poids,
Qu'on vous trouve ce soir immobile et sans voix?
Au moins avez-vous eu le bon sens de vous taire.
D'autres auraient plaidé pour embrouiller l'affaire.

Le brigand à l'affût, au détour d'un chemin,
La nuit, sous la feuillée, un poignard à la main,
Qui tue et qui dépouille, a-t-il fait autre chose
Que l'avocat vendu qui déserte sa cause [1]?

Puisque tels sont de l'or les effets sur nos cœurs,
Au diable le poison et les empoisonneurs!

III

ET LES IDOLATRES.....

> C'est affreux d'être pauvre, mais c'est pire
> d'être mauvais riche.
> (S. GREG. DE NAZIANZE, *Iambes chrétiens*.)

Si Dieu, pour châtier notre froide avarice,
Ne nous laissait que l'or et sa vertu factice,
Privés du er surtout, le vrai roi des métaux,
Nous serions arrêtés dans nos moindres travaux.
Mais l'or seul nous séduit. L'or, plus on en possède,
Plus on veut en avoir; toujours il nous obsède
Comme un esprit malin qui trouble le cerveau.

Toi dont un pied déjà glisse dans le tombeau,
O vieillard chancelant, pourquoi ta main rapace
Se crispe sur cet or que ta fureur entasse?
Songe, songe plutôt, s'il en est encor temps,
Songe à te convertir : de tes derniers instants
Et non pas de ton or sois justement avare ;
Une minute à peine encore te sépare
De l'heure où vie et biens subissent même loi;
Une minute encore..... et tu n'es plus à toi.
La terre désormais va couvrir ta dépouille,
Ainsi qu'elle a couvert ton argent qu'elle rouille.

Pourrir près d'un trésor dont on n'a pas joui,
Retenir avec soi, dans la poudre enfoui,
Sans profit pour autrui, sans profit pour soi-meme,
Le pain qui nourrirait, dans leur misère extrême,
Cent familles en deuil, que dévore la faim,
Est-ce tout le plaisir qu'on peut tirer du gain [2]?
Faut-il, pour se créer une fortune immense,
Vouer à tant de maux sa pénible existence,
Faire tant d'actes vils, d'intrigues et de bruit,
Et n'emporter..... qu'un suaire en l'éternelle nuit!

Il eut tort, direz-vous, d'amasser pour la terre;
On ne doit pas laisser sa fortune en jachère;
L'or qu'on fait travailler double les capitaux.
Ah! quel bonheur de voir se grouper les zéros
Auprès des unités transmises par nos pères,
Et de rendre ses fils des gloires monétaires!
— Vraiment! c'est une noble et juste ambition.
Mais quelle utilité pour une nation
Qu'un troupeau de Crésus, hydres des monopoles,
Absorbent d'un seul trait nos modernes Pactoles
Qui répandraient au loin le bienfait de leurs eaux,
S'ils pouvaient librement faire rouler leurs flots?
Gens de gros appétit, gens de fâcheuse race.
Le bon Henri voyant un estomac vorace,
Un Gargantua même, engloutir, sans façon,
Le dîner de plusieurs ainsi que la boisson :
« Ventre-saint-gris! » dit-il, « quel fléau pour le chaume!
« Cent gueules comme lui mangeraient mon royaume! »

Ce prince avait raison : il faut un terme à tout.

Très bien! va s'écrier ce gros banquier, du coup

Je commence à comprendre enfin votre programme ;
Monsieur le persifleur, veuillez changer de gamme ;
L'égalité de biens n'a pas encor, chez nous,
Le droit de bourgeoisie... ainsi..... méfiez-vous !...
— Qui vous dit qu'au bon sens je veux livrer bataille ?
Égalité d'esprit, égalité de taille,
Ne se peuvent pas plus qu'égalité de sort.
La vraie égalité, la seule est dans la mort.
— Alors, expliquez-vous ! — Si les sables arides
Boivent tout un ruisseau par leurs pores avides,
Au moins nous rendent-ils, quelques instants après,
L'emprunt qu'ont centuplé de riches intérêts :
Grâce aux nombreux tributs des ondes souterraines,
Un fleuve maintenant va féconder les plaines.
Agissons-nous ainsi d'après les mêmes lois,
Quand de simples sujets l'or nous érige en rois ?
Notre maxime à nous est dure et sacrilége :
Que nos écus roulants fassent boules de neige !
Est-ce là, j'en appelle à la saine raison
Des hommes pour qui l'or ne fut pas un poison,
Est-ce là, dites-moi, le vœu de la nature,
Qui donne largement, qui rend avec usure ?

Laissons jouir chacun du rayon de soleil
Que pour tous Dieu fait luire au moment du réveil.

IV

ET LES FANATIQUES DESTRUCTEURS DE LA CRÉATION ET DE LA CRÉATURE.....

> Il semble que de tout temps l'homme
> ait fait moins de réflexions sur le bien que
> de recherches pour le mal.
>
> (BUFFON, *Septième époque de la nature*.)

Pour conquérir de l'or que ne ferions-nous pas !
Nous mettrions sans doute en danger les Etats...
Savons-nous si déjà notre avarice extrême
N'aurait pas atteint l'homme et le globe lui-même ?
Aveuglés par le gain ou plutôt par Satan,
N'avons-nous pas détruit, tous d'un commun élan,
Les antiques forêts, ces remparts salutaires
Que le Ciel a dressés pour protéger les terres !
Cribles nettoyant l'air de toute impureté,
Elles nous renvoyaient la vie et la santé.
L'Asie en vain sur nous soufflait sa mort lointaine ;
Ces immenses réseaux la retenaient sans peine.
Dès qu'on fit de nos bois tant de proscriptions,
Le terrible fléau des inondations
Frappa les destructeurs de digues si puissantes.
Sur le front protecteur des forêts ondoyantes,
Et la foudre et la grêle exerçant leur courroux,
Respectaient dans les champs notre espoir le plus doux ;
Et l'insecte content de son lit de feuillage
Ne souillait pas nos fruits d'un cruel gaspillage.

7

Mais, qu'importe ? D'un pré l'on tire plus de gain...
Aujourd'hui jouissons, sauf à mourir demain [3].

— Ainsi vous trouvez mal qu'un père de famille
Veuille enrichir ses fils, cherche à doter sa fille,
Ose leur aplanir les sentiers d'ici-bas ?
— Eh bien ! prétexte ou non, je ne conteste pas.
J'admets que vos enfants furent la seule cause
De ces cruels soucis que le gain nous impose.
Mais vos fils, dites-moi, seraient-ils ruinés,
Comme vous au travail à jamais condamnés,
Si parfois pour Lazare un peu plus charitables,
Vous daigniez lui jeter les miettes de vos tables,
Vous souvenant qu'on pleure au fond du noir grenier
Où le pauvre avant vous a porté son denier ?
Suivez-le ; vous verrez, dans la mansarde humide,
Le désespoir tramer son complot homicide...
Cette femme, flétrie, usée avant le temps,
Rien, plus rien ne lui reste ; à ses derniers instants,
Tout l'abandonne, tout, même sa foi sincère.
Car son cœur et de fille et d'épouse et de mère
Le même choc le brise, égare sa raison...
Seule, aux besoins de tous, dans sa froide maison,
Seule, elle doit suffire... elle en a le courage,
Elle en a le talent... où trouver de l'ouvrage ?...
Il en faut... aujourd'hui... demain... soins superflus...
Portez l'ouvrage ailleurs... les morts ne souffrent plus !
Un vieux père, accablé de misère et d'années,
Achève, en ce moment, ses tristes destinées ;
Par l'excès du travail, moissonné dans sa fleur,
Le mari lutte encore, en proie à la douleur :

Car il songe à sa femme, à ses enfants qu'il laisse
Plongés dans les horreurs d'une affreuse détresse.
Que vont-ils devenir ? O mort, viens, sans retard,
Au dénoûment hideux soustraire son regard !
En vain l'enfant au sein de sa mère chérie
Cherche à puiser le lait dont la source est tarie.
Par ses cris de colère il révèle sa faim...
Et son frère, en pleurant, a demandé du pain !
D'un stérile baiser la mère les console ;
Mais le coup est porté ! C'en est fait, elle est folle !
Sa main fiévreuse embrase un réchaud criminel ;
Barbare et tendre, elle a, sur son cœur maternel,
Serré ses chers enfants que le poison travaille,
Et son front qui pâlit s'incline sur la paille
Où la mort a passé déjà deux fois. La mort !
C'est l'ancre de salut, le refuge, le port
Du pauvre ballotté sur l'océan des larmes...
Riches, à cet aspect, votre or perdrait ses charmes.
Ainsi que les vautours, pourriez-vous, sans remords,
Vous repaître les yeux de livides corps morts ?
Mais d'ailleurs descendez dans votre conscience.
Si par bonheur encore un reste de croyance
Fait palpiter vos cœurs, ne tremblerez-vous pas
En songeant à la vie au delà du trépas ?
Que de comptes à rendre à Dieu de ces richesses,
Déplorable aliment de nos tristes faiblesses !

V

ET LE VRAI DIEU QUI FRAPPE LES PREMIERS-NÉS
DES ÉGYPTIENS.

QU'EST-CE QUE L'ÉCONOMIE?

> Mon fils Absalon! Absalon, mon fils! qu
> m'accordera de mourir pour toi, Absalon
> mon fils, mon fils Absalon?
>
> (II *Rois*, XVIII, 33.)

> « Votre Majesté a quatre sortes de dé-
> penses à faire... La quatrième (celle des
> dépenses de l'intérieur du royaume, les
> plaisirs et les divertissements) doit souffrir
> toute la rigueur des retranchements et
> toute l'économie possible, par cette belle
> maxime : qu'il faut épargner cinq sous
> aux choses non nécessaires, et jeter les
> millions quand il est question de votre
> gloire. » — Colbert à Louis XIV.
>
> (M. J. BRESSON, *Histoire financière de
> la France*, t. 1, p. 268.)

Le pauvre, mieux que vous, connaît la charité,
Riches; vous vaincrait-il en générosité?
Aimez-vous un peu moins, un peu plus vos semblables,
Fondez-vous dans les cœurs des retraites durables;
Inculquez à vos fils des préceptes d'amour :
Si l'on vous a bénis, qu'on les bénisse un jour!
Même, sur cette terre, il est des avantages
Dont vous sauriez jouir si vous étiez plus sages :
Point de bail avec l'or ! montrez à vos enfants,
Non pas le prix de l'or, mais la valeur du temps.
Aujourd'hui c'est le calme et demain la tempête ;
Qu'ils puissent à l'orage, eux aussi, tenir tête !

Et d'une main de fer saisissant l'aviron,
Sauver leur frêle esquif battu par l'aquilon.
Pour leur bonheur, en vain, votre esprit s'évertue :
Votre barbare amour les énerve, les tue.
Ces boîtes de coton, qui furent leurs berceaux,
Pères dénaturés, sont aussi leurs tombeaux.
Plantes de serre-chaude, ils poussent avec peine.
Le vent des passions aisément les entraîne...
Le pauvre à votre porte est mort de faim ce soir,
Et Dieu prendra demain votre plus doux espoir.

— Mon cher prédicateur, vous parlez comme un livre.
Nous tâcherons qu'au moins nos enfants puissent vivre
Assez pour profiter de vos sages discours.
Voulez-vous qu'on vous parle en ami, sans détours ?
Disciple d'Héraclite ou bien de Jérémie,
Prenez quelques leçons d'ordre et d'économie ;
Vous n'en soupçonnez pas les moindres éléments,
Et de tout, ici-bas, voilà les fondements.
— Qui ne sait pas, monsieur, que le plus bel empire
Où ce puissant ressort cesse d'agir, expire ?
C'est l'âme qui soutient, dans l'immense univers,
Tous ces orbes roulants, tous ces mondes divers.
Tel qui jamais ne fut ministre des finances,
Va posséder à fond ces hautes connaissances
Que montre en raccourci, mais pourtant en entier,
La bonne ménagère au coin de son foyer.
Pour moi, l'économie est la vertu chrétienne
Qui tient à l'or autant qu'il faut que l'on y tienne ;
Ne met pas en balance un métal sans valeur
Avec l'homme, chef-d'œuvre, image du Seigneur.

Des pénibles sueurs marchandant le salaire,
La vit-on spéculer jamais sur la misère ?
Sur le rude denier qu'arrosent tant de pleurs,
Prélever un plaisir enté sur des douleurs ?
La vraie économie est loin de l'avarice ;
Pas plus de parenté qu'entre vertu ni vice.
Entre elle et l'égoïsme il n'est aucun rapport ;
C'est le jour et la nuit, c'est la vie et la mort.
La vraie économie est celle qui suppose
Le bon sens et le cœur... et non pas autre chose...
Qui, sans rien prodiguer, généreuse à propos,
Se prive d'un plaisir pour soulager des maux ;
Donne du superflu pour obliger un frère ;
Seule la charité prend sur le nécessaire.

Dieu lançant contre nous l'arrêt de pauvreté,
Voulut développer en nous la charité ;
Car lui qui nous punit bien moins qu'il ne nous aime,
Fit sur le mauvais riche éclater l'anathème.

VI

UN GRAIN DE COQUETTERIE FINANCIÈRE.

> Alexandre, naturellement généreux, donna
> toujours de plus en plus, à mesure que ses
> richesses augmentèrent ; et il avait, en don-
> nant, cette grâce qui seule véritablement
> oblige.
>
> (PLUTARQUE, *Alex.*, 39.)

De même que l'ivraie étouffe dans son germe
L'espoir du laboureur, ainsi trop d'or nous ferme
L'âme, presque toujours, aux nobles sentiments.
Pouvons-nous soupçonner ces terribles moments,
Où l'homme avec la faim lutte, quand notre table
Exhale en doux fumet un festin délectable ?
Peut-être a-t-on souffert avant de parvenir :
Facilement des maux on perd le souvenir,
Comme des importuns qu'on ne veut plus connaître.
D'ailleurs on est heureux, tout le monde doit l'être :
Quand l'officier a chaud, tous les soldats ont chaud.

.

La mémoire du cœur est souvent en défaut.

Je connaissais naguère un comte, un vieux barbon,
Dont je devrais peut-être ici dire le nom,
Qui, toujours finançant, mourut octogénaire.
Que la terre te soit, pauvre riche, légère !

C'était pour lui bonheur et satisfaction,
Sa gloire, chaque année, et son ambition
De fournir longuement les preuves bien certaines
Qu'il avait d'un domaine augmenté ses domaines,
Qu'en nombre ils égalaient le nombre de ses ans,
Que l'un attestait l'autre en chiffres opulents.
Sans être généreux, mais pour complaire au monde,
Il donnait, par domaine, une somme assez ronde.
Qu'importe qu'il payât de mauvais cœur ou non?
Les indigents du moins profitaient de ce don.

Un jour qu'il acquittait ses tributs volontaires,
Ayant ses soixante ans et ses soixante terres,
Le curé, son ami, lui dit en plaisantant :
« Vous vous rajeunissez !... ah ! comte, il me faut tant !
« Un an de plus, monsieur! car par-devant notaire
« Un contrat aujourd'hui m'apprend ce qu'on veut taire. »
— « Mon cher abbé, dans tout je vous vois exceller ;
« Mieux que Barême encor vous savez calculer.
« Mais si du fond du cœur il faut que je m'explique,
« Je n'ai pas oublié non plus l'arithmétique,
« Je frémis quand je songe à ce lourd contre-sens
« Que je fais chaque année et depuis si longtemps.
« Pour s'enrichir on doit, vous en conviendrez certes,
« Augmenter les profits, diminuer les pertes ;
« Et moi, de les grossir je prendrais tant de soins !
« Vous n'aurez jamais plus, monsieur l'abbé, ni moins.
« Et pour continuer votre plaisanterie,
« Ai-je passé le temps de la coquetterie?
« Je veux cacher mon âge aux autres désormais.
« Que ne puis-je moi-même aussi l'ignorer ! mais...

« Hélas ! oui, je vieillis ! chaque nouveau domaine
« Ne m'en donne-t-il pas la preuve trop certaine ? »

Argent, maudit argent, quand tu nous tiens le cœur,
On peut bien dire : Adieu vertu, décence, honneur !

VII

LES LOUPS ET LES AGNEAUX
CHINOISERIE MÉDICALE ET FINANCIÈRE
HÉLAS ! HÉLAS !

> L'or, semblable au soleil qui fond la cire
> et durcit la boue, développe les grandes
> âmes et rétrécit les mauvais cœurs.
>
> (RIVAROL, M. F. DENIS, *Sagesse popul.*)

Cette fièvre de l'or qui dévore les âmes,
Toujours laisse après soi des stigmates infâmes ;
Et le mal, chaque jour, empirant à l'excès,
Gâtera le bon sang qui bout au cœur français.
Pour étancher enfin notre soif irritable
Faut-il au grand Albert demander l'or potable ?

L'or ! voilà le ressort des moindres actions.
Plus de fidélité dans les transactions.
L'honnête homme ici-bas paraît passé de mode ;
On plaisante à l'envi sa bonne foi commode ;

7.

On abuse à plaisir de sa facilité.
Tout s'uniformisant dans la société,
Aujourd'hui deux camps seuls demeurent en présence,
Se fuyant avec soin, s'observant en silence.
Point de juste milieu ! L'on est de notre temps,
Dupe ou dupeur ; la vie est presqu'un guet-apens.

Rien ne se fait pour rien dans le siècle où nous sommes ;
Et même, c'est justice à rendre aux fils des hommes
Qu'ils sont trop, en ce point, restés ce qu'ils étaient.
Que n'ont-ils conservé les vertus qu'ils avaient !
Rien ne se fait pour rien, comme avant le déluge.
Mais au simple bon sens j'en appelle ! qu'il juge,
Qu'il prononce ! Il dira si décemment on doit
Être âpre à la curée, ainsi qu'on nous y voit [4] ;
S'il faut, poussés toujours vers un but mercenaire,
Ne plaire, n'obliger qu'en retour d'un salaire.
Ainsi, tel médecin qu'on n'ose, dans Paris,
Aborder sans effroi, tant il met à haut prix
La douce guérison que de lui l'on espère,
Que mieux que lui, souvent, la patience opère ;
Qui, la montre à la main, suit le rapide instant
Qu'il vous daigne accorder à votre argent comptant,
Pressé d'aller ailleurs vendre encore sa science,
Sait-il bien allier l'art et la conscience ?
Et ne heurte-t-il pas, dans leur trop juste espoir,
Ceux qui n'ont pu si cher acheter son savoir ?

Jadis un médecin, si je disais naguère
On ne me croirait pas et l'on me ferait taire,
Jadis un médecin, professeur érudit,
Qui jouissait alors d'un immense crédit.

L'esprit tout occupé d'une recherche utile,
Cheminait comme seul au milieu de la ville.
Il semblait ne rien voir. Pourtant certain vieillard,
Un mendiant, paraît devant lui, par hasard,
Et lui tendant la main, il demandait l'aumône.
A ce geste, son front se déride et rayonne.
Il s'arrête, il saisit le poing de ce bon vieux,
Il lui tâte le pouls et lui dit : « Ça va mieux !
« Continuez toujours ma dernière ordonnance. »
Puis, comme tout labeur vaut une récompense,
Il allonge, à son tour, la main pour accepter
Les modestes vingt francs qu'il vient de mériter.

C'était chose plaisante à voir que ces deux hommes
Se tendre ainsi la main, non pas pour mêmes sommes.
Et, sans les spectateurs qui riaient bruyamment,
Je ne sais quand la pièce eût eu son dénoûment.

Mais tout n'est pas risible. hélas, dans l'avarice.
Plus l'homme qu'elle opprime est puissant, plus ce vice
Sur le pauvre qui souffre a de tristes effets.
Le libertin s'amende, un avare, jamais !

J'ai quelque chose à cœur ; il faut que je le dise.
A Dieu ne plaise au moins que j'attaque l'Église !
Fils de parents chrétiens, j'ai, dès mes premiers ans,
A la religion consacré mes accents.
Mais plus j'ai de respect pour l'œuvre souveraine,
Plus je veux la soustraire à la souillure humaine.
L'Évangile à la main, j'ose donc attester
Que des traces du Christ on semble s'écarter :

L'or sur le clergé même exerce son ravage!...
A-t-il donc oublié la réponse si sage
Et si fine à la fois d'un visiteur pieux,
Un jour que le Saint-Père étalait à ses yeux
Et d'un air triomphant les immenses richesses
Du sacré patrimoine accru de nos largesses :
« Nous sommes loin des temps où l'Église vivait
« D'aumônes! »... — « Hélas, oui ! car alors on pouvait
« Dire au paralytique, étendu sur la paille :
« Debout! prends ton grabat, Dieu t'a guéri; travaille!»

Ministres du vrai Dieu, repoussez de vos cœurs
Le démon de l'argent, le démon des honneurs;
N'ayez pas à la fois deux maîtres! A l'exemple
Du Dieu pauvre, chassez les marchands hors du temple!

                                        1854.

NOTES DE LA SATIRE VII.

1. — PAGE. 105.

Que l'avocat trahisse ou non la cause des malheureux, il n'en aura pas moins pour patron saint Yves Hélori, *l'avocat des pauvres*, comme on l'appelait au quatorzième siècle. Dans la chapelle qui lui était dédiée, et au-dessous de son image, on lisait cette inscription :

Advocatus, et non latro,
Res miranda populo!

Un poëte du temps l'avait ainsi traduite :

Il était procureur
Et n'était pas voleur !
La chose est incroyable,
Et pourtant véritable.

2. — PAGE 107.

Le pain que tu tiens renfermé est au pauvre qui a faim; le vêtement que tu gardes dans tes coffres, est à celui qui est nu; la chaussure qui se pourrit chez toi est à celui qui est sans chaussure ; l'argent que tu as enfoui est aux nécessiteux.

(S. Basile, hom. ad S. Luc. XII. 16.)

3. — PAGE 110.

M. Chardon, docteur médecin fort distingué à Chasselay, près de Lyon, me disait : « Mon père, auquel je succède dans cette localité, n'a eu à traiter les fièvres que vers la fin de sa vie, et ce fait coïncide avec le déboisement des monts Limonest que vous voyez devant vous. »

Il y a près de Sancerre une colline, appelée l'Orme-aux-Loups, dont le sommet n'est plus qu'un rocher aride; à mi-côte sont des vignes. Que de fois j'ai plaint les pauvres vignerons obligés, après les grandes pluies, de remonter les terres que les eaux avaient entraînées! Il n'en était pas ainsi avant qu'on eût enlevé la végétation qui couronnait cette colline. Au reste, on commence à reconnaître, un peu tard il est vrai, les terribles inconvénients d'un trop grand' déboisement. « Une forêt de plus ou de moins dans un pays, dit Buffon, suffit pour en changer toute la température. »   (*Septième époque de la nature.*)

4. — PAGE 118.

Il paraît, s'il en faut croire le célèbre écrivain allemand du récit duquel je vais extraire et traduire quelques lignes, qu'il y a eu un pays lointain, en Afrique, où les richesses ne gâtaient point le cœur des hommes. Voici un fait qui se passa devant Alexandre-le-Grand, en présence du roi africain qui rendait publiquement la justice à ses sujets : « O roi, disait l'un d'eux, j'ai acheté de cet homme un champ, et quand je remuai la terre, j'y trouvai un trésor. Il n'est pas à moi, car je n'ai acheté que le champ et non le trésor caché; malgré cela le vendeur ne veut point le reprendre. — Je suis aussi consciencieux que mon concitoyen, répondit l'adversaire; je lui ai vendu mon bien avec tout ce qu'il renferme et par conséquent le trésor. »…. Le roi parla ainsi : « Tu as un fils, mon ami? — Oui. — Et toi une fille? — Oui. — Vos enfants s'aiment-ils? — Oh! beaucoup. — Fort bien! Mariez vos enfants et donnez-leur le trésor trouvé en dot. Voilà ma sentence. » Alexandre avoua que dans son pays on eût mis en liberté les deux hommes, et gardé le trésor pour le roi. Le monarque africain s'écria : « Le soleil luit-il donc aussi chez vous? Et le ciel fait-il aussi tomber sur vous de la pluie? — Oui, reprit Alexandre. — Ce doit être, continua-t-il, à cause des innocents animaux qui vivent dans votre pays; car pour de tels hommes, ne devrait aucun soleil luire, aucune pluie tomber. »   (HERDER.)

Dieu préserve cette contrée sauvage, si jamais on la retrouve, du contact de notre civilisation!

SATIRE VIII

LES GRANDS MANGEURS DE CRUCIFIX

(Satire ménippée)

> Tous ceux qui me disent : Seigneur, Sei-
> gneur, n'entreront pas pour cela dans le
> royaume des cieux.
>
> (S. MATT., VII, 21.)

SATIRE VIII

LES GRANDS MANGEURS DE CRUCIFIX
(Satire ménippée)

I

ÈTRE ET PARAITRE

> Ma langue a juré, mais mon esprit n'a
> point fait de serment.
>> (EURIPIDE, *Hippolyte*, 608.)

> J'ai vu, avec la plus vive douleur, les
> noms sacrés de religion et de piété servir
> de masque à l'ambition, à l'avarice, à la
> scélératesse.
>> (*Testament de P. Pithou*, 1587.)

Le vice à découvert montre son front hideux ;
Il est présent partout : il est riche, il est gueux ;
A pied il me coudoie, en char il m'éclabousse ;
Il ne se trouble pas alors qu'on le repousse.
Prend-il la mouche ? Eh bien ! avec habileté,
Il se compose vite un front d'honnêteté...
La grimace, un beau jour, se trahit d'elle-même ;
Mais s'il tourne au bigot, quel ténébreux problème !

Espèce de Protée à mille aspects divers,
Vous l'observez de face. il s'échappe en travers.
Les bigots ne sont pas des gens comme les autres,
Ils ne pardonnent rien. Voyez!... les bons apôtres!...
Le ciel est dans leur bouche et l'enfer dans leur cœur;
On n'est pas plus méchant avec plus de douceur;
Jamais renard à jeun n'eut tête plus rusée.
Dieu, s'il faut les en croire, est toute leur visée.
Aussi, Dieu se fait-il leur très-humble valet,
Ne s'occupe que d'eux et de leur intérêt;
Il descend, à leur voix, des voûtes éternelles,
Pour épouser leur haine et toutes leurs querelles.
Ne les attaquez pas! vous attaqueriez Dieu!
Mais venez, avec moi, les voir en un saint lieu.

Par terre, à deux genoux, quels rudes coups se donne
Sur leur pauvre estomac leur béate personne!
Écoutez leurs soupirs! De leurs yeux demi-clos
Vers les cieux élevés, les pleurs coulent à flots;
Que de contrition et de douleur amère!
Vit-on jamais briller piété plus sincère?
Et ces agneaux sans tache, anges de charité,
Bons pour nous, pour eux seuls sont pleins de dureté.
Leur habit prouve assez l'humilité profonde
De ces dévotes gens et leur mépris du monde.
D'ailleurs ils donnent tout; ne l'assurent-ils point?
Sans doute, il vaudrait mieux observer en ce point
Le précepte qui dit : « Que ta main droite ignore
« Ce que fait ta main gauche!» Et pourtant, qu'on s'honore
Du bien que l'on opère, est-ce un crime si grand?
Assez d'autres sont fiers de leur vice flagrant;

C'est la naïveté, la candeur de leur âme,
Qui leur laisse encourir l'apparence d'un blâme.
De leur chastes loisirs, compagnons assidus,
Que de livres pieux à leurs pieds répandus?
Ah! vous leur donneriez, sans aucun préambule,
Vous-mêmes le bon Dieu... Mais qu'on soit moins crédule.
Pour prendre votre bourse, il est plus d'un moyen.
Quand c'est vous qui l'offrez, le voleur ne craint rien...
Car ils viendront, l'air pur, comme des jeunes filles,
Quêter dans vos maisons pour de pauvres familles...
Infâmes!... La médaille a toujours un revers.

Sur ce pécheur contrit tenons les yeux ouverts.

Faute de spectateurs, sa farce se termine.
Observons en silence où l'acteur s'achemine.

Dans les sombres quartiers des faubourgs populeux,
Il parcourt à grands pas les chemins tortueux.
Le front haut, le pied ferme, il n'est plus le même homme.
Un pauvre le coudoie! heureux s'il ne l'assomme!
C'est un tyran cruel parmi les malheureux.
Perfide, débauché, que peut-il craindre d'eux?
Ont-ils voix au conseil? et d'ailleurs, qu'on l'accuse!
Il reprendra son masque à face de Méduse,
Il glacera d'effroi son humble accusateur
Trop heureux d'obtenir un pardon de faveur.
Comment croire coupable un si saint personnage!
Toujours de la vertu l'envie est l'apanage...

Du pauvre on peut fermer la bouche et non les yeux ;
Et du mal qu'il voit faire il n'est guère oublieux.

N'a-t-il pas deviné ces bigotes vieillies
Que l'âge force enfin d'être plus recueillies?
De leur folle jeunesse, esclave du plaisir,
Que leur reste-t-il? Rien, qu'un amer souvenir?...
Il leur reste... Écoutez!... souples, astucieuses,
Elles vont désormais faire les vertueuses.
Ce rôle à son acteur a toujours profité.
De vrais saints n'ont pas plus l'air de la sainteté.
Tendres pour tout le monde, elles prennent chez elles,
Pour les former au bien de jeunes demoiselles...
Ceux qui, parmi nos saints, veulent, à belles dents,
Mordre au fruit défendu, sans craindre les cancans,
Iront souvent porter à ces dévotes âmes,
Des consolations, des secours, et ces dames,
Couvrant tout du manteau de la religion,
Imposeront silence à l'indignation.
Leurs amis, s'érigeant soudain en Bollandistes *,
Envers et contre tous sont leurs apologistes.
Filez doux !... Ils pourraient, si vous alliez crier,
Les inscrire, à vos yeux, dans le calendrier.

Pour moi, dupe longtemps de ces douces personnes,
Si mauvaises, alors qu'on les croirait si bonnes,
J'ai plus de confiance en de francs libertins,
Que dans le filandreux de nos modernes saints.
Les uns ne peuvent pas m'en imposer; les autres
M'embarrassent parfois... ils sont si bons apôtres !

---

* On appelle Bollandistes les jésuites d'Anvers qui ont continué la
collection des actes de la *Vie des saints*, commencée par Bolland vers
1630, d'après le dessein conçu par Héribert Rosweyde. Cette œuvre, à
laquelle on travaille encore, se compose de cinquante-quatre volumes
et s'arrête aux saints du 21 octobre.

Aussi, dès qu'on me dit : « Cet homme est fort pieux, »
Contre lui je me mets en garde de mon mieux.
Mais quand j'ai reconnu qu'il est de foi sincère,
J'ai pour lui le respect de l'enfant pour son père,
Et mon cœur est à lui, s'il daigne l'accepter.

Le peuple, par malheur, juge sans discuter,
Et souvent il confond dans un même anathème
Le masque vertueux avec la vertu même.

Erreur bien déplorable ! Elle enlève au Seigneur,
Plus d'âmes que n'en gagne un noble et tendre cœur.

Et l'on s'étonnera que, plein de méfiance,
Le peuple en Dieu n'ait plus son antique croyance ;
Que des ministres saints il se tienne à l'écart,
Ne sachant discerner l'apôtre du cafard,
Hante les cabarets, abandonne les temples,
Quand sans cesse il reçoit de si tristes exemples !

II

CAIN, QU'AS-TU FAIT DE TON FRÈRE?

> Priez, aimez, faites aimer Dieu; rendez-
> le aimable en vous; faites qu'on le sente
> en votre personne; répandez au loin la
> bonne odeur de Jésus-Christ...
>
> (FENELON, *Discours au sacre de l'élec-
> teur de Cologne*, 1707.)

Que de gens, par état, devaient m'édifier,
Qui font du sacerdoce un calcul, un métier!
Et c'est pourtant l'orgueil et l'amour des richesses
Qui peuvent condamner l'homme à tant de bassesses,
Du sentier du devoir l'écarter, et parfois,
De chute en chute, en faire un cardinal Dubois!
—Le mot est dur...—Sans doute.—Alors pourquoi le dire?
— Pourquoi? De bonne foi, si j'écris la satire,
Est-ce pour flatter l'homme, et, complice odieux,
Caresser des défauts qui me choquent les yeux?
— Eh bien! fermez les yeux et gardez le silence.
Croyez-vous réformer, vous seul, l'humaine engeance?
Assez d'autres, déjà, l'ont vainement tenté;
Vous risquez, sans profit, votre tranquillité.
Vous avez trop raison pour gagner votre cause.
Tel homme vicieux sait que sur lui l'on glose...
Tout bas; il fait le sourd, il n'a rien entendu.
L'a-t-on forcé d'entendre? Alors, de sa vertu
Qu'il fait sonner bien haut, il devient le gendarme;
Moins il a de vertu, plus il fait de vacarme.

Vous vous perdez, monsieur ! — Non ! j'ai meilleur espoir ;
Il ne faut pas toujours voir les choses en noir.
Nous devons, d'après nous, juger des autres hommes ;
Au fond ne sont-ils pas un peu ce que nous sommes ?
Irais-je me fâcher si quelques gens de cœur
Venaient me dire : « Un tel a forfait à l'honneur ! »
Et des sociétés où j'ai pu le connaître,
Voudrais-je me priver à cause d'un seul traître ?
Je ne fuirais que lui, bénissant le hasard
Qui désigne, sans masque, un fourbe à mon regard,
Et permet de montrer la justice éclatante
Que du vice ont tiré les maisons que je hante.

Un silence complice aggrave le délit
Plus qu'en l'ébruitant la loi qui le punit.
La souillure des uns salit-elle les autres ?
Ici, chacun pour soi. Quand sur les douze apôtres,
Le Christ eut la douleur de compter un Judas,
Pour les autres son cœur ne se refroidit pas.
Ce sont les premiers saints que célébra l'Église..
Qu'un soldat lâche ait fui, c'est lui seul qu'on méprise ;
Sa honte n'atteint point, en leur glorieux vol,
Les héros devant qui tombe Sébastopol.

                                    1855.

SATIRE IX

LE MONDE INTELLECTUEL

> The reader can hardly conceive my astonishment, to behold an island in the air, inhabited by men, who were able (as it should seem) to raise or sink, or put it into a progressive motion, as they pleased.
>
> Le lecteur peut à peine concevoir mon étonnement d'apercevoir une ile dans l'air, habitée par des hommes qui avaient la faculté, à ce qu'il semblait, de l'élever, de l'abaisser ou de la faire avancer à volonté.
>
> (Swift, *Voyage de Gulliver à Laputa*, ch. 1.)

8

SATIRE IX

LE MONDE INTELLECTUEL

I

DE DROLES DE CORPS

Quelle farce, dit-il, vont jouer ces gens-là ?
(La Fontaine ,III, 1.)

« Si quelqu'artiste allait, sous une tête humaine,
« Peindre un cou de cheval et donner, non sans peine,
« A ce corps nuancé des plumes des oiseaux,
« Les membres empruntés à divers animaux ;
« S'il terminait, bravant la raison qui le blâme,
« En forme de poisson un beau buste de femme,
« A ce spectacle, amis, vous ririez de grand cœur... »
Ainsi parlait Horace, un jour de bonne humeur.

Voilà, me direz-vous, des monstres fort bizarres !
Mais ils sont, à mon sens, plus étranges que rares ;
Pour chasser les moineaux on en peuple les champs.
— Messieurs, ne cherchons pas si loin, ni si longtemps,

Ce que sous notre main la grande capitale,
Comme dans un musée, à nos regards étale.
Oui, notre vieux Paris possède en chair, en os,
De ces mêmes portraits les vrais originaux.
Je conviens avec vous qu'il est telle figure
Qu'on ne croirait jamais prise d'après nature,
S'il n'était un pays d'où nous sont colportés
Les talents et souvent... les excentricités.
Là, tout est curieux : les costumes, les rôles ;
Les acteurs ne sont pas moins comiques, moins drôles ;
L'aile du papillon, l'arc-en-ciel radieux,
Pour la variété ne sont rien auprès d'eux.
Il est permis, je sais, à l'artiste, au poëte,
De faire, sans façon, ce qui leur passe en tête,
A leurs risques pourtant... aux nôtres quelquefois,
Mais non pas d'abuser si crûment de leurs lois.
Pour sortir, à tout prix, de la commune ornière,
Avec les préjugés ils brisent en visière.
Ils se sont composé des allures, un ton,
Qui foulent sous les pieds tous les qu'en dira-t-on.
Je m'arrête pour rire un peu de leurs manies,
Eux soudain de se croire humblement des génies :
« Ce que c'est, pensent-ils avec naïveté,
« Ce que c'est cependant que la célébrité !
« Ayez donc le talent et l'esprit en partage,
« Les niais de badauds vous barrent le passage ! »
Puis ils vont, de leurs mains, préparer l'encensoir.
Car ils auront bien soin que les journaux du soir
Apprennent au public, qui ne s'en doutait guère,
Qu'il a heurté, fripé, presque jeté par terre,
L'ingénieux auteur de ce joli roman,
Du saint quartier Bréda gracieux talisman.

Qui, feuilleton d'abord, ira même au théâtre,
Par actes enchanter une foule idolâtre.

Siècle heureux où l'on sait tirer parti de tout !
« La viande paraît bonne en changeant de ragoût. »

Ou peut-être ils plaindront ces bourgeois insipides,
Ces Béotiens lourds, ces calicots stupides,
De ne connaître encor que l'aune et le comptoir,
Et d'avoir sottement des yeux pour ne point voir.

C'est bien fait !... Vous saurez, messieurs, qu'à la fenêtre
Vous deviez vous planter, quand a daigné paraître
Ce petit corps noyé dans un vaste manteau,
Ce noble chef perdu sous un large chapeau,
Cet artiste brillant, ce Phidias... Que dis-je ?
Phidias a perdu son antique prestige ;
Rien n'est vrai dans son art ; les Grecs sont nés menteurs.
L'idéale beauté, rêve de leurs sculpteurs,
Donne un air glacial à leurs académies ;
Les passions toujours y semblent endormies...
Leur réveil eût détruit, pour les yeux exercés,
L'équilibre parfait de leurs traits compassés.
Notre âge qui repousse, à bon droit, l'imposture,
Ne veut pas embellir, mais peindre la nature ;
Et cet ami du vrai, qui seul le devina,
Vous l'avez coudoyé sans crier : « Hosanna ! »

Puis, d'un commun accord, toute la coterie
Bat de la grosse caisse, et sa flagornerie,
Dans les journaux amis des lettres et des arts,
Paraît à tant la ligne en guise de canards.

8.

II

MYSTIFICATION CHINOISE.

> ... Une jument la plus enorme et la plu
> grande que feut oncques veuē, et la plus
> monstrueuse..... car elle estoit grande
> comme six Oriflans (Oriflammes)...
> (RABELAIS, liv. I, XVI.)

On m'a conté qu'en Chine, ~~en son zèle artistique~~, *une gloire inédite,*
Un sculpteur, qui se croit un peu trop de mérite,
Grand faiseur d'embarras, car messieurs les Chinois
Sont, dit-on, sur ce point, de vrais Français parfois,
Ayant du vieux Fo-hi fait le modèle en plâtre,
Désirait, pour son œuvre, un plus vaste théâtre
Que les quatre parois d'un modeste atelier.
Il imagina donc un tour de son métier,
Pour qu'on lui commandât cette statue en bronze.
Par la protection de je ne sais quel bonze,
Et d'ailleurs secondé par un de ces hasards
Peu fréquents, que le prince était ami des arts,
Et les encourageait dans le Céleste-Empire,
Il obtient l'honneur même auquel son cœur aspire :
L'empereur va le voir. L'artiste, à l'empereur,
Des ministres d'abord se plaint avec aigreur :
Leur conduite, contraire aux intérêts du prince,
Bien loin de lui gagner Pé-king et la province,
Ne fait rien qu'irriter contre lui les esprits ;
Ils n'ont pour le talent que de honteux mépris.

Leur demander justice est un trait de folie ;
Autant leur demander ou la bourse ou la vie.
Ils ne secondent pas le prince en ses faveurs,
Ils laissent le talent se repaître de pleurs.
Et, tirant un rideau : « Voyez notre misère !!! »
D'un vieux sac s'échappaient quelques pommes de terre.
« Mes *praticiens*, sire, et moi, dans ce moment,
« Nous n'avons à manger que ce seul aliment. »

L'empereur attendri des maux de ce digne homme,
Lui fait porter, le soir, une assez forte somme.
Je ne sais comme on dit en chinois ; les savants
Pensent qu'elle équivaut à dix beaux mille francs.
En recevant ce don, l'artiste plein de joie,
Cria : « *Nous sommes* cinq *à partager la proie.*
« Voilà ce qui s'appelle un fort joli poisson ;
« Ça vaut la peine au moins de jeter l'hameçon.
« Deux mille francs chacun ! L'occasion est belle,
« Amis, vite au plaisir, le plaisir nous appelle ! »
— Ce procédé chinois sent déjà le progrès ;
L'Europe, en maint pays, colporte ses secrets,
Direz-vous, et je crains que, plus fin qu'on ne pense,
Votre Chinois n'en sache autant qu'homme de France.

Ce vilain tour porta malheur à son auteur :
Son Fo-hi fut reçu. Dans une cour d'honneur,
Pour juger de l'effet, en plâtre l'on maçonne
Une statue équestre, un vrai monstre en personne.
Pé-king, trop sérieux pour croire au carnaval,
Ne savait que penser de l'homme et du cheval.
Le monarque chinois était fait à la diable ;
Chaque poil de sa barbe était gros comme un câble ;

Ses ongles allongés en forme de poignards,
Du peuple peu guerrier chagrinaient les regards.
Son cheval, ou plutôt l'énorme mastodonte,
Qui venait étaler ses vastes flancs sans honte,
Sur ses quatre piliers certes ne bronchait pas :
Deux allaient au galop, les deux autres au pas.
A l'ombre de son corps, les nourrices timides,
Des tourlourous chinois séduisantes Armides,
Pouvaient, sans redouter quelques coups de soleil,
De leurs chers nourrissons retarder le réveil,
Pour prêter une oreille honnête, mais folâtre,
A ces propos menteurs que leur sexe idolâtre.

Le Fo-hi fut donc pris en grippe tout d'abord.
On en bâtit un autre; il eut le même sort.
On fit une maison des débris du colosse;
On nettoya le sol comme avec une brosse.

L'artiste bafoué deux fois pour son travail,
Dans tout cheval qu'il voit voit un épouvantail.

III

NOS GRANDS PRÉDICATEURS.

> « Qu'est-ce que ce père Letourneux ? on
> dit qu'il fait courir tout Paris.
> — Sire, vous savez que l'on court tou-
> jours après ce qui est nouveau : c'est un
> prédicateur qui prêche l'Évangile. »
>
> (*Réponse de Boileau à Louis XIV.*)

> Le discours chrétien est devenu un spec-
> tacle... C'est une sorte d'amusement entre
> mille autres, c'est un jeu où il y a de
> l'émulation et des parieurs.
>
> (LA BRUYÈRE, *De la Chaire.*)

Le grand, le vrai talent, la pudeur le décore ;
On sent tout ce qu'il vaut ; seul, peut-être, il s'ignore ;
Son modeste maintien a cet air de candeur
Qui fascine les yeux et captive le cœur ;
C'est la jeune beauté, d'éclat éblouissante,
Tant qu'elle ne sait pas comme elle est ravissante.
Mais trop souvent, hélas ! la sotte vanité
Déflore le talent ainsi que la beauté.

Mon Dieu ! si Fénelon revenait en ce monde,
Qu'il serait attristé de la vaine faconde
Des petits Bossuets du clergé d'aujourd'hui !
Ils prêchent, plus pour eux que pour nous ; quant à lui,
A peine écrivait-il ce qu'il disait en chaire,
Bien loin de l'exploiter en se faisant libraire.....

Qu'il savait cultiver la vigne du Seigneur !
Son éloquence était l'éloquence du cœur,
La seule qui soit grande et qui pénètre l'âme :
C'est la voix de Dieu même... elle est un trait de flamme !
Il n'avait pas recours à ces subtilités,
Clinquant de rhétorique, un tas de pauvretés
Qui ne suppléent jamais au manque de génie.
La chaire doit bannir cette triste manie.....

De bonne foi, parlez, messieurs les orateurs,
Quel paradoxe encore a réformé les mœurs ?
M'avez-vous touché, vous qu'en tout lieu l'on renomme,
Lorsque, pour me prouver les misères de l'homme,
Vous me vociférez, d'un air rébarbatif,
Que « l'homme est, sans la grâce, un tube digestif ? »
Eh !... si je veux apprendre un jour l'anatomie,
J'irai trouver Bichat et non pas Jérémie !
D'autant plus, qu'étourdi de vos cris de fureur,
Du Dieu que vous prêchez j'ai quelquefois eu peur [1].

IV

GÉNIES MÉCONNUS.

Ed io anche son pittore !
Et moi aussi je suis peintre !
LE CORRÈGE.

At tuba terribili sonitu taratantara dixit.
La trompette, avec un bruit terrible, a dit : *Taratantara !*
(ENNIUS.)

Il n'est pas, ici-bas, de petites-maîtresses,
De leur propre personne idolâtres prêtresses,
Qui parlent plus souvent d'elles, à tout propos,
Plus éprises des riens et des compliments sots,
Que le menu fretin des talents équivoques,
Qui promènent, sans but, leurs orgueilleuses loques,
Qui croient illuminer la race des humains,
Du petit feu de paille allumé de leurs mains,
Qui taxent d'injustice, hélas ! pour le mérite,
Un siècle qui néglige un peu trop leur marmite.
Et, pour se consoler de leur fâcheux destin,
Homère, disent-ils, a mendié son pain ;
Mais Homère, messieurs, si j'ai bonne mémoire,
N'a jamais, comme vous, mendié de la gloire.
Le géant n'est tombé qu'après avoir vaincu ;
Vous morts, qui saura donc si vous avez vécu ?
Qui donc sera l'écho de vos cris de détresse ?
Alors qu'à vos dépens vous amusiez la presse.

En vous querellant tous, comme de vrais goujats,
On s'égayait un peu de vos airs d'embarras.
Bientôt va s'oublier votre courte Iliade ;
Car le gros rire expire avec la mascarade.

Rien n'est plus curieux que des fils d'Apollon
Qui se prennent de bec pour un oui, pour un non.
« Monsieur, criait l'un d'eux à quelque sien confrère,
« Je fais des vers, craignez ma plume et ma colère ! »
Et l'autre souffletant le poëte en fureur :
« Je fais des gestes, moi, » dit-il, « je suis acteur ! »

V

PETITS TRAVERS POÉTIQUES.

> ..... Mes petits sont mignons
> Beaux, bien faits et jolis sur tous leurs compagnons.
> (La Fontaine, V, 18.)

Pour me vanter sa drogue un charlatan s'enroue ;
Mais je le crois autant que l'auteur qui se loue.
Je ne veux pas, messieurs, injuste en mes discours,
Nier que parmi vous le Feu-Sacré n'ait cours ;
Car c'est, vous le savez, la première monnaie
Qu'il faut qu'à ses lecteurs, rubis sur l'ongle, on paie.
Faire à sa signature honneur, comme l'on dit,
C'est le plus sûr moyen d'obtenir du crédit.

Le fumier d'Ennius en perles est fertile,
Mais, pour les recueillir, on doit être un Virgile.
Vous, quand vous régalez le public d'un écrit,
Faites-vous un petit, petit extra d'esprit,
Dès lors, vous paraissez, par votre long silence,
Être au bout du rouleau de votre intelligence.
Croyez-moi, l'avarice est toujours un défaut ;
Dissipez votre esprit, prodiguez-le s'il faut ;
L'avare est odieux ; on garde moins rancune
A ceux qui largement dépensent leur fortune.
Pourtant ce n'est pas là votre plus grand travers,
Mais bien votre amour-propre et vos malheureux vers,
Qui sont, à tout propos, le suje ridicule
De conversations dignes de la férule.

Apprenez, dit Lindor, apprenez qu'aux Français,
Mon petit acte obtient un merveilleux succès ;
Et c'est, argent sonnant, au moins, chaque soirée,
Plus de trois mille francs de recette assurée.
Sans doute son poëme est bien, mais, par malheur,
Pouvons-nous oublier, comme lui, de bon cœur,
Que c'est un os qu'on jette au vorace parterre,
Pour amuser sa faim et pour le faire taire,
Jusqu'à ce que l'on serve, avec plus d'apparat,
Aux gourmets moins pressés le morceau délicat ?

Messieurs les beaux esprits, les savants, les artistes,
Laissez-nous être enfin vos seuls panégyristes.
Au lieu de vous griser de votre propre encens,
A quelques œuvres d'art consacrez votre temps ;

Que de justes honneurs vous devra la patrie !
Je suis d'un froid de marbre alors que l'on s'écrie :
« Je puis faire un chef-d'œuvre ! » Eh ! que n'est-il donc fait?
Mieux que vous, croyez-moi, pour vous il plaiderait.

VI

LA COURTE-ÉCHELLE LITTÉRAIRE.

> Nul n'aura de l'esprit, hors nous et nos amis.
> *(Adage célèbre du dix-septième siècle.*
>
> Mihi, tibi, tibi, mihi !
> *(Traduction libre du dix-neuvième siècle.)*
>
> Fait des vers fort vantés par Voltaire qu'il vante
> (GILBERT, *Sat.* 1.)

Du char, comme l'on dit, la plus mauvaise roue
Toujours criera le plus, et franchement j'avoue,
Instruit des longs efforts de tant de beaux-esprits,
Si modestes de cœur, si grands par leurs écrits,
Qu'il vaut mieux noblement attendre la justice,
Que de suivre un sentier où souvent le pied glisse.
L'intrigue et la faveur ont leurs mauvais côtés ;
Plus vite on oubliera ceux qu'on a trop fêtés ;
On débrouille les fils de leurs petites ruses,
On met à la raison leurs arrogantes Muses
Qui s'éclipsent sans bruit... leurs premiers protecteurs
Peut-être furent-ils leurs premiers détracteurs...

Que voulez-vous? Chacun au soleil veut sa place,
Et l'on est tant de monde aux abords du Parnasse !

Eh ! messieurs, quel besoin pour la société,
Que vous passiez en bloc à la postérité ?
Pour avoir barbouillé des vers et de la prose,
Faut-il si promptement se croire quelque chose ?
Boileau disait un jour avec beaucoup de sens :
« Avouez, mes amis, que j'ai deux grands talents,
« Utiles à l'État, utiles aux familles :
« Je fais très-bien les vers, et fais merveille aux quilles! »

Ah ! pardon, ce nom-là vous donne sur les nerfs:
J'oubliais que Boileau fustigeait les travers,
Et lorsque l'on n'a pas la conscience nette,
Rien qu'un mot porte ombrage et rend l'âme inquiète.
D'ailleurs pourquoi parler de cordes aux pendus ?
Vous voulez mordre, oui, mais non être mordus...
Bah ! qu'avez-vous à craindre ? Avec la coterie,
Ne possédez-vous pas toute une artillerie ?
Vous pouvez foudroyer l'audacieux mortel
Qui vous lance au visage un imprudent cartel...

Écoutons... N'est-ce pas la voix de la trompette ?
Aux échos d'alentour c'est un nom qu'elle jette...
Accueille avec transports, magnanime cité,
Accueille ce beau nom, de leurs vœux escorté !
Ne les regarde pas avec un œil superbe ;
Ils s'y connaissent bien, c'est un grand homme... en herbe.

Jamais depuis Adam on n'a vu son pareil ;
France, l'on te prépare un glorieux réveil !
Soutiens-le, soutiens-les ; c'est ta tâche sacrée.

Puis, pour faire mousser encor mieux la denrée,
Pour que les francs badauds mordent à l'hameçon,
Ils changent chaque jour et de gamme et de ton.
Ils diront : « Il faut voir quelle immense affluence
« Se presse, quand Pandor ouvre un cours d'éloquence !
« Car tout ce que la ville a de plus imposant,
« De plus spirituel, y veut être présent.
« Pandor, c'est un Phénix ! ainsi que les estrades
« Sous le poids du public, il fléchit sous les grades... »

Pandor rend la monnaie en beaux deniers comptants :

« De mon maître on connaît les succès éclatants...
« On n'a pas oublié cet article admirable,
« Modèle de bon goût, dont lui seul est capable,
« Si plein de sens exquis, de sel et d'à-propos,
« Feu roulant des plus fins et des plus heureux mots,
« Critique ingénieuse et d'esprit pétillante,
« Dont chaque expression séduit, ravit, enchante ;
« Ce chef-d'œuvre, messieurs, disons la vérité !...
« Non, mon illustre ami, vous n'êtes pas flatté ;
« Il me semble déjà vous voir faire la moue,
« Et prêt à me blâmer croyant que je vous loue...
« A Dieu ne plaise ! Il faut, surtout de notre temps,
« Quand il reste si peu de modestie aux gens,
« Que soi-même, sans honte, on se met en parade,
« Ne pas aller heurter, par un compliment fade,

« La pudeur du génie et froisser ses lauriers... »

Voilà comment l'on doit styler ses écoliers !

Eh ! pourquoi serions-nous avares de louange ?
Rien plus commodément ne prête au libre-échange ;
Elle n'est pas marquée au titre de l'honneur ;
La Bourse n'a jamais coté cette valeur ;
On peut la prodiguer ainsi que ces guenilles
Que trop souvent on donne à de pauvres familles,
Pour se débarrasser et non faire plaisir...

Et puis d'un grain d'encens on va s'enorgueillir !

VII

LES BAS-BLEUS ET LE COUSINAGE.

> Dieu ! qu'il la fait bon regarder,
> La gracieuse, bonne et belle !
> Pour les grants biens qui sont en elle,
> Chascun est prest de la louer.
> (CHARLES D'ORLEANS.)

> On peut, en la voyant, devenir infidèle,
> Mais c'est pour la dernière fois.
> (L'abbé DE CHAULIEU.)

On tire vanité de tout en ce bas monde ;
Du bien, du mal, de rien, de ce qu'on loue ou fronde.

Madame s'aperçoit qu'un mari n'est qu'un sot ;
Qu'à la femme d'esprit comme elle c'est un lot

Trop chétif, trop mesquin, trop bourgeois, trop vulgaire,
Que le rôle si noble et d'épouse et de mère.
Madame a du génie et non des sentiments.
Ah ! que n'a-t-elle pu, comme de vêtements,
Changer de sexe ! Mais la nature, madame,
Veut que l'homme soit homme, et la femme soit femme.
Que ne restiez-vous femme et d'esprit et de cœur !
La femme doit briller d'honneur et de pudeur,
Et ne pas se piquer d'être le point de mire
Du public qui vous raille autant qu'il vous admire.
Vous avez fait des vers, de la prose à foison,
Au lieu de diriger la naissante raison
De vos filles, hélas ! ces étranges problèmes
Que ne comprennent pas vos admirateurs mêmes,
Dont ils se garderaient d'épouser le destin.
Grâce à votre talent, à quelque vieux cousin
Haut placé, qu'a séduit votre voix de sirène,
Tel livre bien prôné se vend à la douzaine ;
Et votre protecteur vous soutenant toujours,
Vous aurez des succès dans maint et maint concours.
Un beau prix Monthyon paraît-il vous sourire ?
Si votre ouvrage est prêt, vous n'avez qu'à le dire.
Dans un certain salon que hantent des savants,
Vous avez plusieurs fois lu, depuis quelque temps,
Des vers sur le nouveau sujet de poésie,
Et d'un commun accord, on eut la courtoisie
De vous faire espérer le prix ; l'obtiendrez-vous ?
Avec votre cousin, madame, on file doux,
Il a le bras si long ! Enfin, quoi qu'on avise,
De vos vers non signés, on retient la devise.

Une femme de cœur, d'esprit et de bon sens,
Qui ne veut ni montrer ni cacher ses talents,
Dont la grâce embellit les soins de ménagère,
Est l'ange du logis, l'autre en est la mégère,
Le tyran, le fléau. Par bonheur, les Bas-bleus
Rôdent par ci, par là, sont rarement chez eux.
Madame, pour broder ses précieux mémoires,
Court fourrager partout de petites histoires,
En sera l'héroïne. En moins de trois feuillets,
Elle aurait sur son compte épuisé les caquets,
Bien qu'elle ose se peindre, en pied, d'après **nature,**
Si dans quelque bizarre et fâcheuse aventure,
Vraie ou fausse, n'importe, elle n'eût compromis
Ses compagnes d'enfance, elle et tous ses amis ;
Cynisme qui de honte eût fait mourir son père,
Si déjà, dans la tombe, il n'eût rejoint sa mère !

Un de ces jours d'orage où le pauvre Paris
En pratique mettait ce qu'il avait appris
Aux cours échevelés de tel humanitaire
Qui nous eût mieux servis s'il eût voulu se taire,
Ce jour, dis-je, un Bas-bleu, connu par ses éclats,
Allait à l'Assemblée assister aux débats.
Sur le point d'être mère, ailleurs était sa place ;
Mais ce que veut la femme il faut qu'elle le fasse.

La séance a bientôt son air habituel :
C'est l'école en désordre ou la tour de Babel.
Des cris séditieux s'échappent de la rue ;
L'Assemblée y répond, l'un sur l'autre on se rue.
Un citoyen français, en blouse et fort barbu,
Près de notre Sapho, sans façon étendu,

Agitant un drapeau, s'écrie : « Il faut que j'aille
« Un instant voir là-bas quelle besogne on taille.
« Citoyenne, prenez, ou plutôt prends, dit-il,
« Mon drapeau... Bien !... » Il crache, il fronce le sourcil,
Enfonce sur ses yeux, d'un geste redoutable,
Son large feutre en pointe, et sort d'un air capable,
Des coudes bousculant ce qui gêne ses pas.

Le peuple toutefois, qui ne s'endormait pas,
Envahit l'Assemblée, et la foule stridente,
S'y répand à pleins bords, comme une lave ardente;
C'est le nec plus ultra de la confusion...
La machine infernale a fait explosion !

Notre grosse maman eut un succès féerique ;
Chacun la tutoya comme une république.
On eût dit, à la voir son drapeau dans les mains,
La Muse du désordre inspirant les humains.

VIII

CAMÉLIA DRAMATIQUE.

Pour les mœurs, le bon goût, modestement il brille,
Et sans danger la mère y conduira sa fille.
                    (*Devise du théâtre Comte.*)

Aujourd'hui, c'est la mode, on craint peu le scandale,
On heurte le bon goût, on choque la morale ;
C'est du nouveau qu'il faut, à tout prix ; par malheur,
Sans nous orner l'esprit, on nous gâte le cœur.
On nous a découvert des fractions de mondes,
Non dans l'autre hémisphère et par de là les ondes ;
Aux cloaques impurs des bas-fonds des cités,
Nos Christophes Colombs se sont précipités,
Et, tombant lourdement dans la plus noire ordure,
Nous ont éclaboussés de leur littérature.
Criez donc gare, au moins ! prenez garde aux passants.
Va-t-on s'imaginer que des hommes de sens,
Laissent des prés fleuris les housses printanières
Pour courir au hasard dans les sales ornières ?
Ingénieux moyen de corriger les mœurs,
De former au bon ton les jeunes spectateurs,
Que d'exposer ainsi la parodie obscène
De vos sociétés au grand jour de la scène !

Pour aller écouter vos étranges propos,
En termes bien polis, nous sommes bien badauds.

9.

Vous nous empoisonnez de vos fleurs libertines,
De vos camélias et de vos héroïnes.
Renvoyez vos beautés, je n'ose trop dire où,
Mais délivrez-nous-en, de grâce, d'un seul coup !

L'homme qui des liqueurs fait un fréquent usage,
Sur son palais qu'il brûle exerce un tel ravage,
Qu'il ne savoure plus un vin vieux, velouté.
Les drames ont détruit la sensibilité,
Faussé le goût exquis de l'antique parterre.
Le génie est pour lui chose fort secondaire ;
Ce qu'il veut, c'est un cirque et des gladiateurs,
C'est du sang. Pour lui plaire, assommez-vous, auteurs ;
Car si de meurtres feints jamais il ne se blase,
De vrais meurtres, messieurs, le mettront en extase ;
Et si vous luttez bien, ce César exigeant
Fera tomber sur vous quelques pièces d'argent.

IX

LA PLUS BELLE FLEUR DU BOUQUET.

L'esprit, l'esprit français, si renommé, s'émousse ;
C'est la feuille qui tombe à la rude secousse
De l'arbre des coteaux battus par l'aquilon ;
C'est la corde du luth qui râle un dernier son,
Sous une main grossière, et qui sourit ou pleure
Quand un doigt délicat habilement l'effleure.
D'ailleurs le jugement, le parfum de l'esprit,
La fine fleur du goût, n'est plus sain, dépérit.

Compilateurs profonds de notre antique histoire,
Je ne conteste pas vos titres à la gloire ;
Vos récits, vos tableaux sont beaux en bien des points,
Mais nos rois chevelus y semblent en pourpoints.
Je veux leurs vrais manteaux, ne fût-ce que des loques.
Respectez la couleur, le cachet des époques[2] !
Nous voyons Mérovée au jour de l'opéra,
Avec votre lorgnette, et ce qu'il nous dira,
Vous l'aurez dit. Un roi de la première race,
D'une aumône d'esprit facilement se passe.
Gardez donc votre esprit pour vos propres besoins,
Nous y gagnerons plus et vous y perdrez moins.

A chaque âge laissez son type, sa nuance :
C'est ainsi qu'on obtient l'exacte ressemblance.
Souffririez-vous, messieurs, qu'un artiste niais
Peignît Napoléon les cheveux blond-anglais ?

X

PETITE FARCE
D'UN GRAND ENTREPRENEUR DE LITTÉRATURE.

> Sans trop l'approfondir, effleurez la science ;
> Pour tout mettre à profit, sachez un peu de tout ;
> Visez aux prompts succès : exploitez-les surtout.
> (H. RIGAULT, aux Poëtes spéculateurs.)

Cet homme est un savant, un artiste, un poëte :
Nous autres, bonnes gens, nous inclinons la tête ;
Il semble qu'il se passe un prodige dans l'air...
Morbleu ! sortent-ils tous du front de Jupiter ?
Ne nous valons-nous pas, chacun, dans notre sphère ?...
Peut-être leur talent n'est que du savoir faire....
Tenez, je vous confie un secret, mais bien bas ;
Soyez discrets, messieurs, ne me trahissez pas.
Non point que mon héros soit de ces gens sauvages
Qui veulent se cacher sous de sombres nuages ;
Il se pâme au soleil de la publicité ;
Il s'y roule, il s'y vautre, ivre de volupté ;

Il saute, fait le beau, flatte ou mord, ce grand homme,
Car il faut qu'à tout prix on le cite, on le nomme ;
Trop heureux, s'il surprend le gamin de Paris
Illustrer et salir de ses traits favoris
Les portes des maisons, les murs des édifices,
Tablettes où le peuple exprime ses malices ;
Où j'appris à connaître un matin Galimard,
En des termes naïfs, primitifs et sans fard,
Qui rendirent son nom bientôt si populaire.
Or donc, bien qu'assuré de ne pas lui déplaire,
Je ne me ferai pas complice de son cœur,
En enchâssant le nom de ce modeste auteur,
Même dans un récit qui n'est pas à sa gloire.
Voici donc simplement, en deux mots, mon histoire :

Un prince qui cherchait souvent à l'obliger,
Mande un soir mon faquin, lui dit de rédiger
Sur un sujet fourni quelque mince brochure,
Et d'avance il arrose une prose future...
— Anne, ma bonne sœur, ne vois-tu rien venir ?
— Je ne vois qu'un auteur qui tâche d'obtenir
Une seconde fois le prix d'un livre à faire,
Pour se mettre au travail ainsi qu'un mercenaire.
— Ne vois-tu rien venir, Anne, ma bonne sœur ?
— Je vois un livre enfin, de moyenne grosseur,
En triomphe porté par la main paternelle
Qui s'apprête à palper une faveur nouvelle...

Le prince ouvre l'ouvrage avec grand intérêt.
Il lit, il lit toujours, mais... à certain feuillet,
Il hésite, il s'arrête, il relit, il suppose
Qu'il pourrait avoir vu déjà la même chose ;

Il reconnaît alors qu'on l'a mystifié,
l jette le volume, un peu mortifié.

Je vous le donne en cent, devinez la méthode
La plus expéditive et la moins incommode,
Pour composer sans aide un chef-d'œuvre pareil?...
Un jour qu'il pleut à verse, on broche, à son réveil,
Mille lignes de texte, au courant de la plume;
On fixe au relieur l'épaisseur du volume.
Celui-ci qui souvent sait à fond son état,
Ne s'inquiète pas d'un aussi maigre plat.
Bravement à la suite il coud la même feuille...
Et voilà le secret... s'il est bon qu'on l'accueille
— Mais, direz-vous, comment ne pas s'apercevoir
De la supercherie? Elle est facile à voir.
— Va-t-on penser qu'un prince ira lire un ouvrage
De la première page à la dernière page?
L'auteur même qui signe, on peut le parier,
N'a pas toujours non plus lu son livre en entier.
Eh! quel besoin d'ailleurs de se rompre la tête,
De se crever les yeux, quand la besogne est faite?
Le tout, c'est le grand art de maints fameux auteurs,
Est de savoir choisir ses collaborateurs,
Car ce choix, on le sent, n'est pas petite affaire [3].
Plus d'un ministre habile eut un bon secrétaire,
Plus d'un peintre daigna mettre encor par faveur,
Son nom sous un tableau qui lui faisait honneur;
Plus d'un jeune héros doit, après la victoire,
A son vieux lieutenant les deux tiers de sa gloire...
Qu'on ne s'abuse point sur son propre talent!
Le premier quelquefois et le seul bien souvent,

Qui lit d'un bout à l'autre, et non pour se distraire,
Jusqu'aux moindres détails d'une œuvre littéraire,
C'est l'imprimeur; chez lui que de petits secrets
Dorment dans les cartons, loin des yeux indiscrets !
De nos graves savants que de lourdes bévues
Germaient en plein soleil s'il ne les eût point vues!...

Donc il faut s'entr'aider ! Dans les lettres, les arts,
Dieu merci ! les conscrits aident bien les grognards !

XI

QU'EST-CE QU'UN JOURNAL? — LE *SIÈCLE* ET L'*UNIVERS*.

> ..... *Adhuc sub judice lis est.*
> La question n'est pas encore résolue.
> (HORACE, *Art poétique.*)

> Bertrand avec Raton, l'un singe et l'autre chat,
> Commensaux d'un logis, avaient un commun maître.
> D'animaux malfaisants c'était un très-bon plat.
> (LA FONTAINE, IX, 17.)

Nos auteurs, j'y consens, sont de rares esprits;
Est-ce à dire qu'on doit, niaisement épris,
Guetter quel mot brillant leur échappe... dans mille ?
Notre admiration, sottement puérile,
Leur élève, à nos frais, si vastes piédestaux,
Que de là nous semblons n'être plus leurs égaux.
Aussi nous traitent-ils comme de vrais barbares.
Mais de leur part, un rien c'est de l'or pur en barres.

S'humanisant parfois après un bon dîner,
Sur notre cher album daignent-ils griffonner,
Que d'envieux alors un tel honneur nous cause!
Pour amuser un homme il faut si peu de chose!
Car l'homme a beau vieillir, il est toujours enfant;
Il lui faut des hochets jusqu'au dernier instant.
Tranchant de l'esprit fort, il reste si crédule,
Qu'il ajoute une foi fervente et ridicule
Aux oracles suspects même de son journal!
Suivant qu'il a rêvé, le monde est bien ou mal.

Un journal!... Qu'est-ce donc? Un livre? Mais un livre
Parle avant tout français, pour peu qu'il tienne à vivre.
Est-ce un cours de morale, une école de mœurs,
Appropriés au goût, à l'âge des lecteurs?
Un fidèle miroir, un savant interprète
Des moindres sentiments qu'au pauvre cœur on prête?
Un magasin d'anas plus ou moins pleins de sel,
Enfants échevelés du faubourg Saint-Marcel?
Est-ce... alors prenons garde à ses dents meurtrières,
L'infatigable écho des cancans des portières?
Enfin, c'est du papier sous des titres divers :
Sermon à l'eau de rose, il s'appelle *Univers* [4].
Jamais la charité n'eut de plus rude athlète;
Comme la charité, lui, n'a rien qui l'arrête;
Ainsi que Richelieu, lui, va droit à son but;
Lui, ne redoute pas le fameux : « Qu'il mourût! »
Saintement entêté pour... ou contre l'Église,
Dès qu'il tient la curée il ne lâche pas prise.
Quand après la tempête on veut qu'il fasse beau,
Des plis semi-sacrés de son épais manteau,

On cache les témoins de sa pieuse rage,
Et si vous soufflez mot vous payez le dommage.

Évangélique amour qui toujours sied si bien !
Qu'on est heureux et fier du grand nom de chrétien,
Lorsque de l'*Univers* on savoure une page !
C'est du sage Nestor l'harmonieux langage,
Dont la mâle éloquence, exempte de tout fiel,
De ses lèvres coulait plus douce que le miel.
Quel aimable attribut que l'esprit de concorde !
C'est le plus bel esprit que le ciel nous accorde.

Au *Siècle* demandez si je n'ai pas raison.
Il n'a jamais, jamais distillé le poison,
Et, comme l'*Univers*, son vieux compagnon d'armes,
Il sait courtoisement vaincre aussi par ses charmes.
Quel spectacle enchanteur de voir sa rude main
Presser de son ami le petit gant Jouvin,
Quand ils font le serment loyal et salutaire
De veiller en commun au repos de la terre,
De songer l'un à l'âme, et l'autre au corps... enfin
De préserver Abel des fureurs de Caïn !
A leur propre intérêt ils imposent silence.
Heureuse espèce humaine ! à toi seule l'on pense !
Ah ! vote une statue à tes deux champions,
Et dépose, à leurs pieds, tes humbles lampions,
Tous les ans, pour fêter le jour de leur naissance ;
Ils ont acquis des droits à ta reconnaissance.
Les Quarante-Immortels, en habits vert-lézard,
Mettront leur double éloge au concours, tôt ou tard.
Car la langue française, un peu moins scrupuleuse,
Ne craint plus qu'on l'appelle une *gueuse orgueilleuse*.

A ces grands orateurs elle n'a rien prêté ;
Mais elle a, sans façon, largement emprunté
Des termes qui manquaient à son vocabulaire,
Expressions de choix, tours heureux, nés pour plaire,
Que nos pères, hélas, ignorants et distraits,
Reléguaient par mégarde au fond des cabarets.

XII

LES *DÉBATS* — LA *GAZETTE DE FRANCE*
LE *CONSTITUTIONNEL* — LA *PRESSE*, ETC.

> ..... *Facies non omnibus una,*
> *Nec diversa tamen.*
> Leurs traits ne sont pas les mêmes, ils ne
> sont pas différents toutefois.
> (OVIDE, *Métam*. II, 15.)

Les *Débats*, bien moins chauds et bien plus pacifiques,
N'osent envisager que les luttes classiques.
Le pédantisme est là dans son cher élément,
Et le collége y trouve un docte complément.
C'est la tour de Babel. De tout on y raisonne,
Et l'on ne s'y comprend pas plus qu'à la Sorbonne.
Là, souvent les concours, pour éblouir les yeux,
Exposent leurs produits, les parent de leur mieux,
Enfin lèchent leur ours... Comme noblesse oblige,
Ce qui sort de leurs mains est toujours un prodige.

Là, c'est le rendez-vous, c'est la grande cité
Des petits cumulards de l'Université ;
Las d'exploiter le grec, mine trop peu féconde,
Ils veulent s'enrichir à régenter le monde.
Ces ministres futurs qui, du professorat
Ne firent qu'un moyen et non pas un état,
Se rient du bon Rollin, l'ami de la jeunesse,
Qui, jusqu'au dernier jour de sa verte vieillesse,
N'eut qu'un but, qu'une loi, qu'un plaisir, qu'un bonheur :
Faire de vrais savants, de vrais hommes de cœur,
Et non des feux-follets ; êtres sans consistance,
A la moindre étincelle, adieu leur existence !
Chapeau bas devant lui, mes petits écoliers !
Respectez les cordons mêmes de ses souliers !
Mais, s'il vous plaît, grugez vos coquettes tartines ;
Vantez, faites vanter vos prouesses latines,
Frondez tout à loisir le langage bourgeois,
Sur les siècles passés calquez votre *françois ;*
Dans vos *roides* discours, plus rigides qu'au cloître,
Ne souffrez pas qu'un mot, chez vous, ose *paroître,*
Si par Louis quatorze il ne fut prononcé ;
Suivez, suivez les mots d'un coup d'œil exercé,
D'un odieux contact sauvez leur innocence ;
Qu'ils demeurent toujours purs comme à la naissance.
Votre sagacité n'est jamais en défaut :
Qui connaît, mieux que vous, l'état civil d'un mot ?
Les mots ne sont-ils pas votre vaste domaine ?
Les mots, vous en avez la tête toute pleine...
D'un siècle si fameux, d'autres dans un écrit,
Conservent moins les mots que la grâce et l'esprit.

Voyez-vous tressaillir la *Gazette de France?*
Elle veut rompre encor plus d'une bonne lance.
Hélas! nous n'avons plus de tels tempéraments!
Corps de fer, cœur de feu, malgré ses deux cents ans :
C'est le dernier reflet de la chevalerie.
Elle aime franchement Dieu, le roi, la patrie.
Son point de mire aussi, n'est pas l'or... c'est l'honneur!
Elle embrasse avec foi la cause du malheur.
Montjoie et Saint-Denis, voilà son cri de guerre!
On l'entend retentir, on ne l'écoute guère...
On sent que son grand cœur, du vieux temps trop épris,
S'il n'a rien oublié, n'a jamais rien appris.

Plus jeune, plus cassé, cet autre est si bonhomme,
Qu'il faut bien avec lui dormir un petit somme.
Constitutionnel !... n'est-ce pas un beau nom?
Un peu long, moins pourtant que son moindre sermon.

Sur la foi d'un journal ou de la girouette,
Insensé qui s'afflige, insensé qui projette.
La *Presse*, ce matin, avait pourtant dit noir;
Le vent vient de tourner, elle dit blanc, ce soir.
Noir et blanc, j'en conviens, ne sont pas même chose,
Mais ce sont des couleurs du moins qu'elle propose;
On peut facilement entre les deux opter...

Maintenant tâchez donc de vous orienter
Parmi tant de journaux ternes et sans nuance?
Pas de point lumineux; c'est un brouillard immense,
Sornettes et toujours sornettes; auprès d'eux,
Le fou *Charivari* me paraît sérieux.

XIII

DEUX OPINIONS VALENT MIEUX QU'UNE.
LE PHILTRE AMOUREUX.

> Arrière ceux dont la bouche,
> Souffle le chaud et le froid !
>
> (LA FONTAINE, V, 7.)

D'un journal avancé le fougueux pamphlétaire
Contrariait parfois l'allure héréditaire
D'une feuille attachée à d'anciens souvenirs.
Pourtant tout n'allait pas au gré de ses désirs.
Plus d'une fois on vit cet ardent politique
Trouver à qui parler, et son trait satirique,
Adroitement paré, retomber impuissant.
L'orage, chaque jour, grondait plus menaçant.
Les abonnés, bercés d'une douce espérance,
Suivaient avec ardeur l'attaque et la défense,
Toujours prêts à crier : « Victoire! » à tout moment.
Mais... qui pouvait prévoir un pareil dénouement?
Tandis que l'on s'acharne, au plus fort de la lutte,
Du même heurt chacun des deux partis culbute.
Un petit incident, né d'un petit hasard,
Vient leur ouvrir les yeux, par malheur un peu tard.
Ils voient qu'un même acteur, habile en plus d'un rôle,
Seul joue à leurs dépens une pièce fort drôle...
Que dire?... On meurt de faim avec beaucoup d'esprit;
La bonne opinion est celle qui nourrit,

Et pour la découvrir, il faut bien qu'on essaie
Ensemble ou tour à tour celle qui le mieux paie.

C'est affreux ! direz-vous. J'en conviens, mais, hélas!
Notre vie est fragile et sujette aux faux pas.
Sans cesse en butte au choc des hommes et des choses,
Nous subissons souvent bien des métamorphoses.

Interrogez d'ailleurs ce monsieur si chrétien,
Connu dans tout Paris pour ne pardonner rien.
Demandez-lui pourquoi son triste cœur distille
Ce venin qui toujours empoisonne son style.
« Je suis, » répondra-t-il, « je suis bien malheureux !
« J'expie, et pour jamais, le charme de mes yeux.
« Franchement je croyais que l'avare nature
« Avait, au détriment de ma pauvre figure,
« Embelli mon esprit, et puis voilà qu'un jour
« Je suis cruellement démenti par l'amour.
« Oui, messieurs, j'étais beau !... je ne m'en doutais guère,
« Vous, peut-être, non plus... Cette étonnante affaire
« Me trotte par la tête et me rompt le cerveau...
« Ah ! que je suis fâché, messieurs, d'être si beau !
« Je tremble en y songeant; il est si peu d'usage
« D'avoir tout à la fois bel esprit, beau visage !
« Or voici les détails exacts, intéressants,
« De l'horrible attentat qui m'a troublé les sens :
« Une femme !... que n'ai-je en mes mains la dernière !
« Une femme !... c'était ma propre cuisinière,
« Osa tourner sur moi des regards criminels;
« Que dis-je? Elle osa plus... ô regrets éternels !
« Ainsi que cette sotte et jalouse maîtresse
« Qui troubla la raison du poëte Lucrèce,

« Par les cruels effets de philtres amoureux
« Qui devaient rallumer en lui de nouveaux feux,
« Ainsi la misérable, en quadruplant la dose,
« Obtint exactement, hélas ! la même chose ;
« De ma part, point d'amour, mais beaucoup de fureur.
« Mon Dieu ! qu'il est changé mon noble et tendre cœur !
« Je suis comme un damné, s'il est possible, pire ;
« Je n'ai plus, ici-bas, qu'un seul plaisir... médire.
« Ne me le volez pas !... Sortez !... Que mon courroux,
« Messieurs, puisse à loisir s'exhaler contre vous. »

Malheur donc à celui qui tombe sous la patte
D'un pareil forcené ; jamais il ne le rate,
Car il vous suce à blanc. Ce vampire infernal
Se barricade au fond d'un confessionnal.
Là, sa griffe grinçant sur le saint Évangile,
Sur sa proie il vomit les torrents de sa bile.

Toujours porter la guerre au nom d'un Dieu de paix [5],
D'un pur amour de Dieu colorer ses forfaits,
Laïque, ce n'est pas le rôle de l'Église...
Votre farouche accent révolte et scandalise ;
Vous êtes un barbare et non le champion
Des douces vérités de la religion.
L'Évangile, bien simple, est compris et sait plaire,
Sans qu'un feuilletonniste en fasse un commentaire.

Grâce à Dieu ! par bonheur, nos critiques du jour
N'ont pas encor tous pris des breuvages d'amour.
On peut être malin ou croire le paraître,
Mais non aussi méchant quand même on voudrait l'être.

XIV

LE CHAMPIGNON LITTÉRAIRE.

> Souvent les plus exquis sont des empoisonneurs.
> (LACHAMBAUDIE, III, 18.)

Il faudrait qu'un critique, avant de raisonner
De tout comme un docteur, songeât à nous donner
Un petit spécimen de son intelligence,
Quelque pièce à l'appui de sa propre science.
Canrobert peut parler d'assauts et de combats;
Mais pour moi, qui jamais n'ai porté sur le bras
Que l'innocent fusil, que cette arme courtoise
Dont la France a doté la milice bourgeoise,
Me sied-il de trancher du général? Non pas!
Vous-même, le premier, vous ririez aux éclats,
Vous qui, n'ayant jamais mis le nez dans un code,
Habillez quelquefois les lois à votre mode.

Sans posséder l'hébreu comme l'abbé Bargès,
Ni le grec comme Egger, on peut faire florès.
Pour servir au lecteur de guide et d'interprète,
Qu'on étudie au moins la question qu'on traite.

Plus d'un fameux censeur, dès qu'un livre paraît,
Le caresse ou le mord sans savoir ce qu'il est;
Encore trop heureux s'il montre assez de zèle
Pour le lire du pouce, ainsi que disait Bayle.

Mais le titre ou la table offre assez d'éléments
Pour asseoir à coup sûr ses graves jugements.
Aussi je me console, alors que quelqu'obstacle
Me prive du plaisir d'assister au spectacle :
Mon feuilleton m'apprend si le public a ri,
Si l'on n'a rappelé que vingt fois Ristori ;
Je sais si du parterre un pointilleux, un rustre.
A sifflé, sans respect, les chevaliers du lustre.
A donné sans façon au diable les Romains,
Et maudit les accords de leurs bruyantes mains ;
Si le Conservatoire est toujours en colère
Des progrès qu'en musique ailleurs on ose faire,
S'il se console enfin que tel maître achevé
Ne soit plus qu'un élève en face de Chevé [6].
J'ai su dès mon réveil combien Rachel fut belle
Hier soir, aux Français, dans la pièce nouvelle.
Un journal est si vite et si bien renseigné !
Il a dans un clin d'œil tout vu, tout consigné.
— Votre journal, monsieur, remplit trop tôt sa tâche,
Car l'affiche au théâtre hier marquait : « Relâche! »
Mais ce contre-temps tourne encore à son honneur ;
Il prouve aux abonnés sa pétulante ardeur,
Son désir de leur plaire et sa rare prudence
Qui n'attend pas les faits, les prévoit, les devance,
Et peut dire, en mentant, bien mieux la vérité,
Que s'il voulait la peindre avec fidélité.

Censurer qui produit, sans produire soi-même,
C'est sans doute un adroit et fréquent stratagème ;
En France, nous voyons bon nombre de Français
Qui sifflent à merveille, et... ne chantent jamais.

Ce n'est pas brave au moins ; c'est, protégé par l'ombre,
Surprendre un voyageur au détour d'un bois sombre,
C'est contre un louis d'or jouer un vil jeton,
C'est imiter le lâche et stérile frelon
Qui te dérobe, abeille, un miel que tu composes
Du doux nectar des fleurs, à la saison des roses.
Sans redouter pour lui la loi du talion,
L'impertinent gamin, de son sale haillon,
Déflore l'habit noir du riche qu'il coudoie,
Et dans un ris moqueur laisse éclater sa joie.
Ainsi, maigre censeur, à l'œil creux, au cœur sec,
N'ayant à perdre rien, tu braves tout échec.
Enfant disgracié de la littérature,
Être incomplet, honteux de ta propre nature,
Ton impuissance même excite ta fureur.
Tu ne saurais créer, tu détruis de grand cœur ;
Et si ta dent ne peut entamer un ouvrage,
Toujours ta bave impure en salit quelque page.

XV

AMEN

Le savant, a-t-on dit, est pédant, ennuyeux ;
Le poëte est moins lourd, mais vain, mais orgueilleux.
Point d'orateur qui cause : il prêche ou bien déclame.
Le critique toujours chante la même gamme.

L'artiste plus aimable, ou plus habile acteur,
Semble obéir et non commander à son cœur.
Quel abandon naïf! Mais, ne vous en déplaise,
L'artiste, sans façon, partout est à son aise;
Chez vous, il est chez lui, dans son propre fauteuil;
Vous, vous le recevez, et lui vous fait accueil.
Grattez sa bonhommie, et voyez ce qui reste,
A part ce grand talent que nul ne lui conteste?

1858.

NOTES DE LA SATIRE IX

---

1. — PAGE 142.

Je n'ai jamais pu comprendre comment, dans une Église, devant un auditoire respectable, un ministre de Dieu avait osé dire ce que je n'oserais transcrire ici. J'ai en vue la 22me conférence du P. Lacordaire, à Notre-Dame de Paris, en 1844, reproduite le 12 décembre de la même année par le journal l'*Univers*. Il y a (page 40, T. 2, édition Sagnier et Bray, 1845) un passage qui commence ainsi : « N'avez-vous pas rencontré de ces hommes qui, à la fleur de l'âge, etc.» Le peu que je connais des sermons du cordelier Olivier Maillard, est moins cynique, même sans avoir égard à l'époque où ils furent prononcés, qu'une certaine ligne de l'endroit que je cite. Pourquoi le P. Lacordaire n'appelle-t-il pas nettement les choses de leur nom médical? M. le vicomte de la T... m'a dit que l'archevêque de Paris, auquel il faisait remarquer le passage en question, doutait de ses yeux et de ses oreilles.

2. — PAGE 155.

Je ne veux point parler des livres comme le pamphlet du P. Loriquet, pamphlet indigne d'un homme d'esprit et de cœur écrivant en français, et vingt fois réimprimé sous le titre d'*Histoire de France*. On ne me fera jamais croire que les maisons d'éducation qui, avec cet ouvrage, osent fausser l'esprit et le cœur de la jeunesse, agissent pour *la plus grande gloire de Dieu*. Au reste, les jésuites font actuellement disparaître, autant qu'ils le peuvent, surtout les éditions avoisinant 1814. Je ne fais allusion qu'aux livres de bonne foi, mais auxquels on peut appliquer cette réflexion de M. Villemain, que j'ai entendue, si je ne me trompe, à une séance de l'Institut : « Quand un siècle est trop préoccupé de lui-même, il teint de ses couleurs les temps éloignés qu'il veut décrire. »

3. — PAGE 158.

Le juif W... a fait une traduction d'Homère. Celui qui l'a signée allait être décoré quand la supercherie fut découverte. Dieu sait ce qu'il a payé au malheureux savant! Un homme de lettres veut donner l'histoire d'un allemand célèbre; c'était un travail fort difficile; c'est encore W... qui le compose. On fait observer à cet homme de lettres qu'il donne si peu au pauvre diable, qu'il meurt de faim. Que répondit-il? « Je ne sais jusqu'à quel point, en ma qualité de catholique, j'ai le droit de m'opposer à ce qu'un juif meure de faim. » L'ouvrage a eu un grand succès. On m'a appris que cet infortuné W... s'est jeté, corps perdu, dans les troubles populaires de l'Allemagne. Depuis, je n'ai plus entendu parler de lui. Ceux qui, par leur dureté et leur injustice, réduisent au désespoir les hommes qu'ils exploitent, sont de bien grands coupables.

4. — PAGE 160.

Quand l'*Univers* fut supprimé, j'hésitai à laisser subsister ce passage, qui prouvait le peu de fruit que j'avais tiré des leçons de charité d'un journal si dévot. Mais un instant de réflexion dissipa tous mes scrupules à cet égard : « Le roi est mort, vive le roi! » En effet, au bout de quelques jours nous avons pu assister à la naissance du *Monde*.

5. — PAGE 167.

Les querelles religieuses se terminent presque toujours par ce triste refrain :

> Tant de fiel entre-t-il dans l'âme des dévots!
> (BOILEAU, *Lutrin*, I.)

On connaît les impitoyables attaques de saint Bernard contre Abeilard : « Cet auteur, disait-il, dont il serait *plus juste de battre la bouche avec un bâton, que de le réfuter avec des paroles* *. » Dom Gervaise, au

---

* *Vie de S. Bernard*. Paris, Antoine Vitré, 1649, p. 547.

livre V de la *Vie d'Abeilard* qui *ne rendit pas injure* pour *injure* et dont les termes furent *réglés* par la *charité* jusque dans ses lettres confidentielles à Héloïse, se trouve fort embarrassé pour expliquer la conduite de l'adversaire du grand dialecticien; car il avait écrit, entre autres au cardinal Yves, en des termes qui pourraient surprendre, si l'on ne savait, dit-il, en citant l'évêque Godeau, que Dieu laisse les saints parler et écrire conformément à leur humeur, afin que nous reconnaissions que les vérités qu'ils nous enseignent sont de lui, et que l'aigreur est de l'homme. D. Gervaise reproduit alors la lettre de saint Augustin à son ami saint Jérôme, à propos des différends religieux de ce dernier avec Ruffin. Bien que saint Jérôme ne fasse que repousser les invectives très-piquantes de son ancien camarade d'études, et qu'il semble se contenir, saint Augustin n'en est pas moins pénétré de douleur, car c'est un *mauvais exemple* qu'on *donne aux fidèles*, etc. D. Gervaise ajoute ensuite fort judicieusement que « le zèle de la religion les emporte souvent (les plus grands hommes) hors d'eux-mêmes et les empêche de sentir ce qu'ils doivent même au plus grand ennemi de l'Église, pour qui Jésus-Christ est mort, et qui peut, par sa grâce, se convertir. »

6. — PAGE 169.

M. Émile Chevé a dû expier bien longtemps

L'inexcusable tort d'avoir trop tôt raison.
(CASIMIR DELAVIGNE.)

Mais enfin, on commence à rendre justice à l'admirable méthode qu'il vulgarise avec tant de talent, de zèle et de désintéressement. Si Wilhem fut appelé bienfaiteur de l'humanité, parce que les cours de musique d'après sa méthode ornaient l'esprit et par conséquent purifiaient le cœur d'un grand nombre de personnes qu'ils arrachaient, après leur travail, aux écueils de l'oisiveté, j'ose, en ma qualité d'ancien élève de M. Chevé, espérer pour lui le même honneur.

CHARITÉ DIVINE ET HUMAINE

DIEU

« Séneschal, fist-il, quel chose est Dieu ? » et je li diz : « Sire, ce est si bonne chose que meilleur ne peut estre. »

(Réponse de Joinville à saint Louis.)

Aime ton prochain comme toi-même.
(S. MATT., S. MARC.)

Je suis doux et humble de cœur... Mon joug est doux et mon fardeau est léger.
(S. MATT.)

Venez à moi, vous tous qui êtes fatigués et chargés, et je vous soulagerai.
(S. MATT.)

Une mère peut-elle oublier son enfant et n'avoir pas de compassion du fils qu'elle a porté dans ses entrailles? Mais quand même elle l'oublierait, pour moi, je ne vous oublierai jamais.   (ISAIE.)

L'HOMME

Dieu se repentit d'avoir fait l'homme sur la terre.   (GENÈSE.)

Tuez tout! Dieu reconnaîtra bien les siens.
(Le légat Pierre de Castelnau au siége de Béziers.)

Arrachez les enfants du sein de leurs mères, et les mères, pour avoir leurs enfants, se feront catholiques.
(Mᵐᵉ DE MAINTENON *aux Missionnaires bottés.)*

Sa Majesté veut qu'on fasse éprouver les dernières rigueurs à ceux qui ne voudront pas se faire de sa religion.
(Écrit par Louvois en 1685.)

Homo homini lupus.
L'homme est pour l'homme un loup
(HOBBES.)

SATIRE X

L'HOMME DEVANT LA CHARITÉ DE L'HOMME

SATIRE X

L'HOMME DEVANT LA CHARITÉ DE L'HOMME.

> Si au pauvre que tu as recouvert tu re-
> proches son vêtement, tu le découvres
> davantage.
> (PHILEMON. IVe siècle av. J. C.)
> (*Fragm. 83, collect. Didot.*)

Le voyageur errant dans les plaines d'Afrique,
Mourant de soif, trompé par un vain jeu d'optique,
Vers le fleuve ou l'étang qu'il croit apercevoir,
Se traîne avec douleur... c'est son dernier espoir...
Mais cette eau qu'il convoite avec rage et délire,
Devant lui fuit toujours, et bientôt il expire.

Hélas ! dans nos climats où les cieux moins brûlants,
En vertes oasis ont transformé nos champs,
Pour le pauvre, sans pain, dès qu'il est sans ouvrage,
La charité, parfois, est un cruel mirage.
Il voit, semés partout, sur son rude chemin,
Les caravansérails qu'elle offre au pèlerin;
Il croit s'y reposer... et sa douce espérance
S'évanouit, le laisse en proie à la souffrance.

Ah ! malheur au mortel, plein de sa dignité,
S'il doit manger un jour le pain de charité !
Ce pain appétissant peut-être à la surface,
Mais tout pétri de fiel, qu'on lui jette par grâce,
Pour s'épargner l'ennui de voir, le lendemain,
Dans les papiers publics : « Un tel est mort de faim ! »

Mieux vaudrait, trop souvent, qu'il mourût, que de prendre
L'humiliant secours que l'on daigne lui tendre !
En aura-t-il assez des larmes de ses yeux
Pour détremper ce pain, antidote odieux,
Qui, sans le délivrer de sa triste agonie,
Ne fait qu'alimenter sa longue ignominie [1] !

Aussi, du fond du cœur, j'estime l'indigent
Qui du riche hautain a dédaigné l'argent,
Mais reçoit avec joie un denier, l'humble obole
Qu'à sa propre misère un pauvre arrache et vole ;
Il ne le blessa point ; il sut, plein d'abandon,
En lui serrant la main, dissimuler son don.
Dans ce cœur ulcéré, sa charité discrète
Descendit et surprit une peine secrète...
Ne pouvant à la plaie enlever ses douleurs,
Du moins l'adoucit-elle en l'arrosant de pleurs...

Non, ce n'est point de l'or, beaucoup d'or qui libère
De sa dette d'honneur l'homme envers la misère !
Un bienfait orgueilleux révolte le malheur ;
N obligez pas, s'il faut que vous brisiez le cœur.
Savez-vous si ce pauvre à la voix importune,
N'aurait pas plus que vous des droits à la fortune ?

Nos petits parvenus trouveraient trop bourgeois,
Et trop au-dessous d'eux ce que faisaient nos rois,
Quand au malade infect, le rebut de l'hospice,
« Le roi te touche, Dieu, disaient-ils, te guérisse !... »
Quand à leur propre table ils servaient volontiers
De malheureux vieillards dont ils lavaient les pieds...
Ils ne ternissaient pas l'éclat du diadème ;
Ils voulaient s'élever jusqu'au Dieu pauvre même [2].

La sœur de saint Louis tricotait de sa main
Une coiffe, et le roi chez elle entre soudain.
— Je vous fais compliment, cette coiffe est fort belle ;
Sans doute elle est pour moi ; merci, mon Isabelle !
— Non, mon doux sire, elle est, n'en soyez pas jaloux,
Pour un prince plus grand, plus élevé que vous.
— Quel est donc le mortel plus grand qu'un roi de France?
— C'est un pauvre du Christ : à lui la préférence.

Mot sublime ! voilà la pure charité
Que, dans la crèche, Dieu montre à l'humanité.
Il voulut abaisser sa majesté suprême,
Pour grandir, couronner l'humble pauvre qu'il aime ;
Il voulut qu'on donnât, en tribut, à ce roi,
Beaucoup, beaucoup du sien, mais encor plus de soi.

                                        1856.

                    11

NOTES DE LA SATIRE X

1. — PAGE 180.

De même que l'on voit parfois, dans les promenades, des dames faire les aimables, moins peut-être pour plaire à leurs maris auxquels elles donnent le bras, que pour être admirées des jeunes gens qui les lorgnent, de même on ne rencontre souvent dans certaines personnes qu'une charité coquette qui cherche moins à obliger qu'à paraître obliger. Le bon La Fontaine eût pu leur dire avec raison :

> Entre la chair et la chemise
> Il faut cacher le bien qu'on fait.

Ces dévotes gens qui vont si fréquemment aux offices de l'église Notre-Dame des Victoires, auraient bien dû, en passant, jeter un petit coup d'œil furtif sur ces deux vers latins d'une fontaine, debout encore, il y a peu de temps, en face de cette église :

> *Quæ dat aquas saxo latet hospita Nympha sub imo;*
> *Sic tu quùm dederis dona, latere velis.*

La nymphe hospitalière qui donne ces eaux se cache au fond du rocher; ainsi toi, quand tu feras des présents, veuille te cacher.

Mais aussi pourquoi ces belles choses sont-elles en latin? Si, comme le veut l'Évangile, traduit dans toutes les langues, la main gauche ignorait plus souvent ce que donne la main droite, il y aurait moins de pauvres honteux qui meurent de faim plutôt que d'être secourus et humiliés. Je n'oublierai jamais ce que j'ai su d'un ancien *garde du corps* du roi Charles X, qui, tombé par des malheurs successifs dans la plus horrible indigence, allait, il y a deux ou trois ans, ramasser, dès l'aube du jour, dans les ordures, autour du marché Saint-Germain, de quoi alimenter en cachette les tristes jours de sa vieillesse. Longtemps il vécut de cette manière; il mourut heureusement au moment où sa misère était dépistée; il avait assez souffert; le Ciel lui a épargné la dernière et la plus cruelle des souffrances, celle de recevoir de la main d'un prédicateur en habit, d'un visiteur plus ou moins indiscret, des *bons* d'un *kilogramme* de pain blanc sur lesquels il aurait lu cette aimable légende que je transcris exactement : « En recevant ce pain, rendez grâces à DIEU, priez pour vos *bienfaiteurs*, et n'oubliez pas le salut de votre âme. » Une autre humiliation lui aurait été peut-être réservée encore, comme je l'ai vu plusieurs fois, le jour où il aurait présenté sa carte au boulanger.

2. — PAGE 181.

Dom Bernard de Montfaucon[1] rapporte qu'on voyait toujours chez le roi Robert-le-Pieux plus de deux cents pauvres qui le suivaient partout. En outre, dans toutes les villes où il s'arrêtait, il faisait donner abondamment du pain et du vin à trois cents et quelquefois à mille pauvres. Il augmenta même cette aumône la dernière année de sa vie. Il touchait les malades et les ulcérés et faisait le signe de la croix sur eux, et l'on disait qu'il les guérissait souvent.

C'est à lui que remonte l'usage pratiqué par nos rois, à leur sacre, de toucher les malades atteints des écrouelles, en leur disant : « Le roi te touche, Dieu te guérisse! »

Joinville[2] dit que saint Louis était *large aumosnier*. « Touz les jours il donnoit à manger à grant foison de povres sanz ceulz qui mangoient en sa chambre; et maintes foiz vi que il leur tailloit leur pain et leur donnoit à boivre. » « Il avoit accoutumé, dit l'abbé de Choisy[3], qui cite les grandes chroniques de France, tous les samedis, de faire entrer dans son appartement secret trois pauvres vieillards. Il les faisoit asseoir, se mettoit à genoux devant eux, leur *lavoit* les pieds, les essuyoit et puis les baisoit; après quoi il leur donnoit à manger et à chacun quatre sous parisis. Son confesseur et son aumônier étoient seuls présents... » Car son humilité ne lui permettait pas de « mie avoir en desdaing, comme il le reprochait à Joinville, « *ce que Dieu fist pour nostre enseignement*[4]. » Cet immense amour des pauvres fit palpiter le cœur de saint Louis jusqu'à ses derniers moments, car dans les enseignements écrits de sa main, qu'à son lit de mort il remit à son fils Philippe, on lit, entre au-

1. *Monuments de la monarchie française*, t. 1.
2. Page 219, édition Didot.
3. Édition Cl. Barbin, p. 40, 2ᵉ part.
4. Joinville, p. 8.

tres conseils : « *Le cuer* (cœur) *aies douz et piteus* (compatissant) *aus povres, aus chiétis* (chétifs) *et aus mésaisiés, et les conforte et aide selonc ce que tu pourras*[1]. » « Louis IX, dit Voltaire, paraissait un prince destiné à réformer l'Europe, si elle avait pu l'être; à rendre la France triomphante et policée, et à être en tout le modèle des hommes. Sa piété, qui était celle d'un anachorète, ne lui ôta aucune vertu de roi. Une sage économie ne déroba rien à sa libéralité. Il sut accorder une politique profonde avec une justice exacte; et peut-être est-il le seul souverain qui mérite cette louange : prudent et ferme dans le conseil, intrépide dans les combats sans être emporté, compatissant comme s'il n'avait jamais été que malheureux; il n'est pas donné à l'homme de porter plus loin la vertu[2]. »

1 Joinville, p. 237.
2 Cité par des Michels, *Précis de l'histoire du moyen-âge*, 218.

SATIRE XI

LA CHARITÉ DES LAIQUES ET LES ŒUVRES PIES

> *Beneficia nec dare scimus, nec accipere.*
> Nous ne savons ni répandre ni recevoir
> les bienfaits
> (SÉNÈQUE, *des Bienfaits*, I, 1.)

SATIRE XI

LA CHARITÉ DES LAIQUES ET LES ŒUVRES PIES

> Supporter patiemment le prochain, l'édi-
> fier constamment, le corriger prudemment,
> le soulager généreusement, tels sont les
> devoirs que cette divine et tout aimable
> vertu nous prescrit.
>
> (BRYDAYNE, *Sur la Charité. La Pratique*,
> t. VI, édit. Séguin.)

Les riches n'ont pas tous cette brûlante fièvre
Que l'or allume en nous, et plus d'un Penthièvre
Prélève sur son bien la dîme du malheur ;
Mais va-t-elle souvent où l'adresse leur cœur ?
Voilà la question ; je pose le problème,
On peut facilement le résoudre soi-même.
D'ailleurs je veux aussi chercher à vous aider,
Amis lecteurs. Or donc, messieurs, sans plus tarder,
Je vais vous résumer, en quelques coups de plume,
Un entretien qui seul eût fait un gros volume.

Sur ce point délicat, mine de beaux projets,
Qu'on exploite toujours, qu'on n'épuise jamais,
Dans un cercle choisi, deux hommes de mérite
Discutaient, hésitaient où tout le monde hésite.

Arétin, juste et bon, trop austère de mœurs,
Paraissait prêt à dire à chacun : « Crois ou meurs! »
Il semblait oublieux de ses erreurs passées ;
Il ne comprenait pas que les saintes pensées
Qui l'avaient embrasé le soir, vers son déclin,
N'illuminassent point les autres, le matin.
Loin d'attendrir son cœur, sa jeunesse orageuse
Avait rendu son âme inflexible, ombrageuse ;
Un mot l'effarouchait ; en fait de charité,
C'était le parvenu dans sa rugosité.
S'il était pour autrui d'une rigueur extrême,
Du moins le voyait-on sans pitié pour lui-même.

Ariste, dès l'enfance, humain et vertueux,
Avait pour l'infortune un zèle affectueux,
Et tout en condamnant le vice détestable,
Sur lui laissait tomber un voile charitable.
Lui parlait-on d'un pauvre au travers adonné ?
Il est bien plus à plaindre encor, l'infortuné !
Répondait-il d'abord. Qui de nous pourrrait dire,
Qu'en cette rude épreuve il n'eût pas été pire?
Ne traitons point le pauvre avec trop de raideur,
Avec lui, montrons-nous affables, sans hauteur,
Ayons, pour ses défauts, une sage indulgence,
Nous qui péchons aussi, mais non par ignorance;
Ne froissons pas des cœurs en proie au désespoir,
Et donnons-leur plutôt l'exemple du devoir.
Car le prêcheur qui pèche est doublement coupable.
Mais cet homme si doux se montrait implacable
Et prenait sans merci pour le but de ses traits,
Ceux qui du faible osaient heurter les intérêts.

ARISTE.

Que d'or mis en dépôt chez des âmes vénales,
Fut l'aliment hideux d'affreuses saturnales,
Ou le principe obscur d'un opulent orgueil,
Quand il aurait soustrait tant d'hommes au cercueil !
Il est bien malaisé, je l'avoue, en ce monde,
De rencontrer un cœur pur, noble, qui réponde
Aux inspirations de ces cœurs bienfaisants
Pour qui les malheureux deviennent des enfants ;
Qui puisse, quelque jour, être le légataire
Du bien qu'ils avaient fait, qu'il leur restait à faire ;
Choisir ses héritiers et transmettre, à son tour,
Comme un dernier bienfait, son testament d'amour.

En vain Paris se saigne ; il donne et toujours donne...
La misère est la même... à bon droit il s'étonne
Que ses efforts constants demeurent superflus...
C'est que la plaie est grande... et la fraude encor plus.
Tel qui tient dans sa main la clef de la cassette,
Croit trop naïvement que charité bien faite
Doit commencer par lui ; pour le pauvre... tant pis !
Le champ est moissonné, qu'il glane les épis...
Si ton cœur en laissait, cruel, tomber à terre,
Comme au temps de Booz, Ruth nourrirait sa mère !...
Ne pouvant prendre tout, ou bien ne l'osant pas,
N'as-tu point des parents, des amis ici-bas?
Au pauvre sans crédit les cadeaux sont stériles ;
Mieux vaut te ménager des complices utiles.

D'autres, hommes d'honneur, de foi, de probité,
Mais étroits de cerveau, étroits de charité,

11.

Sont les dupes toujours des pieuses grimaces
Que font, à leur aspect, les plus ignobles faces.
Aussi l'argent pleut-il sur de pareils chrétiens
Qui, du respect humain, brisent les sots liens !

ARÉTIN.

Il faut de la vertu détourner le calice ;
A ses mauvais instincts abandonner le vice ;
Le secourir serait presque l'autoriser...

ARISTE.

Le secourir, monsieur, ce serait l'écraser !
Peut-être qu'au bercail, une aumône éclairée
Ramènerait enfin la brebis égarée.
Dieu ne veut pas la mort du pécheur endurci,
C'est sa conversion qu'il veut et nous aussi.
Irez-vous contre Dieu lancer une épigramme ?
Lui qui frappe le corps moins qu'il ne punit l'âme.
A l'impie accorda, comme à l'homme pieux,
Et les fruits de la terre et la clarté des cieux ;
Et, sur son fils ingrat, au jour de sa colère,
S'il fait peser sa main, c'est une main de père.
Dieu doit-il s'éclairer de vos leçons ? Pourquoi
Vouloir mieux que Dieu même interpréter sa loi ?

ARÉTIN.

Oui, trop souvent chacun l'interprète à sa guise ;
Chacun veut, ici bas, s'ériger en Moïse.
Faut-il vous parler net ? Suivant le temps, le lieu,
Son intérêt surtout, l'homme fait parler Dieu.

Ah ! c'est pousser trop loin l'orgueil et l'impudence
Que d'outrager ainsi la sainte Providence,
Et de prêter toujours un esprit limité
Au Dieu qui d'un coup d'œil saisit l'éternité !
Étendre à l'infini sa trop grande indulgence,
N'est-ce pas émousser les traits de sa vengeance,
Méconnaître du Ciel l'infaillible équité ?
J'admire tant d'audace ou de naïveté,
D'exiger qu'un mortel montre du caractère
Alors qu'on en refuse au maître de la terre !
Ce n'est pas ainsi, moi, que j'entends Dieu ! Pour moi,
Dieu, le suprême arbitre, est la suprême loi !
Et loi de fer ou non, pour la faible nature,
Plions-nous-y soudain, humblement, sans murmure.
Car c'est la loi, monsieur ! Quand le ciel, aux méchants,
Réserve, après leur mort, d'horribles châtiments,
N'est-ce pas, dans un homme, une folie extrême,
De vouloir se montrer plus clément que Dieu même ?
Ah ! monsieur, lorsqu'à peine on peut suffire aux bons,
Il serait criminel de songer aux fripons.

ARISTE.

Bien, je vous prends au mot, monsieur, daignez m'entendre :
Si notre main ne doit, à votre avis, se tendre
Qu'à la seule vertu qui ne faillit jamais,
Pourquoi, dans les prisons, repaire de forfaits,
Portez-vous, sans remords, sans le moindre scrupule
De lancer contre Dieu quelque trait ridicule,
Le travail qu'on arrache à tant de pauvres gens
Dont le seul tort, hélas, fut de naître indigents ?

Nous sommes donc, au fond, bien d'accord, ce me semble :
D'ailleurs qui se ressemble, avouez-le, s'assemble ;
La forme est peu de chose, à mon sens, quand le cœur
Est toujours accessible à la voix du malheur.

UN INTERLOCUTEUR.

La forme est peu de chose! En mainte circonstance,
Dit un des assistants qui gardait le silence,
Elle emporte le fond ; tel lui dut son succès.
Je ne prétends pas faire un injuste procès
Aux hommes dévoués à la sublime cause
Que je défends aussi ; pourtant je me propose,
Puisque, sur ce sujet, par goût et par devoir,
J'ai, dans les hauts emplois, acquis un long savoir,
De prouver que la forme, à vos yeux puérile,
A la charité prête un concours fort utile.
Donner, c'est bel et bon ; ce n'est pas tout encor ;
Nous devons calculer le bien que fait notre or.
Oh! croyez-en, messieurs, ma vieille expérience :
Hospices, hôpitaux, bureaux de bienfaisance,
Voilà pour le malheur un refuge assuré.
Le reste... N'en déplaise à monsieur le curé,
Des célestes faveurs dispensateur intègre,
La charité privée, arbitraire et trop maigre,
Gaspille en petits dons, au hasard répandus,
Pour l'intérêt commun, pour le pauvre perdus,
Les biens qui, concentrés en des mains plus habiles,
Pourraient anéantir la misère des villes.

ARÉTIN.

Oui, nous aurions en nous, sans nos cruels défauts,
Les moyens de tarir tant de sources de maux!
Mais vous qui condamnez des œuvres respectables,
N'avez-vous pas chez vous des abus déplorables?
On est si peu fidèle à ses engagements
Qu'on tranche volontiers le lien des serments,
Et telle intention sortit pure d'une âme,
Qui, mal interprétée, est un sujet de blâme.
Il faut réformer tout, brouiller tout, briser tout,
Du testateur frustré ne rien laisser debout.

L'INTERLOCUTEUR.

Sur nos brillants travaux une ombre passagère
Peut imprimer parfois une tache légère;
Où la perfection se voit-elle, ici-bas?
Et même le soleil ne se tache-t-il pas?
Mais ce qu'on cherche en vain, ailleurs, j'ose le dire,
C'est l'équité des lois qui règlent notre empire.
Musulmans ou païens, des soins dévots exclus,
Tous ceux qui souffrent sont, chez nous, les bien venus.

ARISTE.

Votre charité rare est encore plus grande,
Plus grande, croyez-moi, qu'on ne vous le commande.
Et les premiers servis comme les mieux choyés,
Sont... vous devinez qui?... vos propres employés.

Vous faites, à ravir, potages et panades,
Mais le meilleur bouillon est-il pour les malades?
Et tels plats qu'on vous sert, délicats de fumet,
Qui flattent doucement votre odorat gourmet,
Pour l'estomac souffrant me semblent préférables
A ces bons haricots, inconnus sur vos tables.

L'INTERLOCUTEUR.

Voulez-vous donc, monsieur, que nous mourrions de faim?

ARISTE.

Pas tout de suite, au moins, car il est bien certain
Que plusieurs d'entre vous, saisis à l'improviste,
Orneraient de leur nom quelque terrible liste.
Vous riez? ah! riez, si le cœur vous en dit;
Car, suivant le vieux mot : « Pardonne qui sourit. »
Je suis parfois trop vif; mais Dieu lit dans mon âme
Quelle estime pour vous je professe, et mon blâme
N'oserait un instant, croyez-moi, s'arrêter
Sur l'homme que, vingt ans, j'appris à respecter.
Vous m'honorez, monsieur, de tant de bienveillance,
Que je répondrais mal à votre confiance,
Si, trop docile aux lois de la civilité,
Je vous sacrifiais l'auguste vérité.
Aimer la vérité, toujours lui rendre hommage,
De l'homme libre et fort c'est le bel apanage;
Souffrez que je vous parle en toute liberté;
Ce rôle convient mieux à notre dignité.
Au service du pauvre, entré pauvre vous-même,
Pauvre vous en sortez... Mais, par quel stratagème

Ce gros monsieur, naguère encor petit commis,
Brûle-t-il maintenant le pavé de Paris
D'un galant équipage, objet de médisance ?
J'abattis, un matin, son air de suffisance :
Comptable des trésors destinés au malheur,
Vous êtes demeuré, lui dis-je, homme d'honneur.
Aussi je ne veux pas vous faire de querelles
Sur vos salons dorés et d'autres bagatelles.
Prouvez-moi donc, monsieur, non votre probité,
Mais de vos dons au moins la sévère équité.
Car vous avez, je crois, secouru la détresse
Avec autant d'égards, d'à-propos, de tendresse.
Qu'un autre, esclave, hélas ! de nos vieux préjugés.
Eût peut-être jadis soigné ses protégés.
Économe toujours, mais nullement avare,
Vous n'avez jamais fait une épargne barbare
Aux dépens des besoins les plus impérieux.
Pour vous parer, un jour, du titre glorieux
D'habile ménager de l'argent des hospices.
D'homme intègre, loyal, pour vous rendre propices,
Dans un moment prévu, vos chefs qu'auront séduits.
Non le bien opéré, mais les chiffres réduits.
Enfin, pour qu'on vous hisse aux charges les plus belles,
Triste fruit, trop souvent, de larmes bien cruelles !

L'INTERLOCUTEUR.

Allons, c'est une pierre encor dans mon jardin !
Par politique, ami, soyez donc bon voisin.
Car la prudence exige au moins que l'on se taise,
Quand on défend soi-même une cause mauvaise.

Jouons cartes sur table, et, comme des obus,
N'éclatons pas toujours, dès qu'on parle d'abus.
Eh ! rien n'en est exempt. Des sociétés saintes
N'ont-ils percé jamais les pieuses enceintes?
N'ont-ils jamais rompu quelques-uns des anneaux
De ces liens sacrés unissant en faisceaux
Tant d'hommes différents, d'esprit, de caractères
Et d'état, en un mot, tant d'éléments contraires?
Dieu seul connaît à fond le mobile du cœur,
Mais tous, pour point de mire, ont-ils chez vous l'honneur?
L'intérêt personnel, ce vil gain que l'on blâme,
Même au milieu de vous fait agir plus d'une âme.
Telles gens ont pris place en vos sociétés
Pour parvenir plus vite à telles dignités.
Le pauvre est maintement une chose à la mode,
Qui devient, au besoin, un marchepied commode.
Que dis-je? on tend la main à ces adroits dévots
Qui tirent de l'aumône un denier aussi gros;
On fête, on applaudit la vertu triomphante,
Et comme les nigauds la morale est contente.
Ces nigauds, qui sont-ils? Pour ne déguiser rien,
Ce sont... vous devinez?... tous les hommes de bien !
Trop droits pour soupçonner la fourbe d'un confrère,
Ils abhorrent le mal, ils aident à le faire.
Et loin de s'enrichir à porter des secours,
Qui sait s'ils n'y devront plus tard avoir recours?
Mais ces femmes, sans vous, périssaient de détresse;
Aux pauvres en retour elles vouent leur paresse.
Puis, en patronant tout, en s'occupant de tous,
Elles ont de leur jupe enfin bouché les trous.
Sans doute on pourra bien gloser sur leurs toilettes,
Qu'on trouve quelquefois un tantinet coquettes;

C'est un petit détail... Tout est si bien porté
Quand on est tant soit peu Dame-de-Charité,
Quand on parle toujours, dans son langage austère,
De monsieur le curé, de monsieur le vicaire,
Qu'on cite leurs sermons au hasard, bien ou mal,
Qu'on élit domicile au confessionnal !
Pour les orphelinats...

ARISTE.

            Doucement, prenez garde
D'un œil de basilic notre ami vous regarde.

ARÉTIN.

Ce langage, monsieur, est pour moi si nouveau
Qu'il me glace à la fois la langue et le cerveau.
Osez-vous soutenir une thèse pareille ?
Moi, je suis... plus coupable, en y prêtant l'oreille.
De grâce...

L'INTERLOCUTEUR.

        Mon ami, soyez moins chatouilleux ;
Nous sommes sur la terre et non pas dans les cieux.
Ce que Dieu fait est bien ; l'homme, c'est autre chose ;
Je me respecte trop pour défendre sa cause.
Une honnête critique est un gage d'amour.
Des dames... je poursuis... des saintes, quelque jour,
Vont fonder un asile aux jeunes orphelines ;
On promet d'y sécher leurs larmes enfantines,

On promet pour le cœur les plus tendres leçons,
On promet, en un mot, le fleuve et ses poissons...
Mais... ah! qu'il faut de fois, hélas, sur cette terre,
Expier le malheur de n'avoir point de mère!
Vous qui, sous ce doux nom, osez vous déguiser.
Laissez-les donc mourir sans les martyriser,
Marâtres, laissez-les... ce ne sont pas vos filles!
Vous ne les recevez que dès que leurs aiguilles
Peuvent donner du pain à toute la maison;
Jusqu'à plus de vingt ans elles sont en prison.
Leur travail assidu, sans relâche ni trêve,
En elles de la vie épuise en vain la séve.
Après avoir nourri, pendant plus de douze ans,
Et l'aumônier et vous, et combien d'autres gens,
Enrichi la chapelle... elles sont trop contentes
Si, chez vos bons dévots, elles entrent servantes.

Il est de ces ouvroirs dont on a dit du bien,
Où je ne voudrais pas, moi, confier mon chien!
N'eût-on à ces lieux saints aucun reproche à faire,
Je proteste contre eux, au nom de la misère.
Vous monopolisez l'ouvrage en un seul point,
A de vils prix qu'ailleurs on ne recevrait point.
Les mères de famille, ayez-en l'assurance,
Ne peuvent soutenir semblable concurrence.
Que leur reste-t-il donc? la prostitution.
Vantez donc maintenant votre dévotion!
Encor si vous deviez à de tristes scandales
Soustraire, mes amis, vos pieuses vestales!
Jamais l'expérience a-t-elle pénétré,
Loin du monde réel, dans ce monde cloîtré?

Est-il assez du peu des saintes Écritures
Qu'elles ont retenu dans leurs courtes lectures.
Pour les sauver du mal? En vain on leur disait :
« A l'homme qui vous parle appliquez un soufflet. »
Ces conseils, comme en donne Arnolphe dans Molière.
Retinrent-ils longtemps Agnès dans la volière?
Tendez trop une corde, elle se brisera[1].
Mais personne, ô dévots, ne vous refusera
L'art d'improviser bals, quêtes et loteries.
De changer à propos toutes vos batteries.
Il faut, bon gré, mal gré, que l'on crache au bassin :
Les pièces, en tombant, y sonnent le tocsin.
D'accord, et quelquefois s'en vont à la sourdine.
Prenez garde! Le pauvre a l'oreille si fine!
« Que m'importe, » dit-il, « qu'on danse ici pour moi,
« Si, dans mon bouge froid, sans pain, je reste coi!
« Aux portes de l'église, un jour de grande fête,
« Que m'importe qu'on crie à me rompre la tête :
« — Pour les pauvres, messieurs, mesdames, s'il vous plaît!
« Quand la misère est là qui me tient au collet.
« Vos lots me fourniront quelques secours précaires,
« Si vos comptes, souvent comptes d'apothicaires,
« Me laissent espérer l'espoir même d'un gain.
« Et d'ailleurs de quel droit j'exigerais du pain?
« Suis-je le protégé du Curé, des deux Suisses?
« Ai-je des bonnes Sœurs adulé les caprices?
« Je n'ai flatté personne, or je n'obtiendrai rien.
« C'est si peu que le corps! aussi qui pense au mien?
« Mais sans peine ils feront, pourvu qu'on le réclame,
« L'aumône, après ma mort, d'une messe à mon âme.»

ARÉTIN.

Hélas, si les amis de la religion
Ont maintenant contre elle autant de passion,
Que devons-nous attendre, en ce siècle incrédule,
De ceux qui, s'ils pouvaient, la tueraient sans scrupule?

L'INTERLOCUTEUR.

Vous confondez toujours les œuvres des humains
Avec celles de Dieu ; ce qui sort de nos mains
Est imparfait, petit, ainsi que nous le sommes.
Je n'attaque pas Dieu quand j'attaque les hommes.
Pour moi, c'est faire insulte à la Divinité
Que de vouloir la coudre avec l'humanité.
Voilà mon sentiment ; franchement je l'énonce.

ARÉTIN.

C'est plutôt un arrêt que votre orgueil prononce.
Vous vous êtes, monsieur, tellement oublié,
Que je pourrais douter si je suis éveillé.
Mon confrère, malgré sa grande tolérance,
N'approuve pas non plus vos paroles, je pense.

ARISTE.

Personne plus que moi, j'aime à le constater,
Ne respecte, ici-bas, ce qu'on doit respecter.
Ainsi que vous, monsieur, que je sais trop rigide,
Dans nos sociétés où l'Esprit saint préside,

Je porte mon tribut et d'amour et d'argent,
Pour sauver du naufrage, âme et corps, l'indigent ;
Mais, la main sur le cœur, croyez-vous, cher confrère,
Qu'en nos réunions toujours le bien s'opère ?
Que de nombreux abus ne s'y glissent jamais,
Et qu'enfin vous et moi, nous tous soyons parfaits ?
Toutefois j'avouerai, d'après ma conscience,
Qu'en nos sociétés j'ai plus de confiance
Que dans les employés des établissements
Où l'argent, l'argent seul règle les dévouements.
L'amour vrai du prochain est si rare sur terre !
Nous songeons trop à nous, en obligeant un frère.
Pour fournir à son nid ces tapis moelleux
Où doucement posés vont éclore ses œufs,
Que fait l'oiseau ? Mon Dieu, ce que l'on devrait faire
Quand on voit en haillons grelotter la misère...
Ainsi que saint Martin partager son manteau [2]...
Et voilà ce que fait le plus petit oiseau !
Sans hésiter, son bec arrache ce plumage
Qui le défend du froid, embellit son corsage
Quelle leçon nous donne encor le pélican ?
L'homme et ses calculs secs paralysent l'élan
De ce cœur si loyal qui voudrait battre à l'aise.
Mais quand l'intérêt parle, il faut que tout se taise.

Vous êtes étourdi, confrère, et mes discours
De vos raisonnements ont dérangé le cours.
Allons, sans hésiter, ici comme à confesse,
Avouons franchement encor mainte faiblesse.
Quand au pauvre qui gît sous l'humide grenier
Nous portons quelquefois notre faible denier,

Est-ce pour le nourrir? Non pas; la grosse affaire
C'est sa conversion... ai-je menti, confrère?
Eh bien, nous commençons le roman par la fin.
Notre saint devient diable alors qu'il n'a plus faim...
Ou, si vous aimez mieux, de prêtre et de laïque
Le sermon a souvent un effet identique :
Il ne convertit point. Voulons-nous convertir?
Agissons, parlons peu; cherchons à compatir
D'abord aux maux du corps, puis après viendra l'âme.
Le corps est un dépôt qu'un jour Dieu nous réclame.
Aidons le pauvre à rendre intact un tel dépôt,
Et sa conversion s'opérera plus tôt.
Vaincu par nos bienfaits, séduit par notre exemple,
De lui-même il ira quelque jour à ce temple
D'où sortait cet ami, ce bon ange gardien,
Qui, pour prix de ses soins, ne lui demanda rien :
Au Dieu consolateur il fera sa prière,
Et ses yeux s'ouvriront à la pure lumière;
A la reconnaissance on devra ce succès.
Mais n'espérons jamais gagner notre procès
En brusquant du malheur l'excusable ignorance;
Oui, messieurs, on n'obtient, avec l'intolérance,
Que ce hideux troupeau d'êtres abâtardis
Que pour un peu de pain on traîne en Paradis;
Marchandise au rabais, que le Ciel la bénisse!
Et nous aussi, parfois vrais recors de justice!
D'un vil mobilier nous scrutons les lambeaux,
Et si quelques débris nous paraissent trop beaux,
Nous voulons que sur l'heure on les vende, ou menaces
De fermer pour toujours les trésors de nos grâces.
.A tel objet s'attache un tendre souvenir...
N'importe! il est proscrit, il faudra le bannir!

La commode est trop neuve et l'armoire est trop lisse...
Vite à l'encan ! Le maître a dit !... qu'on obéisse !
Mais le propriétaire, un autre bienfaiteur,
Qui lance aussi sur tout son regard scrutateur.
Est-il de cet avis ? Non pas ! et son cerbère
Déjà flaire en grognant le pauvre locataire
Pour lequel il n'a plus que les justes mépris
Que doit aux malheureux un portier bien appris [3].

ARÉTIN.

Décidément, monsieur, vous changez de cocarde ;
Malgré moi, contre vous, je vais me mettre en garde.

ARISTE.

N'auriez-vous pas plutôt, vous, monsieur, déserté ?
J'ai suivi mon drapeau, toujours... la Vérité !

La charité parfois est si gauchement faite
Qu'elle est du patient la ruine complète.
Un pauvre a-t-il de l'ordre ? est-il propre sur lui ?
Est-il propre chez lui ? jamais il n'a d'appui.
On le trouve trop riche et chacun le délaisse.
Est-ce là, répondez, agir avec sagesse ?
Ah ! messieurs, le tableau seul de la pauvreté
Est assez repoussant sans la malpropreté !

L'hiver dernier, un jour des plus froids de l'année,
Jeune encor, mais, hélas ! par les peines fanée,
Une femme tenant son enfant sur les bras,
Chez une dame riche entre avec embarras.

De son bonnet bien blanc, sa blonde chevelure
En boucles d'or s'échappe autour de sa figure ;
Sa robe, simple et fraîche, est mise avec ce goût
Qui pare les haillons en dissimulant tout.
— « Madame, » dit enfin la douce créature,
« Ayez pitié de nous ! ah ! je vous en conjure !
« Je n'ai plus rien à vendre... et nous mourons de faim ! »
La dame alors répond : « Sans doute... il est certain...
« Que vous souffrez... aussi, croyez-le, mon cœur saigne...
« Plus d'un, vous le savez, loge à la même enseigne.
« Soyez juge vous-même, et veuillez décider :
« Madame, qui doit-on, de préférence, aider ?
« Ou le pauvre qu'à peine un méchant haillon couvre,
« Dont à nu la misère à tous les regards s'ouvre,
« Ou celui qui, vêtu d'un meilleur vêtement,
« Affrontera l'hiver un peu plus chaudement ? »
— « Cela s'adresse à moi, » reprend la jeune mère ;
« Eh bien ! puisqu'il le faut, contemplez ma misère ! »
Et soulevant sa robe avec vivacité :
« Voyez ! je n'ai sur moi qu'une robe d'été !
« Madame, ai-je trop chaud, sans jupons ni chemise ?
« Me trouvez-vous encor trop élégamment mise ? »

Je vous surprends, ami, vous me croyez un fat,
Qui plaide pour et contre ainsi qu'un avocat.
Allez, ma conscience est loin d'être élastique ;
Mais je fuis ceux qui fuient la trace évangélique.

Pardonnez, je vous prie, à ma sincérité
Qui ne transige pas avec la vérité.

Si je ne fais pas grâce à mes propres confrères,
Est-ce pour épargner leurs plus vifs adversaires ?
Messieurs des hôpitaux, n'êtes-vous pas jaloux,
Tyranniques, petits, tracassiers comme nous ?
Car n'entre pas qui veut, mais qui peut, aux hospices.
Bien qu'on ne vende pas vos dévoués services,
Il est des moribonds torturés par le mal,
Trop pauvres pour aller mourir à l'hôpital [4],
De ces furets lancés dans les sombres mansardes,
Qui vont des indigents flairer les tristes hardes,
Les remuer pour voir si, nichés dans les trous,
Ne s'échapperaient pas quelques malheureux sous,
De tous ces exacteurs supprimez le salaire,
Et recevez, dès lors, sans rançon la misère.
Vous obligerez plus... vous dégraderez moins [5] !
D'autant qu'on ne saurait abuser de vos soins.
L'hôpital est plutôt une école pratique,
De quelques médecins la petite clinique,
Qu'un asile où l'on songe à détruire les maux...
Mais quel beau linge on a dans tous les hôpitaux !.. ..
Quand l'Esculape en chef a passé sa visite,
Qu'il a dit : « A tel mal, tel remède, au plus vite ! »
Le malade est guéri ; s'il ne l'était bientôt,
A ce récalcitrant on pourrait dire un mot,
Et ce mot est : « Cédez votre place à tel autre ;
« Sa maladie est neuve, et l'on connaît la vôtre. »
Et puis, là, comme ailleurs, la faveur a son prix.
La charité s'oublie avec ses favoris ;
De ses bras caressants elle presse, elle enlace
Celui pour qui peut-être elle eût été de glace
S'il avait ignoré qu'il est certain instant,
Qu'un mot, d'un laquais même, est de l'argent comptant.

12

Que dis-je? Trop de fois cette simple parole,
Il a dû la payer de sa dernière obole.
Avec le vêtement sur lequel a prêté,
Après mûr examen, le Mont-de-piété [6].
Le Mont-de-piété, triste plaisanterie !...
Ainsi l'on appela l'implacable Furie
Bienveillante-Déesse... et l'on fuyait ses coups,
Ou *Mer-Hospitalière*, une mer en courroux...

Jetons enfin les yeux sur ces êtres infâmes,
Tyrans de la misère et meurtriers des âmes.
Des grâces du puissant, indignes exploiteurs,
Ils osent mettre à prix ses dons et ses faveurs.
Le monarque attentif aux cris de la détresse,
A cette pauvre mère eût rendu l'allégresse...
Jeune, elle résistait à leur brutalité...
Ils ont, dans leurs rapports, trahi la vérité :
Elle n'a droit à rien, ou bien à peu de chose...
En restant vertueuse, elle a perdu sa cause.

Ah ! que d'actes hideux, que de férocité,
Souvent de son manteau couvre la charité !...
Obliger à propos, et sans blesser personne,
Donner et ne jamais vendre ce que l'on donne ;
Rencontrer des cœurs d'or prêts à nous seconder,
Faveur insigne ! Dieu veuille me l'accorder !

L'argent n'a pas de nom, de patrie ; et son maître,
C'est le premier venu : qui l'arrête, peut l'être.
L'argent, c'est comme l'huile, a-t-on dit quelquefois,
Et quand on touche l'huile, on se salit les doigts...

Oui, d'un regard jaloux, d'un regard de maîtresse
Suivez, suivez vos dons, épiez-les sans cesse. .
A force de courir, l'or s'égare en chemin...
Ah ! plutôt portez-les de votre propre main !

1857.

NOTES DE LA SATIRE XI

1. — PAGE 199.

Une veuve, mère de famille, élevée dans un des plus beaux et des plus anciens orphelinats de Paris, qui ne compte pas moins de cent orphelines, me disait qu'on lui avait proposé d'y recevoir sa fille; mais elle préférait pour son enfant le plus rude apprentissage; car, ajoutait-elle, vous ne sauriez croire combien cette assiduité constante aux travaux d'aiguille épuise les yeux et la poitrine; fort peu résistent à la fatigue. Toujours enfermées, ces jeunes filles ne connaissent guère que le jardin de l'établissement. Les exercices de piété, dans la chapelle, sont comptés comme temps de récréation. Par un contrat passé avec les parents, le père même n'a aucun droit sur sa fille avant vingt et un ans. Que savent-elles alors? Sans doute bien coudre; mais elles seraient incapables la plupart de tailler une chemise ou une robe, ce que l'on ne leur apprend pas; elles ont juste le talent pour faire des domestiques.

Ce magnifique orphelinat est propriétaire en partie de ses bâtiments, et ne paye point de loyer pour le reste. J'ai été à même de constater que les recettes, composées des rentes que l'on fait à l'établissement et du travail des jeunes filles, s'étaient élevées en 1854 à plus de trente-sept mille francs. Les dépenses, dans lesquelles la nourriture figurait pour dix-huit mille francs, balançaient à peu près les recettes. Cette nourriture m'a paru bonne et la tenue des jeunes personnes est simple et propre. Seulement, l'éducation morale qu'elles reçoivent est des plus étroites. Ainsi, madame la comtesse de..., qui habite cet établissement, se félicitait des résultats à obtenir du conseil qu'on donne à ces jeunes filles, surtout au moment de leur sortie de l'orphelinat, d'appliquer un soufflet à tout inconnu qui leur parle dans la rue. J'ai assisté dans la chapelle à un sermon de l'aumônier; je n'ai jamais rien entendu de plus maladroit.

Les extrêmes se touchent. Aux portes de Paris, il y a un orphelinat où les malheureuses créatures ne font qu'un jeûne perpétuel. Une pauvre veuve de la rue Mouffetard, chargée d'enfants et de plus ayant sa vieille mère infirme avec elle, céda aux instances des Sœurs et plaça sa fille aînée dans cette maison, où les parents ne peuvent entrer qu'une fois par mois. Elle retira bientôt son enfant. J'avoue que j'eus peine à contenir mon indignation quand je vis cette jeune fille, deux mois auparavant si fraîche, si gentille, si propre dans ses vêtements et sur sa personne, revenir dans un état effrayant de santé et de saleté. Ses beaux cheveux lui avaient été coupés sans pitié; car, par le manque de soins, elle était couverte de vermine.

2. — PAGE 201.

Or, la nuit suivante, Martin vit le Christ revêtu de la partie de son manteau dont il avait recouvert le pauvre, et il l'entendit parler ainsi aux anges qui l'environnaient : Martin, encore catéchumène, m'a recouvert de ce vêtement : *Sequenti igitur nocte, Chrystum clamydi suæ qua pauperem texerat parte, vestitum vidit ipsumque ad circumstantes angelos sic loquentem audivit : Martinus, adhuc catechumenus hâc me veste contexit.* (VORAGINE, légende dorée. Ulric Gering. Paris, 1475.)

3. — PAGE 203.

J'ai été pendant plus de quatre ans membre de la conférence de Saint-Sulpice, dans la société de Saint-Vincent de Paul. J'avais cru de cette manière être plus utile à certaines familles que je ne pouvais le faire isolément. Chef de section, j'ai donné, de mon plein gré et de vive voix, ma démission, que le président, au nom de la conférence, ne voulut pas accepter. Néanmoins je me retirai. J'ai vu dans cette réunion, qui est la conférence-mère, des personnes animées des plus beaux sentiments de charité; mais j'ai aussi remarqué toutes ces petites misères qui ne devraient pas être le partage de sociétés composées en grande partie d'hommes éminents. Madame de Staël, si je ne me trompe, a dit qu'il ne faut voir faire ni la cuisine, ni les lois; ajoutons, ni les œuvres de charité. Ce qu'il y a de bon dans de semblables réunions, c'est que plusieurs membres influents peuvent, en dehors de la société, être utiles aux pauvres, de leur bourse ou de leur crédit. Ensuite, comme il y a aussi toujours des médecins, les malades sont immédiatement secourus, ce qui n'a pas lieu au bureau de bienfaisance ; pendant les formalités à remplir pour obtenir un médecin, on a le temps de mourir. Un grand malheur des conférences, c'est de ne pas se pénétrer assez du sens de ce proverbe : « Qui trop embrasse, mal étreint. » Ainsi les *neuf* princi-pales œuvres qui se rattachent à la conférence Saint-Sulpice se nuisent réciproquement, les ressources pécuniaires n'augmentant pas en pro-portion des œuvres. Elles n'ont bon air que sur le papier. C'est déjà quelque chose pour une société qui ne peut, quand elle a, suivant l'ex-pression du P. Milleriot, *péché un gros poisson* dans le torrent bourbeux du siècle, se dispenser d'ébruiter sa pêche miraculeuse, au moyen de petites feuilles détachées intitulées : *Le Christianisme en action*, qui se vendent à raison de un franc le cent, comme celle qui porte le n° 6, à propos d'un historien bien connu. La société de Saint-Vincent de Paul devrait aussi faire son profit des sages observations d'une pieuse et cha-ritable dame de sa connaissance, qui disait : « Il y a surtout trois enne-mis..... l'*esprit de domination*, l'*esprit de contradiction* et l'*impatience*; c'est-à-dire cette ardeur imprudente qui ne sait ni *attendre Dieu*, ni *prendre patience avec les hommes*, et qui *renverse tout* pour vouloir *tout précipiter*. » (Eloge de madame la comtesse de Carcado, prononcé en 1809 par l'abbé Le Gris-Duval. 1820, p. 20.)

La société de Saint-Vincent de Paul élargirait à perte de vue l'horizon de sa charité, rendrait d'immenses services à l'humanité, si elle voulait regarder un peu moins le ciel, un peu plus la terre.

4. — PAGE 205.

On ne peut, sans argent, faire valoir ses droits mêmes de pauvre. *A la maison de retraite de Nazareth*, où la société de Saint-Vincent de Paul donne le logement à ceux de ses plus anciens pauvres qui ont assisté exactement aux instructions de l'œuvre de *la Sainte-Famille*, une cham-bre étant devenue vacante, on eut à choisir entre trois vieillards pro-posés. Je fus sur le point d'obtenir l'admission du plus âgé, du plus infirme et aussi du plus pauvre; mais enfin, il fut éliminé, après qu'on eut fait valoir que l'un des deux autres avait *un franc* de rente par jour. « C'était bien là, disait-on, le pauvre comme il le faut à la maison de Nazareth. » Oui, aujourd'hui, un pauvre... rentier, et demain un pau-vre qui paye des rentes! C'est ainsi qu'on a été sans doute amené à pré-férer, pour les places vacantes dans un asile des *Petites-Sœurs*, fondé par un curé de Paris, non les vieillards qui en ont besoin le plus, mais ceux qui lui donnent le plus.

5. — PAGE 205.

Dans les fêtes publiques, on ne jette plus d'aliments à la volée, au milieu de la foule; il répugne actuellement à notre délicatesse, à notre pudeur de jouir du cruel spectacle d'hommes et de femmes qui se disputent de la nourriture, comme les chiens se battent pour un os. On fait des distributions à domicile, ce qui est plus digne d'une grande nation qui doit toujours avoir pour but, pour loi, de grandir et non d'avilir le cœur de ses enfants, de les rehausser eux-mêmes à leurs propres yeux. D'après ce principe, ne serait-il pas plus convenable, plus moral, de soustraire les pauvres à des investigations humiliantes, à l'effet de s'assurer s'ils ont ou non les moyens de payer les soins qu'on leur a donnés dans les hôpitaux? La France, a-t-on dit avec raison, est assez riche pour payer sa gloire; les hôpitaux ne le sont-ils pas assez pour dédaigner une si triste économie? Louis XIV qui, dans ses mémoires, dit nettement que « la volonté de Dieu est que quiconque est né sujet obéisse *sans discernement* [1], » ne voulait pas cependant que ce sujet, si mince qu'il fût, perdit sa dignité d'homme; je tire ma preuve de l'édit du 27 avril 1656, concernant l'*Hôpital général*. Là, le roi s'exprime avec une noblesse qui console un peu d'avoir à tendre la main : « Considérant les pauvres mendiants comme membres vivants de Jésus-Christ, et non comme membres inutiles à l'État, et agissant en la conduite d'un si grand œuvre, non par ordre de police, mais par le seul motif de charité [2], etc.» De nos jours, ne faut-il pas avoir plus d'égards, s'il est possible, pour l'homme, quand tout citoyen, riche ou pauvre, est appelé à donner son vote, c'est-à-dire à exercer un acte qui exige de la dignité ?

6. — PAGE 206.

Le plus ancien Mont-de-piété est celui de Pérouse, fondé en 1477. sur une *montagne*, ce qui est l'origine de son nom. Dans le principe, ces établissements firent souvent des prêts gratuits. Il y en a encore un petit nombre qui perpétuent cette charitable tradition. (Voir le *Dictionnaire historique* de MM. Dezobry et Bachelet, au mot *Mont-de-piété*.)

1. M. Chéruel, *Administration de Louis XIV*, thèse, 1849.
2. F. et L. Lazare, *Dictionnaire des rues de Paris*, préface.

SATIRE XII

CHARITÉ DE DIEU ET CHARITÉ DES PRÊTRES

> Jésus lui dit : « Pourquoi m'appelez-vous
> bon ? Dieu seul est bon. »
> (S. LUC, XVIII, 19.)

SATIRE XII

CHARITÉ DE DIEU ET CHARITÉ DES PRÊTRES

I

LE MAITRE.

> *..... La caritade istessa,*
> *Pietoso Dio, tu sei* * ;
> *E vive in te qualunque vive in lei.*
>
> Tu es la charité même, Dieu de miséri-
> corde; et vit en toi, quiconque vit en elle.
>
> (MÉTASTASE. *Mort d'Abel*, 1re partie, fin.)

En ce temps-là Jésus disait à ses apôtres :
« Heureux les yeux qui voient tout ce que voient vos yeux,
Car je vous le déclare, il en est beaucoup d'autres,
Des prophètes, des rois, qui firent bien des vœux
      Pour voir et pour entendre
Ce que vous connaissez, mais ils n'ont pu l'apprendre. »
Alors un des docteurs, espérant le tenter,
Se lève : « Que faut-il, Maître, pour mériter,

---

* *Deus caritas est.* (S. JEAN, épit. I, IV, 16)

Lui dit-il, la vie éternelle? »
Jésus répond : « Lisez la loi, que prescrit-elle ? »

    Et le docteur reprit :

« Aime ton Dieu de tout ton cœur, » est-il écrit,
« Et de toute ton âme et de tout ton esprit,
    « Et de toutes tes forces, aime
    « Le prochain, tout comme toi-même. »
— « C'est fort bien répondu, dit Jésus, espérez,
    Agissez ainsi, vous vivrez. »
    Mais celui-ci voulant paraître
    Un homme juste, lui dit : « Maître,
    Quel est donc mon prochain ? »
    Et Jésus prenant la parole,
    Raconta cette parabole :
« Un homme allait à Jéricho; soudain
    Des voleurs apparaissent,
    Le dépouillent et puis le laissent
    A demi-mort sur le terrain.
Cependant, descendait par le même chemin
Un prêtre; il voit cet homme et passe outre ; un lévite
Y vient après, regarde, et passe outre aussi vite.
Mais un Samaritain, voyageant dans ces lieux,
A l'aspect de cet homme, étendu sous ses yeux,
    Est ému jusqu'au fond de l'âme.
    Il s'en approche, et, de sa main,
Lui porte les secours que son état réclame :
Dans ses blessures verse et de l'huile et du vin,
Sur son propre cheval il le place, et le mène
Droit à l'hôtellerie, où, sans reprendre haleine,
Il l'entoure de soins, et puis le jour suivant,
Il tire deux deniers, les donne, en s'en allant,

A l'hôte, auquel il dit : « Prenez soin de cet homme ;
« Si vous dépensez plus, je vous rendrai la somme
« A mon retour. » Lequel des trois, à votre sens,
Du malheureux tombé sous les coups des brigands,
Fut le prochain ? — « C'est celui, je suppose,
        Repartit le docteur,
    Qui sut compatir au malheur. »
— « Allez, lui dit Jésus, faites la même chose ! »

II

LES DISCIPLES

> Qui que vous soyez, vous n'êtes tous,
> comme moi, au jugement de Dieu, que
> des pécheurs.
>
> (BRYDAYNE, *Sermon sur l'éternité*,
> prononcé en 1751 à Saint-Sulpice,
> devant beaucoup de grands person-
> nages, plusieurs évêques et une
> foule immense de prêtres.)

Disciples d'aujourd'hui, le sentier de la loi,
Le suivez-vous toujours ? je ne le crois pas, moi !
De notre monde, hélas ! la charité s'envole,
Si jamais elle y fut ; et, sans but, sans boussole,
Sur les flots de la vie, orageux tourbillons,
La nef des chrétiens cède au vent des passions.

A la religion je ne suis pas hostile ;
A ses préceptes saints je demeure docile.

13

J'appris à la chérir dès mon premier instant,
Et l'on aime toujours ce qu'on aimait enfant.
La loi que vous inculque une mère adorée,
Au plus profond du cœur reste toujours sacrée.
Ma plus fidèle amie au milieu des douleurs,
Elle me consolait quand je versais des pleurs...
Oui, par reconnaissance elle doit m'être chère,
Et je joins son doux nom au doux nom de ma mère.

Si je veux respecter les prêtres à l'autel,
Je suis, pour leurs défauts, un ennemi mortel.
Non, je ne puis souffrir que prêchant la morale,
Ils nous soient si souvent des sujets de scandale.
Sans doute des élus le nombre n'est pas grand;
Mais que la majesté de leur auguste rang
Les préserve un peu mieux de ces fautes vulgaires
Que leur bouche foudroie, à l'envi, dans les chaires.
L'homme est fragile, il faut en prendre son parti,
Et le prêtre est un homme, il doit être averti.
Il a fait le serment d'être meilleur qu'un autre;
S'il faillit trop de fois, il n'est plus un apôtre[1].
D'ailleurs qui le forçait de prononcer des vœux?
Était-ce l'intérêt? Il fut un malheureux;
Car, qui peut calculer tout le mal qu'il va faire?
S'il se croyait trop faible, il fut bien téméraire
D'assumer sur son front le dangereux honneur
De conduire au bercail les brebis du Seigneur.
S'il n'a pu surmonter sa faiblesse, il fut lâche
De négliger ainsi sa glorieuse tâche.
—N'exigez pas, monsieur, tant de perfection
Des prêtres, par respect pour la religion.

Si vous voulez des saints, en Italie, en France,
Partout, le culte, hélas! va rester en souffrance.
Où recruter des saints? Dans les petits hameaux,
Les hommes qui vivront comme des animaux,
Oublieront ce grand Dieu qu'adoraient leurs ancêtres,
Si toujours à la loupe on observe les prêtres.
— Dieu ne peut s'oublier, tout nous parle de lui :
Il est assez puissant pour se passer d'appui.
Que l'on prenne le temps de choisir les vicaires ;
Les bons exemples sont les meilleures prières.
D'ailleurs que gagne-t-on à tant risquer les choix?
Tel village où déjà l'on a mis plusieurs fois
Un indigne curé, s'échauffe enfin la bile ;
Aux bons mêmes alors il est souvent hostile.
Et puis d'un ton béat on dira désormais :
« Pourquoi dans ce pays un esprit si mauvais?
« Plus de religion! » — Difficile problème!. .
Ne doit-on pas toujours récolter ce qu'on sème?

Encor si dans ces cœurs, pleins de fragilité,
Palpitait la suave et tendre Charité[2]!
Celle des bonnes gens, si franche, si naïve,
Qui de l'âme jaillit, pure comme une eau vive,
Pour inonder les maux d'un baume souverain,
La Charité du Christ et du Samaritain,
Et non la Charité dont tels docteurs moroses
Ont donné la recette, ont calculé les doses,
Contre-poison qu'on livre au pauvre genre humain,
Les yeux sur la formule et la balance en main.
Laissez la Charité vivre sa propre vie:
Dieu lui-même défend qu'on la tienne asservie.

Pour le Dieu de bonté, l'amour c'est du pardon.
Usons donc largement d'un si précieux don.

En vérité, messieurs les ecclésiastiques,
Croyez-vous, en ce point, surpasser les laïques?
Par état cependant vous devez être bons,
Et je vois, chaque jour, combien nous vous valons.
Est-ce la Charité qui vous règle et vous guide,
Alors qu'à vos penchants abandonnant la bride,
Vous aussi, vous semblez aux communes erreurs
Ouvrir à deux battants les portes de vos cœurs?
De la Divinité ce sont les plus beaux temples;
Que n'en sort-il toujours de sublimes exemples?
Dans ce siècle où l'argent est la suprême loi,
Si vous disiez chacun : « Je suis maître chez moi;
« Chez moi n'entrera pas cette passion vile
« Qui dévore aujourd'hui le village et la ville.
« On ne peut point servir deux maîtres à la fois;
« Je sers Dieu, non l'argent, à lui seul je me dois! »
Pensez-vous que le peuple, à cet arrêt sévère.
Ne respecterait pas votre auguste misère?
Mais quand vous avez tout, presqu'à discrétion,
Allez donc lui parler de résignation
Aux volontés du Dieu né dans la pauvre crèche,
Prêcher l'humilité quand c'est l'orgueil qui prêche!

III

LA CHARITÉ REMUERAIT DES MONTAGNES

Eripuit cœlo fulmen, sceptrumque tyrannis.
Ravit aux cieux la foudre et le sceptre aux tyrans.
(TURGOT A FRANKLIN.)

Sanftmuth und Liebe übervinden Satan und Hölle
La douceur et la charité triomphent de Satan et de l'enfer.
(STILLING, scènes du *Règne des esprits*)

Ne vous inquiétez jamais du lendemain ;
Avec les malheureux partagez votre pain ;
Pour eux, oubliez-vous, et vous ferez merveilles...
Sinon « ventre affamé, » prêtres, « n'a point d'oreilles ! »
La Charité, voilà, voilà votre drapeau !
Vous vaincrez par ce signe ! En est-il un plus beau ?
Arborez franchement cette auguste bannière !
Volez !... Nous vous suivrons dans la noble carrière !
Quand la Charité guide, un chrétien est vainqueur ;
Le cœur emporte tout ainsi que la vapeur...
Chauffez, chauffez toujours... qui s'arrête, déraille !
Oui, sans la Charité, vous perdrez la bataille !

IV

MORALE DES MINISTRES DU DIEU HUMBLE ET PAUVRE

> On vous en donnera de toutes les façons;
> Il ne s'agit que du salaire...
> Monsieur le mort j'aurai de vous,
> Tant en argent et tant en cire,
> Et tant en autres menus coûts.
>
> (LA FONTAINE, VII, 9.)

> C'est cet usage *(de payer un prédica-*
> *teur, quand le curé devrait prêcher lui-*
> *même)...* que je ne puis approuver, et
> que je goûte encore moins que celui de se
> faire payer quatre fois des mêmes obsè-
> ques, pour *soi,* pour *ses droits,* pour sa
> *présence* et pour son *assistance.*
>
> (LA BRUYÈRE, ch. XIV, *De quelques*
> *usages.*)

> Il y a plus de rétribution dans les pa-
> roisses pour un mariage que pour un
> baptême; et plus pour un baptême que
> pour la confession. L'on diroit que ce
> soit un taux sur les sacrements qui sem-
> blent par là être appréciés... Ce sont
> peut-être des apparences qu'on pourroit
> épargner aux simples et aux indévots.
>
> (LA BRUYÈRE, *Idem.*)

Vous qui blâmez l'amour du gain et des plaisirs,
Tâchez donc, les premiers, de régler vos désirs.
Du code évangélique indiquez-moi les pages
Qui traitent des honneurs, des biens, des équipages[3];
Je veux vérifier un léger point de droit,
Que n'a jamais saisi mon esprit trop étroit...

V

MORALE DU DIEU HUMBLE ET PAUVRE

Le fils de l'homme n'a pas où reposer sa tête.
(S. Luc, IX, 58.)

Paix aux hommes de bonne volonté.
(S. Luc, II, 14.)

Heureux le riche ! l'or inonde sa jeunesse
Des plaisirs de la vie, et laisse à sa vieillesse
Le consolant espoir, après mille douceurs,
D'expier à grands frais tant de folles erreurs.

Puissant passe-partout, l'or. et non pas chimère,
S'il ouvre toute porte aux cieux, comme sur terre !
Le pauvre qui n'a point en main ce talisman.
Enivré d'opium, ira-t-il du Koran
Chercher le paradis moins cher et plus facile ?
Non ! ce cœur ulcéré trouvera l'Évangile ;
L'Évangile. c'est Dieu. le Dieu d'humilité,
Et non le Dieu du luxe et de la vanité.
Et voilà que ce Dieu prononce une parole
Qui pénètre soudain son âme et la console :
« Par le trou d'une aiguille un câble passera
« Plutôt que dans le ciel un riche n'entrera [4]. »
Il lève alors les yeux vers le ciel qu'il espère.
Où l'on ne rougit point de l'honnête misère,

Où ce qui vous coudoie est franc, de bon aloi,
Où la seule vertu, riche ou pauvre, fait loi.
Il se demande enfin, avec quelque surprise,
D'où vient qu'à si haut prix est cotée à l'église
La plus mince oraison, lorsque l'on peut, pour rien,
Aller au ciel, pourvu qu'on soit homme de bien.

Ce Dieu qui nous convie à l'éternel royaume,
A nos pères disait au temps passé : « Tout homme
« Doit, pour être parfait, vendre tout ce qu'il a,
« Au pauvre le donner ; il amasse, par là,
« De vrais trésors au ciel... ceux d'ici-bas, la rouille.
« Les vers les détruiront, le vol vous en dépouille [5]. »

Puisque la pauvreté c'est la perfection,
Prêtres, point de richesse et point d'ambition !
Laissez la politique ; en vos mains je la fronde ;
Votre royaume, à vous, n'est jamais de ce monde.
Refusez des rubans que Dieu n'eût pas voulus ;
Que votre croix d'honneur soit la croix de Jésus [6] !

VI

AUX GRANDS MAUX LES GRANDS REMÈDES

> Tout ce qu'ils (*les docteurs de la loi*)
> vous disent d'observer, observez-le et
> faites-le; mais ne faites pas comme eux :
> ils disent et ne font pas.
>
> (S. MATT., XXIII, 3.)

L'or, nous répétez-vous chaque jour dans les chaires,
Nous verrouille le cœur; que les portes cochères
Des vôtres, s'il se peut, ne se ferment jamais.
Vous signalez le mal, craignez-en les effets.
Êtes-vous, mieux que nous, abbés, ferrés à glace?
Vous ne devez pas, vous non plus, tenter la grâce.
Dieu permet fort souvent qu'un prêtre en son chemin
Passe outre, quand s'arrête un bon Samaritain.
Les prêtres, il est vrai, restant célibataires,
Ne sentent pas en eux battre des cœurs de pères.
Un trop long célibat rend personnel, dit-on;
Vieux garçon, vieille fille ont un fâcheux renom.

Plus de douze cents ans après que le Messie
Sur terre eut apporté la parole de vie,
On voulut des devoirs de la paternité,
Sans doute pour le bien seul de l'humanité,
D'autres raisons du moins ne m'édifieraient guère,
Affranchir à jamais le sacré ministère.

13.

On crut que, détaché d'intime affection,
Il appartiendrait mieux à la religion.
Et la religion, n'est-ce pas Dieu lui-même,
Ce Dieu d'amour qui veut qu'on l'aime et que l'on s'aime?
Si, loin de dilater les parois de leur cœur,
On en a rétréci la primitive ampleur,
Réparons sans tarder l'erreur du moyen âge :
Que le clergé renaisse avec le mariage!
D'ailleurs il est écrit : « A qui vit seul, malheur ! »
« Croissez, multipliez! » a dit le Créateur[7].

VII

PROBLÈMES

> Je vous déclare que si ceux-ci gardent le
> silence, les pierres mêmes crieront.
> (S. Luc, XIX, 40.)

Dieu doit faire pleuvoir ses grâces sur le prêtre
Qui ne demande rien au pauvre, et qui, peut-être,
Ainsi que Fénelon, a donné, le matin,
Les vingt sous de sa messe, un conseil et du pain.
— Attendait-il après le produit d'une messe?
— Non, mais le bon Vincent n'eut jamais de richesse,
Et Dieu seul peut savoir tout ce qu'il a donné.
— Où donc le prenait-il? — Vous l'avez deviné,

Chez les riches; ils sont des pauvres la ressource,
Quand un vieillard béni vient puiser dans leur bourse,
Quand ce vieillard, bravant les hivers rigoureux,
La nuit, loin des regards, sauve des malheureux.
Sa fidèle main, c'est la corne d'abondance,
Son grain de sénevé devient un arbre immense.

Exercez entre vous, prêtres, la charité,
Par devoir, par amour, même par dignité;
Mais ne souffrez jamais qu'un pauvre aille vous faire
L'aumône qu'il arrache à son strict nécessaire.
Les riches, j'en conviens, sont beaucoup moins nombreux
Que les pauvres, hélas! beaucoup moins généreux.
La faute à qui, messieurs, s'ils ont votre faiblesse,
S'ils ont déifié comme vous la richesse?
Elle serait sans doute une divinité,
Si sa devise était: l'Amour, la Charité!
Que ne leur prouvez-vous, par votre exemple même,
Ce que rapporte au cœur l'or qu'à propos on sème?
Que n'apprenez-vous donc aux puissants d'ici-bas,
Les vrais plaisirs, les seuls qu'ils ne connaissent pas,
Dont ils peuvent jouir, s'ils veulent, à toute heure,
Sans abréger leur vie ou troubler leur demeure,
Plaisirs qui leur vaudraient de nobles envieux...
L'ineffable bonheur de faire des heureux?
Sur les pauvres, voilà le plus grand avantage
Qu'aux riches, avec l'or, le Ciel donne en partage.
— Vous n'avez donc compris sermon ni prône encor?
— Pardon, vous êtes tous des saints Jean-Bouche-d'or,
Quand vous parlez en chaire, il faut le reconnaître.
Mais hors du temple, on cherche à retrouver le prêtre

Et ces pompeux discours, avec feu débités
A grands frais de poumons... Toutes mes duretés,
Je les ai, contre vous, prises dans l'Évangile.
Servir l'argent et Dieu me semble difficile.
Est-ce le diable ou Dieu que vous avez pour roi?
« Comprenne qui pourra, » je n'y comprends rien, moi.

VIII

LES PAPES SE SUCCÈDENT, MAIS NE SE RESSEMBLENT PAS.

> ... Les papes sont les médiateurs de la paix...
> Les princes catholiques n'ont pas plus de
> pouvoir dans l'administration des choses
> spirituelles que l'Église ne s'en attribue
> dans le gouvernement des affaires tempo-
> relles.
>
> (Le pape GRÉGOIRE III, 731-741. — His-
> toire de l'Italie moderne, par le che-
> valier ARTAUD.)

L'or ne séduisait pas la primitive Église :
Souffrance, amour, pardon, telle était sa devise.

A l'horizon déjà le soleil s'abaissait ;
Sur la voie Appienne un vieillard s'avançait.
De licteurs précédé ; c'était un jour de fête ;
Au cirque rugissant on dévouait sa tête.
Sa barbe vénérable, emblème de candeur,
Sur sa poitrine nue étalait sa blancheur.

Son air majestueux, ses vertus, son grand âge,
Commandaient le respect en dépit de la rage.
Il demandait au Ciel, pour ses lâches bourreaux,
Le bienfait du baptême en retour de ses maux.
La foule circulait, pleine d'insouciance.
Quelques groupes pourtant s'inclinaient en silence;
Ils rayonnaient de joie, ils bénissaient le sort
Du frère qu'ils voyaient arriver à bon port;
Ils avaient reconnu le chrétien, et cet homme.
C'était... Clément peut-être, un évêque de Rome,
Un successeur de Pierre, un vicaire du Christ!
A sa prière ardente ils s'unissaient d'esprit.
Ils arrosaient de pleurs cette empreinte dernière
Que ses pas vénérés laissaient sur la poussière;
Ils suivaient; ils voulaient repaître leur regard
Du triomphe envié qui leur venait si tard,
Et recueillir, sachant que c'est Dieu qui l'inspire,
La parole du fort qui prépare au martyre⁸.

Qui produit de tels cœurs? Prêtres, la vérité!
Qui des deux?... La richesse, ou bien la pauvreté?
Du fougueux Hildebrand l'orgueilleuse chimère,
D'usurper pour lui seul les trônes de la terre,
D'asservir, sans merci, les peuples et les rois
Au joug de la tiare et non pas de la croix:
De mettre un serviteur à la place du maître,
De troubler les brebis qu'il fallait laisser paître,
D'enter la charité sur de l'ambition,
Voilà, pour le chrétien, la persécution!
Non! des cruels Césars toutes les frénésies
Ne causèrent jamais autant d'apostasies⁹!

IX

POURQUOI ET PARCE QUE

Art. XII. Il sera libre aux archevêques et évêques d'ajouter à leur nom celui de *Monsieur*. Toutes autres qualifications sont interdites. (*Articles organiques de la loi relative à l'organisation du culte*, 8 *avril* 1802). « Dans l'usage, » dit M. Dupin, « les anciennes qualifications ont prévalu. »

Ils aiment (*les docteurs de la loi* qu'on les salue dans les places publiques, et que les hommes les appellent Rabbi, Rabbi (*maîtres, maîtres*)... Ne vous faites pas appeler maîtres; un seul est votre maître, le Christ

(S. Matt. XXIII, 7, 10.)

Pourquoi chercher si loin des griefs contre nous?
— Eh! j'exploite la mine; elle est commune à tous,
Chacun peut maintenant y puiser la science
Et grandir les trésors de son expérience.
Ce n'est pas votre faute, et long fut le procès.
A la science enfin nous avons libre accès.
Vous aviez bien raison, car elle fait paraître
Comme est grand le Seigneur, comme est petit le prêtre.
Ce n'est pas votre compte, au moins, assure-t-on,
Pour plusieurs d'entre vous qui semblent, par leur ton,
Prendre une large part de cet honneur suprême
Que nous rendons à Dieu, nous autoriser même
A croire en eux autant qu'en lui. Certain prélat
Qui, dans son évêché, tranche du potentat,
Instruit, brusque, orgueilleux, entêté, volontaire,
De sa voix de stentor, disait un jour en chaire:

« Les prêtres ne sont pas des hommes, mais des dieux,
« Car ils font, ici-bas, descendre Dieu des cieux ! »
— Eh ! tout doux, monseigneur ! Cet orgueil intraitable
Qui vous guide ou plutôt qui vous emporte au diable,
Est-il donc un évêque ? Un valet qui vous sert,
Qui dit à monseigneur qu'on a mis le couvert,
Qui par là fait lever monseigneur de sa chaise,
Arrache monseigneur au plus beau de sa thèse,
Est-il un monseigneur ? — De quoi vous mêlez-vous ?
Plutôt que de parler, monsieur, écoutez-nous.
De quel droit, s'il vous plaît, nous faire la leçon ?
Nous devons la donner, mais la recevoir, non !
— C'est s'arroger, messieurs, un droit contre nature,
De monopoliser en ses mains la censure,
De se croire infaillible en tous ses jugements,
Et de vouloir toujours clouer la bouche aux gens.
Alors que l'Évangile ou le code condamne,
Je parle, c'est mon droit, sans porter la soutane.
On attaque un passant, je cours sur l'assassin,
Car il n'a pas le droit de tuer son prochain ;
J'avise un mauvais prêtre, à l'instant je le blâme,
Car il n'a pas le droit d'assassiner une âme.
Fort de sa conscience, oui, tout homme d'honneur,
A le droit de parler, s'il parle avec son cœur.
Quand on voit le portrait à côté du modèle,
On peut dire, à coup sûr : « Il est ou non fidèle. »
Quand je confronte l'homme avec la loi du Christ,
Je comprends s'il en suit ou n'en suit pas l'esprit.

X

SERVIR LE PAUVRE, C'EST SERVIR DIEU

> Mes amis, dit le solitaire,
> Les choses d'ici-bas ne me regardent plus.
> (LA FONTAINE, VII. 3.)
>
> Je veux la miséricorde et non le sacrifice
> (S. MATT. XII, 7.)

Je déclare à ce prêtre, engoué de miracles.
Qu'il compromet souvent l'honneur des tabernacles
Avec les rêves creux de son cerveau fêlé;
Que Dieu n'a pas besoin, pour être révélé,
De pieux quiproquo... Les cieux disent sa gloire
Mieux que telle ou telle eau que nos béats vont boire,
Qui sans doute, aux vendeurs, rapporte des trésors,
Mais n'a jamais guéri ni l'esprit ni le corps;
Pas plus que ces bons saints, chargés d'enluminures,
Qui font peur, tant ils sont laides caricatures.

Idoles de papier, de plâtre et de carton,
Comme en plein paganisme, ont un vrai Panthéon.
Dans la boutique d'or du marchand, qui, sous cape,
Rit des naïvetés du chaland qu'il attrape.

Je dis donc à ce prêtre avec sincérité :
Je pense qu'il suffit d'un peu de charité
Pour gagner les cœurs, mais... il ne faut pas qu'on dise,
Pour se débarrasser des gens : « Dans mon église

« Je suis comme attaché, car jamais je n'en sors ;
« Je ne m'occupe point des choses du dehors ;
« Je suis tout absorbé dans mon saint ministère ;
« Je ne puis donc, pour vous, absolument rien faire.
« Ce n'est pas, de ma part, mauvaise volonté ;
« J'obéis à regret à la nécessité.
« D'après les bons rapports qu'on m'a transmis de bouche,
« Je voudrais vous servir, votre malheur me touche.
« Vous le savez, monsieur, je ne m'appartiens pas,
« Je dois à mon troupeau compte de chaque pas.
« Une simple démarche est, direz-vous, facile.
« Mais je n'ai pas le temps de courir par la ville
« Patronner monsieur tel auprès de monsieur tel.
« Je suis prêtre ; avant tout, je me dois a l'autel. »

Dans un pareil moment, le poids de la misère
Nous fait saigner le cœur, nous brise et nous atterre.
Le pauvre diable alors, qui voit crouler d'un coup
L'espoir qu'il caressait, se sauve comme un fou,
Exprimant sans détours, ses doutes légitimes
Que prêtre et charité soient termes synonymes.

Mais Dieu veille ; des cieux il va tendre la main,
Et guidera vers lui le bon Samaritain.

XI

EAU BÉNITE ET COUP DE GOUPILLON

> Garde-toi, tant que tu vivras,
> De juger les gens sur la mine.
> (LA FONTAINE, VI, 5.)

> ' Donne au pauvre sur-le-champ, et
> ne lui dis pas de revenir le lende-
> main.
> (*Oracles sibyllins*, édit Gallæus,
> page 221.)

Je connais dans Paris des ecclésiastiques
Qui sont loin, j'en conviens, d'être aussi flegmatiques.
Ils restent à l'église un raisonnable temps,
Ils fréquentent le monde, et sont d'aimables gens.
Voyez ce bon vieillard : sa riante figure
Révèle tout d'abord une heureuse nature.
Il passe pour savant ; il est musicien,
Fort généreux, dit-on, car il n'a jamais rien.

— Vous avez donc, monsieur, enfin trouvé votre homme !
Un prêtre obligeant ! — Oui, vous-même jugez comme.

Je vous suppose donc fort bien recommandé ;
Vos protecteurs, chez lui, vous auront précédé.
Puis vous allez le voir. Il vous donne audience
D'un air tout gracieux et plein de bienveillance.
Avec grand intérêt il paraît écouter
Vos explications, vous les fait répéter,

Pour les graver sans doute au fond de sa mémoire.
Il se lève, attendri, dit-il, de votre histoire :
« Dans un mois, mon enfant, vous reviendrez me voir ;
« Je vous aurai casé, du moins j'ai bon espoir. »

Le mois se passe. Vous qui couchez sur la dure,
Et qui souvent manquez même de nourriture,
Vous serez, j'en réponds, exact au rendez-vous.
Vous courez, vous volez ; vos rêves sont si doux !
Vous construisez déjà vingt châteaux en Espagne ;
Vous arrivez ému. — « Monsieur, à la campagne, »
Vous dira le concierge, « est, pour deux mois, parti. »
C'est un coup de massue ; on est anéanti.
Deux grands mois, pensez-vous. dans ce Paris ! que faire ?
Je n'y connais personne... Hélas ! ma pauvre mère,
Je comptais aujourd'hui te dérider le cœur ;
Tu vas manger encor le pain de la douleur...
Du pain !... Je n'en ai point ! je n'ai rien dans ma bourse,
Rien dans mon estomac !... Je suis donc sans ressource !
J'aurai du pain, ma mère, oui, j'en saurai trouver !
Je veux manger du pain, car je veux te sauver !...
Mes doigts, jusqu'à présent, n'ont tenu que la plume ;
Je remuerai la terre ou frapperai l'enclume.
On apprend vite et bien aux leçons du malheur.
Pour du pain, je vends tout... excepté mon honneur !

D'après votre calcul, l'abbé qui vous patronne
Est de retour... Son âme ou votre âme est si bonne,
Que vous osez encor nourrir un faible espoir.
Vous brossez, avec soin, votre vieil habit noir,
Dont les vers, maintenant, vous disputent l'usage ;
Vous en dissimulez, avec art, le grand âge.

En y portant la main le frisson vous saisit...
Vous économisez tant votre pauvre habit !
De vous, de votre habit, la parure est complète ;
Vous sortez ; il vous donne un faux air de toilette.

L'abbé vous tend la main ; il vous offre un fauteuil,
S'assied auprès de vous ; d'aise brille son œil.
— « Je suis ravi, mon cher, de vous voir... Votre mine
« Est un peu fatiguée... Au moins, je m'imagine
« Qu'il ne faut pas s'en prendre à de folles erreurs...
« Songeons à conserver la pureté de mœurs...
« Vous vous absorbez trop dans toutes vos sciences ;
« Comme moi, donnez-vous de petites vacances.
« Si vous saviez, mon cher, dans quel joli château
« J'ai coulé ces deux mois ! Que le pays est beau !
« On renaît à la vie en voyant la verdure ;
« Notre âme se retrempe au sein de la nature...

« Vous venez m'annoncer, mon ami, n'est-ce pas,
« Que vous êtes enfin hors de tout embarras ?
« J'ai bien souvent à vous pensé dans mes prières,
« De peur que votre pied ne heurte quelques pierres.
« Demeurez bon jeune homme, aimez bien le Seigneur :
« Cela vous portera, mon cher ami, bonheur. »

— Tant mieux ! En vérité, je ne réussis guère,
Monsieur l'abbé ! — « Comment !... toujours dans la misère ?
« Vous ne cherchez donc rien ? Allez donc de l'avant,
« Frappez à gauche, à droite, ayez le nez au vent.
« Vous saurez qu'ici-bas, monsieur, tout n'est pas rose ;
« On a beaucoup de mal pour gagner peu de chose.

« Je vous soupçonne aussi de vouloir trop choisir.
« On ne refuse rien d'abord ; puis, à loisir,
« On fait son choix plus tard, alors que l'on prospère.
« Pour vous encourager, songez à votre mère...
« Je vais penser à vous, revenez dans un mois. »

Moins gai, moins lestement, vous irez, cette fois,
Auprès de votre abbé. Son violon résonne ;
Il ne voit, il n'entend, il ne connaît personne.
Sa tête, son archet, ses doigts, ses pieds, ses yeux,
S'agitent à l'envi, luttent à qui mieux mieux.
Immobile, debout, dans un profond silence,
Vous voulez, vous n'osez faire acte de présence.
La chanterelle enfin casse ; adieu le morceau !
Il faut bien s'arrêter à l'endroit le plus beau.
Vous toussez... il vous voit, prend un air magnifique.
— « Ah ! c'est vous, mon ami ?... Vous aimez la musique,
« Je le sais ; attendez, je vais recommencer... »
Vous l'aimez... non à jeun... Vous vous enhardissez :
— Monsieur l'abbé, pardon... ai-je quelqu'espérance ?...
— « Je n'ai rien pu trouver... Mais... à propos, j'y pense,
« Quel est donc votre nom ? Dites ce qu'il vous faut ;
« Aujourd'hui ma mémoire est, je crois, en défaut...
« Bien !... me voilà d'accord... apprêtez vos oreilles ! »
Vous le laissez tout seul jouir de ses merveilles.
Vous secouez vos pieds, en sortant de ce lieu,
Où la Charité pleure, où n'habite pas Dieu.
Vous admirez, pour nous, cette bonté de père
Qui retarde toujours l'instant de sa colère.
Et vous vous écriez, plein de dévotion :
Non ! non ! rien n'est plus vrai que la religion !

Elle résiste à tout, à l'ignorance, aux traîtres;
La fureur des bigots, l'égoïsme des prêtres,
Et des cœurs dévorants l'inépuisable fiel,
Ne dénaturent point le parfum de son miel;
Et la barque de Pierre, au milieu des tempêtes,
Sous le souffle de Dieu vole à d'autres conquêtes.

XII

FAUT PAYER LES POTS CASSÉS

> Malheur aux pasteurs qui ruinent et déchirent le troupeau de mon pâturage! dit le Seigneur.
>
> (JÉRÉMIE, XXIII, 1.)

> ..... *Merito plectimur.*
> Nous méritons notre châtiment.
>
> (PHÈDRE, I, 30.)

Pour plaire à votre esprit dominateur, jaloux,
Il faut, dans l'univers, n'avoir d'yeux que pour vous,
Ne juger que par vous, vous croire sur parole,
Et surtout vous vanter jusques à l'hyperbole [10].

Gare à qui contredit! il n'a trêve ni paix.

Vous qui voulez qu'on prenne en tout vos intérêts,
Agissez-vous ainsi pour votre divin Maître?
O prêtres! êtes-vous ce que vous devez être?

Êtes-vous tout amour et tout humilité?
Vous a-t-on vus, toujours, pleins de fidélité,
Pour la fille du Ciel, l'Église votre épouse?
Elle au moins, plus que vous, a lieu d'être jalouse...
Votre exemple jamais n'a-t-il scandalisé [1]?
N'avez-vous pas du faible, étant forts, abusé,
Avec les forts, souvent pliants comme des saules?
Avez-vous ramené toujours, sur vos épaules,
La brebis au bercail, qu'elle n'a fui parfois,
Que pour mieux se soustraire à votre rude voix?
Fîtes-vous tout le bien que vous auriez pu faire?...
Et pourtant que de fois nous criez-vous en chaire :
« Tout arbre qui n'a pas de bons fruits rapporté,
« Sera mis en morceaux, au feu sera jeté. »
Prêtres, quand vous péchez, c'est avec connaissance ;
On ne peut pas, pour vous, alléguer l'ignorance;
On ne peut pas, de vous, dire : « Pardonne-leur,
« Car ils ne savent pas ce qu'ils font, ô Seigneur! »
En suivant leur caprice, et manquant de franchise,
Ils ne savent que trop qu'ils ébranlent l'Église.
Prêtre ou laïque, l'homme, en tout, n'a qu'une loi,
Mais il en est esclave, et c'est... l'odieux moi !

Quittez, quittez, messieurs, votre raideur biblique,
Et prenez plus souvent l'allure évangélique.
L'une glace le cœur, l'autre l'épanouit.
Sans un peu d'abandon, l'amour s'évanouit.
Au pauvre, aigri déjà par sa dure misère,
Épargnez les éclats d'une sainte colère...
Ils ont péché sans doute; ils sont si malheureux,
Qu'en les brusquant encor vous péchez bien plus qu'eux.

Plus que Dieu, Fénelon se montra-t-il sévère
Pour le pauvre attendri qui l'appelait son père?
Non! Il parlait toujours au foyer du malheur
Le langage de paix, le langage du cœur.

Mais aujourd'hui le pauvre, et ce fait vous condamne,
De son triste grabat écarte la soutane.
De votre intolérance, hélas! voilà le fruit;
L'homme un jour a percé... le prestige est détruit.

Dans ces réunions qu'on voit partout éclore,
Que saint Vincent de Paul de son beau nom décore,
Vous voulez qu'on vous tire à présent d'embarras,
Près du pauvre entêté qui ne vous reçoit pas.
« Messieurs, y dites-vous, venez-nous donc en aide;
« Que sous l'humble réduit votre habit nous précède;
« Au pauvre, avec adresse, offrez un peu de pain,
« Et vous nous ouvrirez jusqu'à lui le chemin.
« Il craint notre soutane, un habit noir le flatte;
« Conduisez-nous, messieurs, d'une main délicate,
« Auprès de lui; semez, nous irons récolter[12]... »
Mais il ne faut jamais, sans son hôte, compter.

L'homme peut ce qu'il veut; prêtres, veuillez donc être
Ce que si volontiers vous désirez paraître,
Ce qu'un vœu solennel nous permet d'espérer,
Et le monde soudain va se régénérer.
Soyez des chevaliers sans peur et sans reproche;
Qu'on dise, en vous voyant, c'est de la vieille roche!
Prouvez que vos pouvoirs vous les tenez des cieux,
En ayant le pouvoir de vous conduire mieux.

XIII

AUJOURD'HUI ET IL Y A DIX-HUIT SIÈCLES

> Si l'homme qui a une volonté ferme fail-
> lit souvent que dire de celui qui, rarement
> ou moins fortement, prend une résolution ?
> *(Imitation*, liv. 1, ch. 19.)

> O Dieu ! où sont vos élus ? et que reste-t-il
> pour votre partage ?
> (MASSILLON.)

Mais pourquoi demander à la nature humaine
De résister toujours au torrent qui l'entraîne?
Alors qu'elle n'a plus tant de nerf qu'autrefois,
Devons-nous l'asservir à de si rudes lois?
Tout s'émousse ici-bas, tout, la charité même.
Le cœur semble à la fin lassé de dire : « J'aime. »

Quand apparut le Christ, soleil de charité,
Qui venait embraser toute l'humanité,
Autour de lui brillaient douze belles étoiles.
Quelques-unes soudain se couvrirent de voiles.
Sous ce regard de feu, qui dardait sur leurs fronts
Les traits éblouissants de ses vivants rayons,
Devaient-elles pâlir, se refroidir si vite?
L'une, c'était Judas, au baiser hypocrite ;
La seconde, Thomas, l'incrédule Thomas ;
L'autre... Pierre ! Trois fois ne renia-t-il pas,
Avant le chant du coq, son doux et tendre Maître?

14

Et pourtant... c'était lui, lui seul qui devait être
De l'Église de Dieu le premier fondement.

Hélas! s'ils ont failli, dès ce même moment,
Où la main du Seigneur les tenait en lisières,
Rendait droits les sentiers et comblait les ornières,
Où son cœur leur dictait ces sublimes leçons
Qui devaient préparer tant de riches moissons,
Où son souffle d'amour, son ardente prunelle
Pénétraient leur poitrine et réchauffaient leur zèle ;
Faut-il, quand aujourd'hui dix-huit siècles pesants
Auront accumulé leurs glaces sur nos sens,
Faut-il. quand l'égoïsme inaugure son règne,
S'étonner qu'à la fin la charité s'éteigne,
S'endorme dans nos cœurs d'un froid sommeil de mort,
Comme dans le caillou le feu même s'endort?

Le Christ a vu faillir le quart de ses apôtres ;
Trois sur douze !... Comment. dans la foule des nôtres,
De la ruche de Pierre innombrables essaims,
Ose-t-on supposer qu'il soit beaucoup de saints?
Les prêtres, par leur nombre, échappent au contrôle,
Et le dernier écho de l'auguste parole,
Qui même autour du Christ a rencontré des sourds,
A leur lointaine oreille arrive-t-il toujours?
Non ! ils ne savent plus que Dieu veut que l'on s'aime,
Qu'on soit humble de cœur, humble comme lui-même ;
Qu'il a dit : « Que celui qui voudra, parmi vous,
« Être le plus grand, soit le serviteur de tous ! »

XIV

LISEZ S. V. P.

> La verità è Dio. Amar Dio ed amare la
> verità, sono la stessa cosa.
> La vérité, c'est Dieu. Aimer Dieu et aimer
> la vérité sont la même chose
> (SILVIO PELLICO, *les Devoirs*, II.)

> Ce n'est point la liqueur qui est corrom-
> pue, c'est le vase.
> (ÉPICURE, cité par MONTESQUIEU, VIII, XI.)

J'ai voulu séparer le blé d'avec la paille,
Montrer par le revers aujourd'hui la médaille,
Dont je gravai la face, en mes vers, autrefois.

Le scalpel à la main et les yeux sur la croix,
André Vésale a dit : « Pardon, je t'en conjure,
« Si j'ose profaner, grand Dieu, ta créature,
« Ton image... Tu sais mes désirs, mes regrets...
« Je veux à la nature arracher ses secrets.
« A côté de nos maux germe aussi le remède ;
« Je le cherche en ton nom, Seigneur, viens à mon aide !
« Je ne puis rien par moi ; par ton puissant secours,
« Je veux apprendre à l'homme à prolonger ses jours [13] ! »

Pour moi, si j'ai jeté ce cri de conscience,
C'est que, dans les cœurs droits, j'ai toute confiance.
Il est de bons pasteurs, et je le reconnais [14] ;
Mais ils sont moins en vue, hélas ! que les mauvais.

L'écume du bon vin n'est pas le bon vin même.
Et l'ivraie envahit le froment que Dieu sème.
Dans les jardins sacrés, aux yeux des promeneurs,
J'arrache les buissons pour démasquer les fleurs.
Ainsi que le pilote, au plus fort de l'orage,
Pour sauver le vaisseau, menacé du naufrage,
Précipite à la mer ses précieux ballots,
Moins précieux que l'homme, et fait la part des flots;
Ainsi moi j'abandonne aux fureurs de l'impie,
Les membres ulcérés et couverts de charpie,
De son gosier infect légitime régal,
Qui pouvaient au bon sang inoculer leur mal.
Je tranche avec le fer, je brûle avec la flamme
Les lambeaux gangrénés... Dieu qui lit dans mon âme,
Connaît la pureté de mon intention.
Qui donc se chargerait de l'opération?
Le malade?... il la craint, et tant qu'il peut, l'évite,
La recule sans cesse; il tâtonne, il hésite,
Il croit s'être sauvé par un palliatif,
Alors qu'il faut couper, sans délai, dans le vif.

1858.

NOTES DE LA SATIRE XII

---

1. — PAGE 218.

Il est difficile d'être bon prêtre, saint Paul nous l'apprend par ces paroles : « Qui est-ce qui est propre à faire ces choses [1] ? » Aussi Fénelon s'écrie-t-il : « Ne soyez prêtres malgré Jésus-Christ, en trompant l'Église. Si vous êtes prêtres, soyez prêtres véritables. Pour l'être, demandez à Dieu de le devenir [2] » Ce qui ne veut pas dire : En sortant du séminaire, faites ou faites faire pour vous, par des personnes influentes, ainsi que je l'ai vu tant de fois, la *chasse aux bonnes cures*.

Aux premiers siècles de l'Église, tout chrétien qui, après son baptême, faillissait plus d'une seule fois, n'avait plus droit au pardon. Voici ce que dit Tertullien : « Quoique Dieu ait fermé la porte du pardon, en même temps qu'il a tiré la barre de la porte du baptème (*et inunctionis sera obstructa*), il a permis que quelque chose s'ouvrît encore. Il a placé dans le vestibule une seconde pénitence, afin qu'elle s'ouvre à ceux qui frappent, mais pour *une seule fois*, parce que c'est déjà la seconde, mais davantage, jamais, parce que précédemment ce fut en vain : *Sed jàm semel quia jàm secundo ; sed amplius nunquam, quia proxime frustra.* (De la pénitence, p. 237, *coll. Guillon.*)

2. — PAGE 219.

Voici quelques fragments d'une lettre que j'ai dû écrire à M. le curé de *** : « Je viens me plaindre de vous, à vous-même. J'ai eu l'honneur de me présenter chez vous, monsieur, aux heures où vous êtes visible, au sujet d'une pauvre petite orpheline de quatre ans qui

---

1. Corinth , II, 16.
2. Mgr DUPANLOUP, *la Vraie et solide vertu sacerdotale*, XIII, 5.

a perdu son père et sa mère, à l'hôpital, à deux jours de distance.
Elle et un petit frère sont à la charge d'une toute jeune sœur en
apprentissage. Déjà j'ai placé le frère chez un patron. Au nom de
plusi urs dames de charité, je vous ai prié de m'indiquer la personne
riche qui vous a demandé un enfant à adopter. Vous avez oublié le
nom de cette personne... A peine avez-vous daigné m'écouter et vous
m'avez indiqué le chemin à prendre pour sortir... Ce n'est pas cette
porte qu'un pasteur doit ouvrir aux fidèles. » Je rappelle ensuite à
M. le curé toutes mes démarches auprès de lui, deux mois auparavant,
pour obtenir un entretien, toujours à cause de la petite orpheline que
j'espérais alors faire admettre dans l'orphelinat de la paroisse ***. « Je
suis entré dans la société de Saint-Vincent de Paul afin de me faci-
liter les moyens d'être utile, ce que ma mère, par ses bons exemples, a cherché à m'apprendre. Savez-vous, monsieur le curé, où je
trouve *le moins d'aide et de bienveillance?* c'est parmi les *membres
du clergé*. Et pourtant, que nous a dit un soir, sous les tours Saint-
Sulpice, le révérend père Pététot, un de vos prédécesseurs, monsieur,
dont je connais personnellement l'excellent cœur : « Messieurs, le peuple
se retire de nous; il faut que vous soyez intermédiaires entre le peuple
et nous, comme nous serons vos intermédiaires entre la terre et le
ciel. » Que faisais-je, monsieur, sinon par le moyen d'une pauvre petite orpheline, de conduire deux autres âmes et peut-être plus dans le
giron de l'Église? Je fouille la mine de charité dans tous les sens, ne
découragez pas le mineur. Mon grand-père maternel, M. Hirth, qui,
dans sa propriété portant aujourd'hui le nº 20 de la rue de ***, a re-
cueilli et caché, lors de la révolution, tant de membres de la noblesse
et du clergé, ne se doutait pas qu'un successeur de son ami, M. ***,
recevrait, comme vous l'avez fait, son petit-fils, demandant quoi? le
nom d'une personne riche qui voulait adopter une orpheline! »

Ce n'est malheureusement pas la seule lettre de ce genre que j'aie
dû écrire! Et cependant les ministres du Dieu bon savent bien que leur
doux Maître a dit sur la montagne : « Demandez et on vous donnera,
cherchez et vous trouverez, frappez et l'on vous ouvrira. » Ont-ils à
cœur de mettre en défaut l'Évangile?

Un temps fut où l'on se chargeait plus volontiers des jeunes enfants.
Le *Journal des Faits*, du 12 janvier 1852, cite, d'après la *Gazette de
France*, la traduction ci-après d'une charte latine découverte chez un
bouquiniste du quai Voltaire : « Qu'il soit notoire à tous ceux qui
ces présentes verront, que nous Guillaume, évêque indigne de Paris,
consentons qu'Odeline, fille de Radulphe Gaudin, du village de Cérès

(Vuissons, près d'Antoni, qui avait anciennement un temple dédié à cette divinité), femme de corps de notre église, épouse Bertrand, fils de défunt Hugon, du village de Verrière, homme de corps de l'abbaye Saint-Germain des Prés, à condition que les enfants qui naîtront dudit mariage seront *partagés* entre nous et la dite abbaye, et que si la dite Odeline vient à mourir sans enfants, touts ses biens mobiliers et immobiliers nous reviendront, de même que touts les biens mobiliers et immobiliers du dit Bertrand retourneront à la dite abbaye, s'il meurt sans enfants.

« Donné l'an 1242. GUILLAUME. »

Plus tard même on verra Port-Royal pousser le zèle jusqu'à conseiller à mademoiselle de Roannez, morte duchesse de La Feuillade, de résister à sa mère, qui veut la marier, la recélant alors qu'elle a fui la maison maternelle, et ne la rendant qu'à la force, et sur une lettre de cachet obtenue de la reine [1].

3. — PAGE 222.

Fénelon, dans son avis à l'archevêque de Rouen, s'exprime ainsi : « En vérité, les pasteurs chargés du salut de tant d'âmes ne doivent pas avoir le temps d'embellir des maisons! Qui corrigera la fureur de bâtir, si prodigieuse en notre siecle, si les bons évêques mêmes autorisent ce scandale?... N'avez-vous pas d'emploi de votre argent plus pressé à faire? Souvenez-vous, monseigneur, que vos revenus ecclésiastiques sont le patrimoine des pauvres ; que ces pauvres sont vos enfants, et qu'ils meurent de tous côtés de faim. Je vous dirai, comme dom Barthélemy des Martyrs disait à Pie IV, qui lui montrait ses bâtiments : « *Dic ut lapides isti panes fiant* [2] *!* » Ordonnez que ces pierres deviennent pains!...

Même en voyant quelquefois dans la maison de Dieu un luxe si mondain, ne serait-on pas tenté de s'écrier avec La Bruyère [3] : « Quoi! parce qu'on ne danse pas encore aux T.T. (Théatins), me forcera-t-on d'appeler tout ce spectacle office divin? » J'ai entendu plusieurs personnes religieuses blâmer, comme ayant tout l'air d'une fête païenne, une certaine procession qui s'est faite à Nevers, dans laquelle on avait mis en action les litanies de la sainte Vierge. Les jeunes filles, soit dans leurs familles, soit dans les pensionnats, ont rivalisé de luxe, de

1. M. COUSIN, *des Pensées de Pascal*, 1844, p. 58.
2. Mgr DUPANLOUP, *La vraie et solide vertu sacerdotale*, page 447.
3. Ch. XV, de quelques usages.

coquetterie et d'intelligence pour représenter avec succès, qui la *Reine des Vierges*, qui la *Rose mystique*, qui l'*Étoile du matin*, etc.

Loisel rapporte que du temps de saint Louis on demeura d'accord que nul homme ne peut tenir deux bénéfices, *sans péché mortel*. A plus forte raison n'en peut-il réunir vingt-cinq ou trente, représentant vingt mille francs de rente, comme certain procureur en cour de Rome, qui ne vit jamais ses cures ni ses paroissiens de Bretagne[1].

L'antipape Clément VII faisait des bénéfices un trafic scandaleux, ce qui ne l'empêchait pas de dire, en 1351, aux prélats, à Avignon, ainsi que le rapporte Châteaubriand dans ses *Études historiques* : « Parlerez-vous d'humilité, vous si vains, si pompeux dans vos montures et dans vos équipages? Parlerez-vous de pauvreté, vous si avides que tous les bénéfices du monde ne vous suffiraient pas? etc., etc. »

O Fénelon! ô Vincent! ô Massillon! vous avez peu d'imitateurs qui pèchent *par trop d'amour du prochain*, comme a dit Innocent XI, qui se chargent des fers d'autrui, qui consentent à faire eux-mêmes le catéchisme aux enfants, et qui meurent sans dettes et sans un sou vaillant! Ce n'est donc pas de vous que l'on peut dire :

> *Fatto v'avete Dio d'oro e d'argento.*
>
> Vous avez fait Dieu d'or et d'argent.
>
> (DANTE A NICOLAS III[2])

4. — PAGE 223.

Dans ce verset[3] on lit ordinairement un *chameau* au lieu d'un *câble*. En grec, un câble se dit *kamilos*, qui se prononce, comme le mot chameau, *kamélos*, la voyelle *é* ayant pour les Grecs le même son que *i*. On a adopté le sens le plus étrange. Certains Orientaux ont même enchéri, car ils font passer un éléphant par le trou d'une aiguille.

5. — PAGE 224.

« Là où est votre trésor, dit saint Luc[4], là aussi est votre cœur. » Aussi, de tout temps, a-t-on cherché, mais en vain, à préserver les ordres religieux de cet *amor sceleratus habendi*, comme dit Ovide, cette

1. M. DUPIN, *Libertés de l'Église gallicane*, 1824, notes 72 et 49.
2. *Enfer*, XIX, 112
3. S. MATT., XIX, 24; S. LUC, XVIII, 25.
4. XII, 34.

rage infâme de posséder. « Autrefois, les solitaires d'Orient et d'Égypte
non-seulement vivaient du travail de leurs mains, mais faisaient encore des aumônes immenses : on voyait sur la mer des vaisseaux chargés de leurs charités. Maintenant, il faut des *revenus prodigieux* pour
faire subsister *une communauté*. Les familles habituées à la misère
subsistent de peu ; mais les communautés ne peuvent se passer de l'a-
bondance. Combien de *centaines de familles* subsisteraient honnêtement de ce qui *suffit à peine* pour la dépense d'une *seule* communauté
qui fait profession de renoncer aux biens des familles du siècle *pour
embrasser la pauvreté!* Quelle dérision, quel renversement!... De là
vient, dans les maisons qui devraient être pauvres, *une âpreté scanda-
leuse pour l'intérêt* FÉNELON.) [1] » De nos jours (1858), n'avons-nous pas
vu quelque chose de cette *âpreté* dans le procès contre la communauté
de Picpus? La Bruyère [2] est tout à fait du même avis que Fénelon : « Il
s'est trouvé, dit-il, des filles qui avoient de la vertu, de la santé, de la
ferveur et une bonne vocation, mais qui n'étoient pas assez riches pour
faire, dans une riche abbaye, vœu de pauvreté. » Même les bons *Frères
de la doctrine chrétienne* paraissent se lasser de la pauvreté. D'après
leurs règlements, ils doivent donner *l'éducation gratuite*, et ils la font
payer fort cher dans leur bel établissement de Passy. Encore si l'argent
ainsi obtenu servait à entretenir des Frères pour les communes pauvres!
Mais ce serait une nouvelle infraction aux règlements, qui semblent ne
permettre aux Frères que le séjour des villes.

Décidément les prêtres accaparent toutes les positions sociales; servir
Dieu ne leur suffit plus. Beaucoup s'occupent de politique, un assez
grand nombre jouent à la Bourse, sont libraires. J'ai connu un curé tout
à la fois, sous des noms empruntés, ma tre de pension, menuisier, tour-
neur, couturière, que sais-je encore? On a parlé fort sérieusement, dans
des réunions d'ecclésiastiques, de former des prêtres médecins-accou-
cheurs, à l'usage des familles qui ont horreur de ces laïques impies.
Ainsi, dans certaines régions, on va finir par comprendre tout, hormis
peut-être cette parole de l'Écriture : « De quoi servirait à un homme de
gagner le monde entier, s'il perdait son âme ? » (S. MATT. XVI, 26.)

6. — PAGE 224.

Je regrette vivement de ne pouvoir me rappeler le nom d'un prélat
qui, il y a dix ou douze ans, refusa la *décoration* pour un prêtre de

1. Mgr DUPANLOUP, *la Vraie et Solide vertu sacerdotale*, p. 237.
2. Ch. XIV. *De quelques usages*.

son diocèse qui s'était distingué par un dévouement exceptionnel. Il disait qu'un prêtre ne doit rien recevoir pour accomplir son ministère d'abnégation et de dévoûment. « *Si quelqu'un veut venir après moi, qu'il se renonce lui-même et qu'il porte sa croix chaque jour, et qu'il me suive.* » (S. Luc, IX, 23.)

7. — PAGE 226.

Hildebrand, pape sous le nom de Grégoire VII (1073-1085), avait déjà fait déclarer sous ses deux prédécesseurs, Nicolas II et Alexandre II, qu'un prêtre marié n'était plus prêtre. Les prêtres, enhardis par leur nombre, déclarent qu'ils aiment mieux quitter leurs évêchés, leurs abbayes, leurs cures, abandonner leurs bénéfices que leurs femmes. L'archevêque de Mayence ose à peine publier les bulles de Grégoire VII sur ce sujet ; après avoir fixé à ses clercs un délai de six mois pour congédier leurs femmes, il convoque inutilement un synode à Erfurt. L'évêque de Constance, Othon, donna à ses clercs la permission de se marier. Grégoire VII, pour arriver à ses fins, lâcha le peuple contre les prêtres mariés, et de cet acte brutal résultèrent de grands scandales pour la religion. De fougueux moines allaient partout révélant d'affreuses turpitudes contre le clergé. Ils appelaient les femmes des clercs *amorces de Satan, poison des âmes, écumes du paradis, chouettes, hiboux, louves, sangsues insatiables.* On trouve dans les lettres du clergé de Cambrai, 1076, et de Noyon, 1079, conservées par dom Mabillon, « qu'en Bretagne les évêques de Quimper, de Vannes, de Rennes et de Nantes étaient mariés. Leurs enfants devenaient prêtres et évêques ; celui de Dôle pillait son église pour doter ses filles. » Au neuvième siècle, les femmes des clercs prenaient publiquement le nom de prêtresses. Quand les prêtres mariaient leurs filles, ils donnaient en dot l'église, s'ils n'avaient rien autre chose à donner. Mais alors les abus existaient aussi bien chez les papes que chez les évêques ou les prêtres. Si l'on avait des évêques de six ans, on avait pour pape un jeune homme de vingt et un ans, Jean XI (931-936), fils de Marozia, courtisane plusieurs fois mariée ; ou encore un Jean XII (956-964), garçon de dix-huit ans qui devait mourir des suites de son inconduite.

Il eût peut-être mieux valu purifier le mariage des prêtres que de le supprimer. Nos vieux chroniqueurs entrent à ce sujet dans des détails que je ne puis me permettre ici. Quoi qu'il en soit, l'interdiction *absolue* du mariage des prêtres date du quatrième concile de Latran, en 1215. Avant cette époque, elle avait été plus ou moins éludée. De nos jours, les somptueuses cathédrales ou les modestes églises de campagne appartiennent à l'État. Il n'y aurait donc point à craindre qu'elles ne constituassent la dot des filles pauvres de nos évêques et de nos prêtres. « Le célibat des prêtres, dit l'abbé DE SAINT-PIERRE, n'est point essentiel à la religion chrétienne; il n'a jamais été regardé comme un des fondements du schisme qui nous sépare des Grecs et des protestants. Ainsi, l'Église ayant le pouvoir de changer tous les points de discipline d'institution humaine, si les États de l'Église catholique recevaient de grands avantages de rentrer dans cette ancienne liberté, sans recevoir aucun dommage effectif, il serait à souhaiter que cela fût. La question de ces avantages est moins théologique que politique, et regarde plus les souverains que l'Église, qui n'aura qu'à prononcer. »

C'est tout à fait revenir aux traditions bibliques et évangéliques. Qu'est-il écrit dans la Genèse[1] : « *Il n'est pas bon que l'homme soit seul, faisons-lui une aide semblable à lui.* » — Dieu dit à Moise dans le Lévitique[2] que le grand prêtre « *épousera une vierge.* » — « *Malheur à celui qui est seul,* lisons-nous dans l'Ecclésiaste[3], *parce que s'il tombe il n'a personne pour le relever !* » — Saint Paul[4] s'écrie : « *N'avons-nous pas le pouvoir d'emmener partout une sœur femme, comme les autres apôtres, et les frères du Seigneur, et Céphas* (Pierre)? » Et autre part : « *Il faut que l'évêque soit irréprochable, mari d'une seule femme,* etc.[5] » Bien plus, l'Apôtre qui déclare que « *le mariage est honorable parmi tous, et que le lit nuptial est sans tache*[6], » ajoute « *que l'esprit du Seigneur dit clairement que dans les temps à venir quelques-uns abandonneront la Foi, en suivant l'esprit d'erreur et les sciences du démon… lesquels défendront le mariage*[7]. »

8. — PAGE

Saint Clément, successeur immédiat de saint Pierre, ou troisième évêque de Rome, suivant saint Irénée, ou quatrième d'après l'*Art de vérifier les dates.* Son martyre est assez problématique. D'après Voragine, l'empereur Trajan lui fit attacher une ancre au cou et on le jeta

1. II, 18.
2 XXI, 13.
3 IV, 10.
4. I, Corinth., IX, 5.
5. I, Timothée, III, 2.
6. Hebr., XIII, 4
7. I, Timoth., IV, 1, 3.

à la mer... Ses disciples, Cornelius et Phebus, ordonnèrent à la foule réunie sur le rivage de prier le Seigneur de leur montrer le corps du martyr; aussitôt la mer se retira; tous y étant entrés à pied sec, virent une espèce de temple en marbre que Dieu avait préparé, où se trouvait le corps de saint Clément à côté de l'ancre... Chaque année, à l'époque du martyre de saint Clément, le même miracle se renouvelle pendant sept jours, etc. [1]. Suivant une autre légende, les anges enlevèrent au ciel saint Clément et son ancre.

Dans l'église Saint-Séverin, à Paris, on voit deux peintures de M. Auguste Pichon, élève de M. Ingres. L'une représente ce dernier récit, l'autre saint Clément qui envoie, d'après une tradition erronée, saint Denis et ses compagnons évangéliser les Gaules. A propos de ce tableau, qui figurait au Salon de 1859, un journal disait qu'on était tout surpris de ne pas *le voir signé Ingres*, tant il a le cachet du maître. Cette école, d'où est sorti pareillement M. Hippolyte Flandrin, membre de l'Institut, est bien celle qui sait le mieux communiquer aux sujets religieux, qu'elle traite avec une supériorité de talent incontestable, ce caractère de simplicité et en même temps de grandeur évangélique qui pénètre l'âme.

J'ai pris saint Clément comme type de cette glorieuse légion d'évêques de Rome, qui, semblables à leur divin Maître, mouraient pour la vérité et la charité.

9. — PAGE 229.

Hildebrand (Grégoire VII) est peint tout entier dans le *Dictatus Papæ*, où l'on remarque entre autres axiomes que : « Seul le pape peut faire usage des insignes impériaux; — il est le seul dont tous les princes doivent baiser les pieds; — il lui est permis de déposer les empereurs; — il ne peut être jugé par personne; — personne ne doit oser condamner le siége apostolique, appelant en justice; — il est permis aux sujets, par son ordre ou par son autorisation, d'accuser leurs souverains; — il peut dégager les sujets de l'obéissance. »

Dom Clément, dans l'*Art de vérifier les dates*, montre bien que Hildebrand qui, au reste, avait des mœurs pures, voulait « s'attribuer une monarchie universelle, tant au temporel qu'au spirituel, dans toute la catholicité. Il n'y avait pas de royaume qu'il ne prétendît être tributaire du saint-siége, et, pour le prouver, il ne craignait pas d'alléguer des

---

1. *Legenda aurea, Parisiis*, 1475, Uric. Gering., § XLV.

titres qui se conservaient, disait-il, dans les archives de l'Église romaine, mais qu'il n'osa jamais produire[1]. »

Comment concilier ces prétentions avec les paroles de saint Bernard au pape Eugène III : « *Qu'est-ce que saint Pierre vous a laissé par succession? Il n'a pu vous donner ce qu'il n'avait pas; il vous a donné ce qu'il avait, savoir sa sollicitude sur toutes les Églises. Telle est la forme apostolique : la domination est défendue; la servitude est recommandée*[2]. » (Fénelon.) C'est qu'en effet Jésus-Christ a dit : « Je suis doux et humble de cœur; mon joug est agréable et mon fardeau est léger[3]. »

10. — PAGE 238.

Saint Louis n'estimait pas plus sa personne que celle des autres hommes. « Ne or ne argent ne peut esprisier (avoir le même prix que) le cors de vous, de vostre femme et de vos enfants, » lui disait-on dans un moment de danger sur mer, en lui conseillant de se mettre en sûreté, sans s'inquiéter de ceux qui l'accompagnaient; et le bon roi refusa : il n'y a personne ici, répondit-il, qui n'aime autant son existence que je puis aimer la mienne, « *car il n'i a celi qui autant n'ait en sa vie comme j'ai*[4]. »

« Sire, » disait le père Brydayne à Louis XV, avant de prêcher un sermon devant lui, « si je ne vous fais point de compliments, c'est parce que je n'en ai pas trouvé dans l'Évangile. » Plus d'un ministre de Dieu, en adressant des discours, en dédiant des livres à de hauts personnages, aurait dû aussi remarquer le silence de l'Évangile au sujet des louanges aux grands; mais en servant le mets délicieux, on espère toujours avoir occasion de tremper son doigt dans la sauce. Ainsi, j'ai dans ma bibliothèque un poëme latin, en dix chants, intitulé : *Halieutica*, ou Traité de pêche, orné de magnifiques gravures, imprimé *superiorum permissu*, c'est-à-dire avec permission, à Naples, en 1689. L'une des approbations, qui trouve que ce poëme dédommage de la perte de celui d'Ovide sur le même sujet, prétend qu'il mérite moins d'être imprimé que d'être rehaussé de vermillon et d'or, *dignus est ut minio et auro exornetur, nedum typis exprimatur*, etc. Le jésuite Nicolas Parthenius Giannettasius ose mettre dans sa dédicace à Charles de Carde-

1. Cité par M. Des Michels, *Précis d'histoire du moyen âge*, p. 161.
2. Mgr Dupanloup, *la vraie et solide vertu sacerdotale*, p. 437.
3. S. Matt., XI, 29, 30.
4. Joinville, collection Didot, p. 197.

nas, « puisque assurément les princes et les hommes sages sont plus près des *dieux immortels* que le reste de la tourbe humaine, les louanges de leur part ne doivent pas être estimées moins que si elles venaient *des dieux :* « *Ab his profectæ laudes non minus quam si a diis essent estimandæ sunt.* » Si cette phrase, pour la forme, est tout à fait païenne, en revanche, elle n'est pour le fond nullement évangélique.

Antoine Godeau, évêque de Grasse, dans la préface de ses *Œuvres chrétiennes,* 1644, ne craint point non plus de dire à Richelieu : « Il n'y a que le Ciel qui ayt des récompenses proportionnées à vostre *vertu.* Aussi est-ce à *celles-là,* monseigneur, que la grandeur de vostre courage, la sincérité de vos intentions, et l'*innocence de vostre vie* nous font voir que vous aspirez. » L'innocence d'un Richelieu! Qu'aurait-il dit à une rosière? Il est vrai qu'il avait à s'acquitter « d'une debte. » A propos d'un *Benedicite* en vers qu'il offrit un jour au cardinal, celui-ci, qui ne dédaignait pas de jouer un peu sur les mots, lui avait dit : Vous m'avez donné le *Benedicite,* et moi je vous donne *Grasse.*

11. — PAGE 239.

Voici une lettre que je dus écrire à M. l'abbé L..., premier aumônier d'un des hôpitaux de Paris :

« Monsieur l'abbé, le 10 de ce mois, le service de Pierre..., mort à l'hôpital de..., avait été fixé pour huit heures. A neuf heures, le corps d'une autre personne devait être seulement présenté à la chapelle. Pierre... n'est pas de ma famille; mais comme c'était un homme de bien que j'estimais beaucoup, un vieux domestique que je connaissais depuis quinze ans, je me serais reproché de ne pas lui rendre les derniers devoirs. Son beau-frère ayant payé pour la messe chantée qui a été célébrée, fut fort étonné de voir à l'église deux corps au lieu d'un. Sur sa demande et celle des autres parents, j'allai chez vous, monsieur, vous adresser mes humbles observations là-dessus. Vous vous rappelez sans doute, monsieur, la scène violente que vous m'avez faite dans la cour, devant témoins, vos vociférations dans la sacristie, et les trois ou quatre apostrophes, à haute voix, au milieu du service funèbre que vous interrompiez. Vous étiez blanc de colère, monsieur, et je m'étonne que vous ayez osé, dans cet état, célébrer le sacrifice du Dieu de paix. Vous avez été un sujet de scandale pour les familles des deux personnes défuntes. Puis, vous avez dit que vous aviez le droit, ayant reçu le prix d'une messe, de la faire servir à deux personnes. Vous n'étiez pas dans un cas d'épidémie, et si vous vouliez faire une générosité à l'un des deux

morts, elle devait être de votre bourse et non aux dépens d'autrui; je
vous répéterai ce que vous m'avez forcé de vous dire, quand vous
m'avez interpellé dans l'église : « Je suis professeur, je donne à chacun
son heure de leçon séparément. » Ensuite vous avez supprimé une
partie du *Dies iræ*, interrompu les chantres qui chantaient le *De pro-
fundis*, et vous l'avez récité. Puis enfin, vous avez *fait retirer* le corps
qui avait *payé* la messe, afin qu'il ne participât point aux quelques
prières dites en faveur de celui qui avait profité de la messe de l'autre.
Vous étiez si hideux dans votre colère, monsieur, que vous m'avez donné
une utile leçon pour toute ma vie, et pour cela je vous remercie. J'ai
voulu laisser passer dix jours avant de vous écrire et de vous dire que,
professant depuis bientôt vingt et un ans dans les familles les plus dis-
tinguées, qui m'ont conservé leur amitié, je ne suis aucunement habitué
à un langage et à un ton semblables aux vôtres; et mon étonnement a
été grand de voir un ministre du Dieu patient oublier toutes les conve-
nances de son état et se livrer à des excès de fureur à peine concevables
dans un mécréant. Maintenant, puisque je me suis assuré que vous n'a-
viez pas le droit, dans le cas présent, de faire ce qu'il vous a plu d'imposer, je vous préviens, monsieur, que je forme une plainte contre
vous, à qui de droit. Je suis, etc. — 19 août 1858. »

M. L... m'a renvoyé ma lettre, en me disant qu'il se moque de ma
plainte; elle n'en est pas moins allée tenir compagnie à d'autres plain-
tes, dans le dossier qui le concerne.

12. — PAGE 240.

C'est à peu près le langage que nous tint à la conférence Saint-Sulpice (voir note 3, sat. XI) M. le curé de cette paroisse, après nous avoir
exposé que la propagande protestante est telle, qu'un ministre de cette
religion avait offert, vainement par bonheur, à une pauvre vieille
femme, pour la décider à abjurer le catholicisme, non pas, comme la
société de Saint-Vincent de Paul, un peu de bœuf, mais... devinez !...
du faisan !

13. — PAGE 242.

Dans l'amphithéâtre de l'Ecole de médecine, à Paris, on lit ce beau
distique :

Ad cædes hominum prisca amphitheatra patebant :
Ut longum discant vivere, nostra patent.

Pour massacrer les hommes les anciens amphithéâtres s'ouvraient
Pour qu'ils apprennent à vivre longtemps, les nôtres s'ouvrent.

14. — PAGE 243.

Sans doute on trouvera plus facilement dans un dictionnaire historique les noms des abbés Mingrat et Delacollonge, que ceux de quelques-
uns de ces hommes si rares qui exercent la charité spontanément, sans
conditions, comme le veut l'Évangile, comme la pratiquait l'abbé de
Rostaing, curé d'Ambert (Puy-de-Dôme). Jamais, m'a-t-on assuré, il
n'avait plus d'un vêtement, celui qu'il portait. Ses cinquante mille
francs de rente appartenaient aux malheureux. A sa mort, arrivée vers
1834, on ne trouva rien chez lui ; seulement, tous les pauvres qu'il
avait secourus étaient présents, et ils déclarèrent nettement à sa famille
que c'était à eux qu'appartenait le droit d'élever un tombeau à leur
père, et ils tinrent parole.

C'était aussi la charité du bon Samaritain, et par conséquent du Christ,
auteur de cette parabole, qu'exerçait l'abbé Perrin, mort il y a sept ou
huit ans, dont la mémoire est si chère aux Lyonnais.

C'est ainsi que se conduit l'abbé Angelvin, aumônier des prisons à
Clermont ; il n'apparaît chez les riches, m'a-t-on dit, que lorsqu'il n'a
plus rien à donner aux pauvres, dont il ne quitte point les greniers.

Pour moi, j'ai eu le bonheur de connaître un homme, ou plutôt un
saint, un apôtre dans toute la douceur évangélique de ce mot : c'est l'abbé
Collignon, curé de Saint-Germain en Laye, mort en 1844, à près de quatre-vingt-dix ans. Un jour de distribution de prix, ce vénérable et majestueux vieillard me posa à moi, jeune enfant, une modeste couronne sur
le front, il me dit tout bas à l'oreille quelques paroles qui me pénétrè-
rent jusqu'au fond de l'âme, et quand il m'embrassa, je crus être em-
brassé par Dieu lui-même. Mais je ne suis pas le seul qu'ait électrisé sa
vertu : tous ceux qui l'ont connu s'en souviennent avec attendrissement.
« Son cœur était simple, son âme presque naïve, » écrivait il y a quelques années un de mes amis de classes, « et son esprit sérieux et cul-
tivé... Sa foi était complète et sincère, mais sans emportement, sans
rancune, sans attaque ; elle était bonne et grande comme la religion
qui l'avait fait naître, elle devenait puissante comme elle... Il voulait
descendre au fond des âmes, il voulait convaincre, il voulait attacher
sérieusement... M. Collignon avait encore une vertu pour rattacher à
lui : c'était la tolérance, la tolérance éclairée par la bienveillance et la
religion ; il n'était pas facile comme l'insouciance, il était indulgent
comme le pardon... En même temps, il était sévère pour lui et il disait
souvent : « *Celui qui veut être en paix avec les autres doit toujours être*

en guerre avec lui-même... » Il n'avait pas de biens à lui, tout était aux
pauvres ; il vivait en anachorète, seul et retiré... Et comme il était ardent, ingénieux, dévoué pour donner du secours ! Ni son grand âge, ni
ses fatigues, ni le froid, ni le danger des nuits d'hiver ne pouvaient
l'arrêter. Il faisait ce qu'il demandait aux autres de faire... Il avait
une foi profonde et il savait la communiquer aux autres ; il faisait la
charité sans réserves... Il est vraiment pour moi l'homme de Dieu.»
(M. *Alph.* RENARD, journal l'*Industriel de Saint-Germain,* 16 décembre 1854.)

PARCE, DOMINE!

« Le temps est gros de l'avenir » (Frédéric);
c'est sur l'avenir qu'il faut peser les démar-
ches présentes... Lisez dans l'avenir, décou-
vrez-y le *maximum* de bonheur auquel vous
puissiez atteindre, et n'hésitez pas à prendre
la résolution qui peut vous y conduire...
Nous ne devons pas toujours faire ce que
nous voulons, mais *ce que nous devons vou-*
loir pour le bien général.

(Mon père, *Adresse aux deux chambres*
et à la nation française, 1815, p. 4, 16.

PARCE, DOMINE!

Parce, Domine, parce populo tuo,
Ne in æternum irascaris nobis!

Épargne, Seigneur, épargne ton peuple,
Ne sois pas éternellement irrité contre nous !

Grâce, grâce, mon Dieu ! prends pitié de nos larmes,
    Soulage-nous dans la douleur !
Arrache tes enfants à la fureur des armes,
    Que dis-je ? à leur propre fureur !

Ils ne connaissent plus ton sublime Évangile ;
    Ouvre donc leur cœur à tes lois ;
Dans leur âme où sévit un intérêt servile,
    Ah ! daigne reprendre tes droits !

« Aimez-vous, » as-tu dit, « comme un essaim de frères ,
    « Comme moi je vous aime tous ;
« Loin de les aggraver, allégez les misères
    « De ceux qui souffrent parmi vous.

« Si je suis mort pour vous, vivez pour moi ! La terre
    « S'arrose, depuis trop longtemps,
« D'un sang qui m'appartient ; car je suis votre père
    « Et vous tous êtes mes enfants. »

Pour étouffer enfin nos discordes cruelles,
    Dieu! suscite un libérateur!
La mort brise les corps; nos funestes querelles
    Nous désorganisent le cœur.

Notre cœur ulcéré n'est plus que pourriture;
    C'est un poison contagieux;
Toi seul tu peux guérir ta pauvre créature;
    Fais pleuvoir le baume des cieux!

Veux-tu nous replonger dans l'affreux pêle-mêle
    Du chaos d'où tu nous tiras;
Veux-tu que, désormais, une race nouvelle
    De nos débris germe ici-bas?

Ne veux-tu que punir notre orgueil téméraire
    Qui s'insurge contre ta loi,
Afin de nous prouver que tout, sur cette terre,
    N'est que confusion sans toi?

L'homme qu'ont ébloui les sciences humaines,
    Fait divorce avec la raison;
Prend pour réalité des illusions vaines,
    Pour nectar un fatal poison.

Nous avons oublié la science suprême,
    La simple et douce Charité!
Dupes de notre orgueil, dupes de Satan même,
    Nous lacérons la Vérité.

Tol seul es grand, Seigneur! aux puissants de la terre
    Tu communiques ton pouvoir;

S'ils en ont abusé, que ta voix de tonnerre
    Les rappelle enfin au devoir !

Apprends à l'univers que ta bonté se lasse,
    Parle donc ! qu'il te soit soumis !
Que ta volonté reste en ce monde où tout passe...
    Les tyrans sont tes ennemis !

Nous avons tous péché, gràce, et non pas justice !
    Car nous méritons notre sort ;
Oui, par pitié, Seigneur, Seigneur sois-nous propice,
    Petits ou grands, nous avons tort !

Le puissant qui commande a la parole dure...
    Toi tu parles avec douceur ;
Le faible ne saurait obéir sans murmure...
    Et toi, tu fus humble de cœur.

Ceux même qui devraient connaître l'Évangile,
    Puisqu'ils nous expliquent ta loi,
Se retranchent, hélas ! comme un troupeau servile
    Derrière cet odieux... Moi !

Eux, nos sacrés pasteurs, eux, les chefs de l'Église,
    Tes représentants ici-bas !...
Quelle est leur mission ? Oui, quelle est leur devise ?
    Est-ce la paix ou les combats ?

Que l'amour du prochain soit leur plus chère étude ;
    Ton souffle doit les animer ;
Puissent-ils désormais, par leur mansuétude,
    Nous forcer à nous entr'aimer !

Mais je vois les mortels tous saisis de vertige;
  Ils renient leur devoir, l'honneur;
Comme la fleur des champs qui sèche sur sa tige,
  Ils n'ont plus la séve du cœur.

O Seigneur! ta bonté nous ménageait des pères
  Quand aux rois tu nous as soumis;
Nous sommes tes enfants, nous sommes donc tous frères;
  Les frères doivent être amis.

Tu colores les fleurs de mille et mille teintes,
  Et dans les champs si spacieux
Que dore ton soleil, ta main qui les a peintes
  Leur verse les trésors des cieux.

Seigneur, tu varias, dans les diverses zones,
  Les hommes ainsi que les fleurs;
Mais si tes fils sont blancs, rouges, noirs ou bien jaunes,
  Tu n'as pas pour eux plusieurs cœurs.

Un seul et même amour nous unit, nous enlace
  Dans les profondeurs de ton sein;
Tu veux nous sauver tous et ne fais point de grâce
  A ceux qui troublent ton dessein.

Tremblez, tremblez, cruels! vous dont la tyrannie
  Fit blasphémer le Dieu d'amour,
Vos victimes verront votre triste agonie,
  Seront vos juges à leur tour!

Ces chrétiens d'outre-mer qui, de leur république
  Me font si haut sonner les lois,

Chassent leurs frères noirs, dans la libre Amérique,
 Comme nous les cerfs dans les bois.

Le monde est un bazar où des frères infâmes
 Vendent leurs frères un peu d'or ;
Où l'on vend l'opium qui dégrade les âmes
 De ceux qu'on ne peut vendre encor.

Faut-il que des chrétiens, surtout des catholiques,
 Soient les monstres de l'univers,
Qu'ils osent à la fois, dans leurs mains frénétiques,
 Tenir l'Évangile et des fers !

Les hommes aveuglés par leurs fureurs jalouses
 Rivalisent en cruautés ;
Les blancs mangent les noirs, les jaunes et les rouges…
 Les blancs se sont-ils respectés ?

Au tribunal de Dieu j'en appelle !… Les hommes
 N'ont maintenant plus d'étendard ;
Car nous, que l'Évangile a fait ce que nous sommes,
 Nous perdons le point de départ.

Vieille Europe, foyer de la pure lumière,
 Sur le monde fais-la jaillir…
Mais garde-toi surtout de faillir la première ;
 Tu n'as pas le droit de faillir !

Montre à tout l'univers ta sagesse profonde ;
 Que ton exemple soit sa loi !
Cet ascendant sacré qui subjugue et féconde,
 Tu le puiseras dans la Foi.

Aimer Dieu, son prochain, voilà tout l'Évangile,
    Voilà le code du bonheur ;
Fais-le donc respecter ; la loi n'est pas stérile
    Quand le cœur est législateur.

Dieu, qu'en ton nom sacré l'on fait de barbaries !
    Toi qui ne veux que la douceur,
Toi notre ami commun, qui vainement nous cries :
    « Je suis l'amour, non la terreur ! »

Qu'est devenue, hélas ! la primitive Église
    Qui tendait la tête aux bourreaux ?
Souffrir et pardonner, telle était sa devise ;
    Pour elle étaient les échafauds.

L'Église alors brillait... pauvre comme son Maître ;
    Humble, on ne pouvait la léser ;
Mais le Judas de l'or ose aujourd'hui paraître,
    Et la trahit par un baiser !

Ah ! comment pourrions-nous, fragiles que nous sommes,
    Braver les pompes de Satan,
Quand l'Église, qui doit édifier les hommes,
    Courbe le front sous le tyran ?

Se peut-il, ô Seigneur ! que l'Église rejette
    Ses trésors d'abnégation ?
Reine, épouse de Dieu, serait-elle sujette
    De la plus vile passion ?

Son royaume n'est point de ce monde ; la terre
    Est trop indigne de ses yeux ;

Elle est notre avocate, une intermédiaire
    Entre ce bas monde et les cieux.

Nulle autre ambition que la gloire divine
    Ne doit animer ses labeurs ;
Dieu, pour qui tous nos biens ne sont qu'une sentine,
    Ne demande rien que des cœurs *.

Seigneur, toi qui naquis dans une pauvre crèche,
    Toi le plus humble de tes saints,
Tu ne souffriras pas qu'on ose battre en brèche
    Tes évangéliques desseins.

Les temps sont-ils venus où le Dieu de justice
    Demande compte aux prêtres-rois
D'un luxe qu'il abhorre... il faut qu'il les punisse
    S'ils ont deux maîtres à la fois.

A ton propre clergé tu livreras bataille ;
    Son orgueil a blessé tes yeux ;
Mais tu le grandiras au niveau de ta taille
    En l'arrachant à ses faux dieux.

Ah ! rappelle l'Église à son rôle de mère !
    Ses conquêtes... ce sont nos cœurs !
Ses domaines... A qui léguas-tu ton Calvaire
    Tout plein de ton sang, de tes pleurs ?

* On ne dira pas : il (*le royaume de Dieu*) est ici ou il est là ; car voici
que le royaume de Dieu est au dedans de vous.
                            (S. Luc, XVII, 21.)

Qu'entre le fort qui frappe et le faible qui plie
  Elle interpose un bras puissant;
Le lion même rend à la mère qui crie
  Son plus beau trésor..., son enfant.

Oh! combien de ses fils dans l'un et l'autre monde
  Gémissent sous le poids des fers!
Une croix à la main, qu'elle fasse sa ronde
  Autour de l'immense univers.

Que je voudrais la voir, renversant les entraves,
  Ouvrir à tous ses vastes bras,
Et s'écrier : « Mes fils, désormais plus d'esclaves,
  « Car l'Évangile n'en veut pas ! »

« Oui, je suis, chers enfants, votre meilleure mère ;
  « Je vous le prouve dans ce jour ;
« Abjurez vos erreurs ; pour votre divin Père
  « Entonnez l'hosanna d'amour ! »

« Je veux, auprès des rois, moi, plaider votre cause ;
  « Dieu, qui partagea l'univers,
« A leur ambition pour limites impose
  « Langues, montagnes, fleuves, mers. »

« Que sous les mêmes lois, les mêmes idiomes
  « Se groupent donc en liberté ;
« Dieu même a, de sa main, découpé les royaumes
  « Pour le bien de l'humanité. »

O généreuse France, ô fille de l'Église,
  Mon beau pays, mon tendre amour !

Tu connais l'Évangile et lui restes soumise
    Toujours ainsi qu'au premier jour.

Organe du grand Dieu qui bénit ta puissance *
    Avec un amour sans pareil,
Tu voles au progrès, comme l'aigle s'élance,
    Les yeux fixés sur le soleil !

Plane, plane au-dessus des nations du monde,
    Puisque le ciel l'a décrété ;
Inonde-les des flots de ta clarté féconde,
    Des splendeurs de la vérité !

France, marche en avant ! c'est Dieu qui te l'ordonne,
    Tu ne peux lui désobéir ;
C'est Dieu qui t'a fondée et c'est Dieu qui te donne
    Le mot d'ordre de l'avenir !

O sainte Église et toi, France, sa noble émule,
    Le ciel vous révéla son plan ;
Ne vous arrêtez point ! qui s'arrête, recule,
    Quand c'est Dieu qui donne l'élan !

Allez porter la paix aux peuples qui soupirent ;
    Soyez leur ancre de salut ;
Mais si, moins forts d'amour, tes amis se retirent,
    Seule, ô France, va droit au but !...

    Gesta Dei per Francos, Exploits de Dieu par la main des Français, tel est le titre d'un récit des Croisades, publié en 1611 par J. Bongars.

Dieu, que ton règne arrive et non celui des hommes!
       Et que ta sainte volonté
Soit faite dans les cieux, sur la terre où nous sommes,
       Ce tombeau de la Charité.

7 mars 1860.

FIEL ET MIEL

Les pièces suivantes doivent faire partie d'un recueil que je publierai
sous ce titre, dont j'ai voulu, dès aujourd'hui, prendre possession.

FIEL ET MIEL

———

STANCES *

Non, les petits oiseaux
Qui chantent en cadence,
Que l'air, sur les rameaux,
    Balance ;

Non, les sombres forêts,
Dont maintes fois la foudre
A réduit les sommets
    En poudre ;

Non, le calme des bois
Propre à la rêverie,
Et que l'âme, parfois,
    Envie ;

Non, le ruisseau fuyant
Et qui, sous la verdure,
Roule ses flots d'argent,
    Murmure ;

* Insérées dans le journal *le Cabinet de lecture* du 30 novembre 1839.

Non, le vallon paré
De fleurs, fraîches écloses,
Le lis, l'iris doré,
    Les roses ;

Non, tous ces honneurs vains,
Cet or dont fait parade
Le cerveau des humains,
    Malade ;

Non, rien ne vaut ce mot
Que dit la jeune femme,
Qui nous parle si haut,
    A l'âme ;

Ce mot rempli d'appas,
Ce mot, le bonheur même,
Ce mot seul, dit tout bas :
    « Je t'aime ! »

Juin 1838.

RÊVERIE

SONNET

La nuit enveloppait encor, d'un voile obscur,
Les toits silencieux de la ville endormie :
Des célestes flambeaux la troupe réjouie,
Vive poussière d'or, scintillait dans l'azur.

Rêveur, sous un ormeau, je respirais l'air pur ;
Des merveilles du Ciel la divine harmonie
Avait plongé mon cœur dans la mélancolie :
« Qui sommes-nous ?...Quel est notre destin futur ?... »

Et mes yeux mesuraient l'immense et sombre voûte...
La Foi brûlait mon âme, y dévorait le Doute...
Une étoile soudain file et vole en éclats.

Je dis, en regagnant ma couche solitaire :
« Un monde s'est brisé !... Tu dois de même, ô terre !
« Être abîmée... Et moi ! moi je ne péris pas ! »

1836.

L'ANCIEN COLLÉGE DE SAINT-GERMAIN EN LAYE [1]

VISITE DU GÉNÉRAL BONAPARTE
LA CHAMBRE D'EUGÈNE ET DE JÉROME

—

A MES CHERS AMIS D'ENFANCE

Quel collége n'a pas, entre deux versions,
Le temps de raconter quelques traditions,
Une légende, enfin, plus ou moins embellie,
Qu'on se rappelle encore, alors que l'on oublie,
Avec tant de plaisir et si peu de respect,
L'utile enseignement qui découle du grec,
Ces sublimes discours de la bavarde Attique,
Dont nos pleurs arrosaient les fleurs de rhétorique?
Fleurs magiques! malgré leurs deux ou trois mille ans,
Leur fraîcheur, leur parfum pénètrent tous nos sens.

Pour nous, nous jouissions du rare privilége
De voir bien d'autres fleurs en ce petit collége
Où nous respirions, grâce aux bois des environs,
La gaîté, la santé, la vie à pleins poumons.

Vous souvient-il, amis, des riantes campagnes,
Aux bouquets d'arbres verts, aux bleuâtres montagnes

Que couronnait au loin l'aqueduc de Marli,
Dont notre œil, à cet âge où tout est si joli,
Hormis les vieux bouquins, leur aspect seul nous glace,
Parcourait tristement, au milieu de la classe,
Le séduisant tableau, par un beau jour d'été?
En vain grondait sur nous le pensum redouté;
En vain, d'un long rideau se voilait la fenêtre,
Une horrible lézarde allait bientôt paraître,
Par où notre regard et notre esprit fuyaient...
Puis, longtemps assoupis, les congés s'éveillaient,
Et nous aussi, friands de belles promenades!
Amis, rappelez-vous nos bonds et nos gambades,
Nos ris, nos cris joyeux, même ces coups de poing
Donnés, rendus soudain, dont on ne se plaint point,
Qui scellent l'amitié, forment le caractère,
Et préparent nos corps aux travaux de la guerre.

Or, un jour, il pleuvait, et c'était un jeudi!
Que faire, cependant, de son après-midi?
Travailler, c'est cruel; d'ailleurs, dimanche ou fête,
Le travail est mauvais, fatigue trop la tête;
Dans les salles d'étude on prend peu ses ébats;
Rire haut, parler fort ne se tolèrent pas;
Mieux vaudrait assister aux plus tristes obsèques,
Ou savourer le jus de ses racines grecques.

Or donc, avons-nous dit, il pleuvait à torrents.
Consterné du malheur qui frappait ses enfants,
L'excellent Principal monte soudain en chaire,
Cherche à nous consoler, et puis, pour nous distraire,
Fragments de Walter Scott, de Molière, en un mot,
Tout ce qu'il croit nous plaire, il l'essaie aussitôt.

16

« Mes enfants, nous dit-il enfin, fermons ce livre,
Assez lu ; parmi vous, je veux faire revivre
Un souvenir ; pour vous , il sera d'autrefois ;
Pour moi, je crois toujours voir l'Europe aux abois
Trembler aux seuls éclairs des regards du grand homme.
Il n'était pas alors empereur, mais tout comme.

Vous saurez, mes amis, qu'en ce temps glorieux,
Là, sur ces mêmes bancs, maintenant un peu vieux,
S'est assise avant vous, non moins que vous navrée,
Les jeudis orageux, la jeunesse dorée.
Dorée est bien le mot ; il me souvient encor
Qu'on jouait au palet avec l'argent et l'or.
C'est là que j'ai connu, dans son plus heureux âge,
L'amiral de Mackau, maint autre personnage [2]
Et de plume et d'épée, illustres à jamais.
Jérôme Bonaparte, Eugène Beauharnais,
Jouèrent, avec moi, plus d'une fois aux barres.
Nous aussi nous avions des maîtres fort barbares,
Toujours prêts à punir, plus souvent qu'à leur tour ;
Même Napoléon s'en mêla certain jour...

Un beau matin d'été, sans tambours ni cymbales,
Ainsi qu'il surprenait souvent les capitales,
Napoléon, chez nous, tombe comme un obus.
Sur pied, en un clin d'œil, nous accourons émus ;
Nos vivats prolongés sur-le-champ assaillissent
Le vainqueur de Lodi, l'accablent, l'assourdissent.
— Merci, mes bons amis, merci... mais calmez-vous.
Où donc Jérôme est-il ? — Il est, répondons-nous,
Avec son écuyer, parti pour la Terrasse ;
Sa leçon va finir. — C'est bien, rentrez en classe,

J'attends. Il se retourne et vole au tableau noir.
Dieu sait, sans être vus, si nous cherchions à voir,
Muets, l'œil aux carreaux, quand en champs de batailles,
Son génie, à l'instant, transformait nos murailles !
Plus d'une heure se passe à tracer des combats,
Napoléon pourtant ne se fatiguait pas ;
Mais sous ses doigts crispés grinçait plus fort la craie.

La Terrasse, on le sait, de Saint-Germain en Laye
Est un panorama qui captive les yeux.
Tout au bas, c'est la Seine aux replis gracieux,
Ses îlots ombragés, la riante parure
De ses bords embellis par l'homme et la nature.
Le sombre Vésinet, et par delà ses bois,
Une flèche de pierre indique de nos rois [3]
Le dernier gîte, et puis Montmartre et le Calvaire,
Parmi tant de coteaux dont il semble le père ;
Ensuite de Marli c'est l'aqueduc lointain
Que voit en soupirant le franc buveur de vin ;
Enfin, dans le milieu de ce beau paysage,
Se dresse la pompeuse et gigantesque image
De notre Arc de triomphe, alors qu'en un ciel pur,
Il se détache en blanc sur le rideau d'azur,
Sentinelle debout devant la ville immense,
Il porte, inscrite au front, la gloire de la France.
Au bout de la Terrasse on trouve la forêt.
Voilà bien des motifs pour rentrer à regret.
Aussi notre écolier fut en retard. On pense
Qu'il n'osait plus songer à sa leçon de danse
Dont l'heure était venue, et qu'il s'était hâté
De saluer son frère, encore tout botté...

Non pas; mais il alla faire une autre toilette
Et parut, comme veut la plus stricte étiquette.
Napoléon le voit, il fronce le sourcil :
— C'est vous, monsieur? Quel est cet uniforme-ci?
Vous arrivez, monsieur, à l'heure militaire.
Nous verrons au tableau ce que vous savez faire.

Cet ordre démonta notre beau cavalier.
Sans doute avec Bezout il était familier;
Mais Bezout, Bezout même eût fait triste figure,
S'il eût été soumis à pareille torture.
Le moyen de briller, quand l'examinateur
Ne connaît point d'obstacle, et sera... l'Empereur !

Il ne put débrouiller les fils de son problème.
Vainement il tenta quelqu'heureux stratagème
Pour surprendre son frère; il en fut pour ses frais.
Napoléon alors le serrait de trop près.
Comme un dernier refuge, en ces instants critiques,
Il murmura : « Nos cours, pour les mathématiques,
« S'arrêtent juste là. » — Bien singulier hasard!
Vous avez l'habitude, ici, d'être en retard.
Dans la danse, dit-on, vous êtes passé maître;
Mais il est autre chose aussi qu'il faut connaître.
Pour avoir le loisir de faire des progrès,
Vous resterez, monsieur, quinze jours aux arrêts. »

La cloche, en ce moment, appelle au éfectoire,
Comme le Principal terminait son histoire.

Depuis ce jour, hélas, qu'il s'est passé de temps!
Car déjà nous avons entamé nos trente ans!

Déjà le bon Huré, si justement sévère [4],
Car il nous aimait bien, il nous aimait en père,
Peut voir avec orgueil la fleur de ses enfants,
Dans la société briller aux premiers rangs.

A mon tour, mes amis, souffrez que l'on m'entende,
Je vais en quelques mots compléter la légende.

Naguère un beau monsieur au collége est venu.
Son profil rappelait un type bien connu.
Sa grâce, son bon air et son ton plein d'aisance,
Accusaient sur-le-champ une haute naissance.
Il pria tout d'abord et fort civilement
Qu'on lui permît de voir le petit logement
D'Eugène et de Jérôme, une simple chambrette,
Aujourd'hui négligée, autrefois si proprette...
L'incognito parfois ne porte pas bonheur.
On reçut froidement le noble visiteur.
Ah ! comme on l'eût fêté, si l'on eût pu connaître
Que le prince Jérôme allait ainsi paraître !

On le conduit, il entre, il regarde, et ses yeux
Ne peuvent se lasser de contempler ces lieux :
Les meubles et les murs il les passe en revue ;
Il ouvre la fenêtre, et pleure, à cette vue,
A ce bel horizon qui n'avait point bougé
Quand la carte d'Europe avait vingt fois changé...
Eugène !... il n'est plus !... mais l'aigle de Sainte-Hélène,
Dort, près de Saint-Germain, sur les bords de la Seine [5].

Juillet 1857.

16.

NOTES

1. Saint-Germain offrait autrefois de plus grandes ressources à l'instruction publique qu'aujourd'hui. Une institution tenue par M. Mestro, successeur de M. Mac Dhermott, réunissait les professeurs les plus distingués dans tous les genres et fournissait aux élèves les moyens de faire des études solides et brillantes. Il en est sorti plusieurs personnages historiques appartenant à l'ancienne et à la nouvelle noblesse, dont quelques-uns occupent encore des places éminentes dans les administrations civiles, la marine, l'artillerie et le génie militaire. Après la mort de M. Mestro, la maison fut érigée en collége communal, en 1812. Cuvier, inspecteur de l'Académie de Paris, voyant la jalousie et la malveillance s'attacher à ruiner un établissement de haute utilité pour la jeunesse du canton et de la ville, établissement qui, par malheur, était passé dans des mains incapables de le gérer, fit tout ce qu'il put pour en retarder la ruine. Il fut fermé à la fin de 1814. Une maison d'éducation (*celle de M. Huré, voir note* 4), qui, sous tous les rapports, mérite la confiance des parents, occupe encore le même local [1]. C'était l'ancien *hôtel des Fermes*, donné en 1681 par Louis XIV aux *Ursulines*, que madame de Montespan avait appelées à Saint-Germain [2].

2. Dans la notice sur l'amiral de Mackau, publiée en 1853, et qui fait partie de la *Galerie historique des membres du sénat*, on lit ce passage : « Élevé dans la même institution que le prince Jérôme Bonaparte, il accepta avec empressement l'offre que lui fit le prince, en 1805, de faire, sous ses ordres, la campagne qu'il allait entreprendre sur le vaisseau *le Vétéran*, etc. »

3. On sait que la flèche en pierre de Saint-Denis ayant été foudroyée, sous le règne du roi Louis-Philippe, on a reconstruit la tour comme elle avait dû être primitivement.

4. M. Eugène-Pierre Huré, qui a été professeur au collége de Saint-Germain en Laye, à Juilly, à Saint-Cyr et à La Flèche, fut, de 1824 à 1838, directeur-propriétaire de l'ancien collége. Actuellement, comme le bon Lhomond, qui ne s'est jamais séparé des enfants, ou comme le vénérable chancelier Gerson, auteur présumé de l'*Imitation de Jésus-Christ*,

---

1. *Histoire de Saint-Germain en Laye*, Abel Goujon, 1829. Extrait des pages 297 et suivantes.
2. *Idem*, p. 332.

il consacre ses derniers jours à ses petits amis. Il est inspecteur de l'instruction primaire à Mantes. (*Voir page 80 les noms de quelques-uns des anciens élèves de Saint-Germain.*)

5. « Je désire que mes cendres reposent sur les bords de la Seine, au milieu de ce peuple français que j'ai tant aimé. »

(*Testament de Napoléon.*)

A HIPPOLYTE RIGAULT *

PRÉCEPTEUR DE MONSEIGNEUR LE COMTE D'EU

En lui donnant un exemplaire de la première édition du poëme *Amour et Charité.*

Reçois, cher compagnon de mes premiers labeurs,
De mon humble volume un amical hommage;
S'il devait resserrer les liens de nos cœurs,
    J'aurais fait mon plus bel ouvrage.

2 février 1848.

NOTE

Saint-Cloud, février 1848.

Mon cher ami, je viens de recevoir à l'instant le poëme que tu m'as fait le plaisir de m'envoyer; je te remercie et de l'ouvrage, que je vais lire, et de la dédicace que j'ai lue. C'est un bon souvenir dont je te sais beaucoup de gré.....

Ta lettre, qui respire la gaieté parfaite, me prouve que tu es complétement heureux, et j'en suis très-satisfait pour toi. Il était bien temps, après

* Voir page 80.

toutes tes anxiétés et tous les ennuis, d'avoir une position solide et agréable. Je suis convaincu que la Liste civile te l'a donnée..... Tu n'en voudras qu'à la grippe de mon extrême brièveté. J'ai voulu seulement te dire bonjour et te serrer la main.

Tout à toi.   H. RIGAULT.

M. Edouard Rey, précepteur chez Madame la Comtesse de Montalivet, rue Tronchet, 17.

*Autre lettre après l'envoi de la seconde édition d'*AMOUR ET CHARITÉ.

Mon cher camarade, mille remercîments de ton aimable souvenir. Je n'ai pu encore lire *Amour et Charité*. J'ai été très-occupé de mauvaise prose quand j'aurais bien mieux aimé lire de bons vers; mais je vais me dédommager demain. Je me fais une fête de connaître ta muse. La couverture blanche et rose de ton livre m'annonce bien d'autres productions encore, toutes fraîches écloses ou toutes prêtes à venir au monde. Tu ne me parles dans ta lettre que d'un premier enfant; mais il me semble que te voilà déjà père d'une nombreuse famille encore au berceau. Puisse-t-elle grandir et prospérer au grand soleil du succès ! C'est le vœu que je t'envoie de tout mon cœur, avec un ainsi-soit-il des plus sincères et des plus affectueux.

Ton tout dévoué.   H. RIGAULT.

Paris, 9 mars 1856.

A MARIE

SONNET

Marie !... ah ! quel nom cher à ma dévotion !
Le mortel qui gémit, le front dans la poussière,
N'implore pas en vain, dans son humble prière,
Près des cieux irrités ton intercession.

Oui, ton âme sensible à notre affliction,
Nous soulage en nos maux... Tes flots purs de lumière
Chassent de notre esprit l'obscurité grossière,
Et tu nous viens offrir ta douce affection.

Refuge des pécheurs, ô Vierge tout aimable,
Que ton âme s'émeut quand ta bouche adorable
Exhale, dans le ciel, pour nous, ce divin cri :

« Pardonne à ces mortels, Seigneur plein de clémence,
« Pardonne, car leur cœur s'ouvre à la repentance ;
« C'est moi qui t'en conjure, ô mon Fils Jésus-Christ ! »

                                          1836.

A MADEMOISELLE D***

Vous qui savez unir, d'une rare alliance,
Les qualités de l'âme au don de la science,
Souffrez qu'admirateur de vos talents divers,
Je vous offre humblement l'hommage de ces vers ;
C'est un faible tribut, hélas ! dont je m'acquitte,
Car le mérite seul doit louer le mérite.
Mais, imposant silence à nos émotions,
Pourrions-nous rester froids lorsque nous vous voyons
Animer l'instrument, la plus belle conquête
Que pour nous réjouir nous ayons jamais faite,
Mystérieux asile où le son fugitif,
Par un sublime effort, est retenu captif,
Qui semble joindre une âme au don de la parole,
Qu'on eût jadis, peut-être, adoré comme idole ?
A votre main habile à peine il doit la voix,
Que l'oreille est surprise et charmée à la fois.
On dirait qu'on entend au loin gronder l'orage,
Tandis qu'on pense ouïr, sous l'abri du bocage,
Les chants mélodieux du plaintif rossignol.
Mon œil, non moins ravi, cherche à suivre, en leur vol,
Vos doigts harmonieux sur le clavier sonore...
Ah ! merveilleux effet d'un art qui vous honore !
Mon cœur loue en silence alors le Tout-Puissant,
Source divine où l'homme a puisé son talent.
Là vous avez puisé la grâce qui vous pare,
Cette aimable vertu, don précieux et rare ;

Dieu lui-même a formé, de son plus tendre amour,
Votre cœur généreux et pur comme un beau jour.
O qualités du cœur, vous êtes sans rivales,
Les autres qualités ne sont que vos vassales.
Le talent, sans le cœur, ne charme qu'un moment;
C'est un feu qui languit, dépourvu d'aliment,
C'est la fleur sans parfum... O vous que le ciel même
Orna si richement de tous les ons qu'on aime,
Et qui vous font, je crois, us chérir qu'admirer,
Que pouvez-vous encore avoir à désirer?

                                              1844.

ENSEIGNE

POUR LA BOUTIQUE D'UN MAITRE DE PENSION.

Bahut tient pension pour le peuple moutard;
Il montre, au plus offrant, le latin, tôt ou tard,
Entoure ses enfants d'une tendresse extrême;
Ils apprennent par cœur et déjeunent de même;
Il bat ses écoliers, comme le plâtre on bat,
Et fait tout ce qui peut concerner son état.

                                              1846.

PREMIÈRES RÊVERIES

Pourquoi fuir, bel enfant,
Tes compagnes chéries?
Pourquoi fuir les prairies
    Où souvent,
    Agile gazelle,
    En ton léger vol,
    Tu rasais du sol
Les fleurs, l'herbe nouvelle?
Pourquoi du sombre bois,
Pensive et solitaire,
Rechercher le mystère?...
Aux accords de ta voix
Les oiseaux du bocage
    Ne répondent plus
Par leur doux ramage.
Que sont-ils devenus
Ces jours d'heureuse ivresse?
    Maintenant
Quelle douleur oppresse
Ton beau sein palpitant?
Les doux feux de l'Aurore
    Font bientôt éclore
    La champêtre fleur...
    Frais bouton de rose,
    Ton sensible cœur
    Où l'amour repose

Inconnu si longtemps,
S'épanouit sans doute
Au soleil de quinze ans...

Mais tu parles.... j'écoute :

« Allez, tristes plaisirs
« Qui charmiez mon enfance;
« A de nouveaux désirs
« Mon cœur enfin s'élance. »

« Oh ! pour moi, quel bonheur,
« Si je pouvais entendre
« Ce mot !... dit à ma sœur,
« Ce mot, si doux, si tendre ! »

« Il a dit à ma sœur,
« Ah ! je le vois encore,
« Ce jeune et beau seigneur,
« Je t'aime, je t'adore ! »

« Oh ! bien belle est ma sœur !...
« Et moi, suis-je moins belle ?
« Elle a donné son cœur,
« Je veux aimer comme elle. »

« Hélas! qui m'aimera ?
« Gravée en traits de flamme,
« Qui donc enfin lira
« Ma pensée en mon âme? »

17

« Tout couvert de lauriers,
« Est-ce un beau capitaine
« Qui doit dire, à mes pieds :
« Bel ange, sois ma reine ? »

Fût-il beau comme toi
L'objet de ton doux songe,
N'y pense plus, crois-moi,
Car tout songe est mensonge.
Fuis encore longtemps
Un perfide mirage ;
N'attire pas l'orage
Sur ton heureux printemps ;
Assez tôt la tempête
Grondera sur ta tête...
Comme le papillon,
Folâtre insouciante,
Dans la plaine riante
Que le premier rayon
De l'œil de la nature
    Émaille de fleurs ;
Orne ta chevelure
De leurs riches couleurs...
Ne va plus, jeune fille,
Dans la sombre charmille,
Rêveuse, soupirer
        Et pleurer...
    Bannis un rêve
      Qui t'enlève
    La paix du cœur ;
Prolonge ton enfance ;

L'âge de l'innocence
Est l'âge du bonheur.

1846.

MODÈLE DE PROCURATION

TROUVÉ CHEZ UN NOTAIRE POÈTE

Par-devant Gardetout et l'un de ses confrères,
Donnerien, soussignés, et dans Paris notaires,
Ont comparu monsieur Jean Bon, comte d'Aulnie,
Lieutenant colonel dans le corps du génie,
Et madame Adrienne Hortense de Kraiser,
Sa femme, déclarant dûment l'autoriser,
Pour ce, mon susdit sieur, par ces mêmes présentes,
Demeurant audit lieu, place aux Dames galantes;
Lesquels, pour mandataire, ont bien constitué
Monsieur Luc Malincroche, ancien clerc d'avoué,
Demeurant à Rouen, quai de Robert-Macaire,
Chez monsieur Grippesous, droguiste-apothicaire;
Auquel ils ont donné les pouvoirs ci-après :
De vendre au plus offrant deux immenses forêts :
La forêt du Bulchy, sise près de Bayonne,
Et celle du Vanel, près de Pont-sur-Yonne.
Toucher et recevoir de ces ventes le prix,
Accorder tous délais et donner tous acquits,
Produire actes légaux, dans le cas de faillites,
Et contre qui de droit exercer des poursuites;

Commettre ou révoquer avoués, avocats,
En nommer de nouveaux, entendre tous débats;
Faire tout placement qu'il jugerait utile,
Passer, signer tout acte, élire domicile,
Et faire en général tout ce que de raison,
Les mandants promettant l'avoir pour bel et bon.

Dont acte, ce jourd'hui fait en ladite ville,
En l'étude, à Paris, sise rue Hauteville;
L'an mil huit cent vingt-neuf, le premier jour de mai;
Et les constituants susnommés, sans délai,
Ont signé ce pouvoir avec les deux notaires,
Après lecture faite aux dits, par les confrères.

1837.

A UN PÉDANT

Philosophe profond dont les doctes écrits
    Tout remplis de votre sagesse,
  N'accordent même à l'honnête richesse
    Qu'un tribut de mépris;
Vous avez dit que les biens de la terre,
    Les honneurs d'ici-bas,
  Ne sont qu'une vaine chimère...
Oui... mais pour vous qui n'en possédez pas.

1838.

A M. H***

PANDORE

Un jour les dieux jaloux que Jupin, leur confrère,
    Et par brevet d'invention,
Eût le droit exclusif d'animer la matière.
Voulurent jouer pièce à son ambition.
    « Créons vite une femme telle
Qu'elle efface Vénus, des belles la plus belle.
Et montrons à Jupin, par un tour si nouveau,
Dût-il bouleverser le ciel, la terre et l'eau,
    Car le collègue est fort colère,
Qu'il n'est pas au-dessus de notre savoir-faire. »
    Ils disent : Pandore apparaît.
A son aspect. chaque dieu stupéfait,
Est tenté d'adorer l'œuvre qu'il a formée.
Moins belle toutefois Vénus l'eût mieux aimée.
Ils l'ornent, à l'envi, de mille dons charmants
  Pour tous les cœurs beaucoup plus éloquents
    Que les plus sublimes paroles.
    — « Ah! vraiment, têtes folles,
    Se dit le grand Jupin tout bas,
    Qui sut bientôt toute la chose,
Me croyez-vous manchot? Eh! ne savez-vous pas
Que je puis foudroyer, pauvres dieux, quiconque ose
    Chercher à me turlupiner ?
Ce n'est pas Jupiter que vous pourrez mener.

Pandore est, j'en conviens, de beauté sans égale,
  Mais sa beauté sera fatale.
Je veux aussi lui faire un présent de mes mains. »
Et pour punir des dieux l'intempestive audace,
Jupiter se vengea sur les pauvres humains...
    Car... aux gueux toujours la besace!
    Malheur à ceux qui sont faibles de reins!
    Il donne une boîte à Pandore.
D'une humeur curieuse ainsi que l'est encore
La plus belle moitié des hôtes d'ici-bas,
    Elle ouvre la boîte funeste
Qui vomit à l'instant, semblables à la peste,
Une foule de maux avançant le trépas.
Alors on vit sortir les peines de l'absence,
Les noirs chagrins du cœur. Dans la boîte, dit-on,
    Il ne demeura qu'un seul don :
        L'espérance.
Erreur! il y resta quelque peu de pitié
    Et même d'amitié.

                            1843.

A MADAME A. G.

  Gentille dame,
    Au doux souris,
  Qu'au fond de l'âme,
  Tant je chéris ;
  Qui m'êtes chère,
  Sur cette terre,

Comme une sœur;
Irai-je dire,
En vrai flatteur,
Que je soupire,
En vous voyant,
Objet charmant?
Qu'en ce moment,
Vos yeux d'ébène
De tous les cœurs
Causent la peine?...
Qu'il n'est aux fleurs,
Sous le feuillage
Du frais bocage,
Parfum si doux,
Digne de vous,
Ma tout aimable?...
Que vos vertus
En ont bien plus?...

C'est véritable,
Oui, j'en conviens;
Mais moi je tiens
Pour un peu fades
Ces beaux discours
Et ces tirades.

Donc, sans détours,
Sans phrase aucune,
Charmante brune,
Je dis : Soyez
Toujours la même,
Si vous voulez
Que l'on vous aime.

1848.

L'ERMITE

Mon père, daignez, s'il vous plaît,
M'accueillir dans votre chaumière,
Car, depuis l'aube matinière,
J'erre incertain dans la forêt.
— Entrez, mon fils, répond l'ermite,
Asseyez-vous près du foyer,
Et je vais préparer bien vite,
De simples mets pour vous fortifier.
Ce que j'offre est si peu de chose !
C'est ce que je possède enfin :
L'humble abri d'une chambre close !
Du lait, du beurre, et puis du pain.
— Merci, grand merci, mon père,
Dit le jeune homme en s'inclinant,
Dieu vous en tiendra compte... Eh ! que pourrais-je faire,
Pauvre... et seul maintenant ?
Le ciel à mes vœux favorable,
Vous rende plus heureux que moi !
— Quoi ! votre sort est-il si misérable ?
Une femme a trahi sa foi...
Voilà ce qui vous désespère.
— Plût à Dieu qu'il en fût ainsi !
J'aurais dû l'oublier, mais le puis-je, mon père ?...
Elle était belle et vertueuse aussi !...
Tendre fleur au matin éclose,
Le soir, hélas, a vu sa fin ;

Tel est le destin de la rose,
  Et tel fut son destin.
— Mon fils, reprit le solitaire,
Calme tes transports douloureux;
Aux maux qui nous frappent sur terre,
Opposons un cœur courageux.
— Votre précepte est la sagesse même,
  J'ai tort de murmurer;
Lorsque l'on perd tout ce qu'on aime,
Il ne suffit pas de pleurer.
Aussi, pour finir ma misère,
Je vais sur la rive étrangère,
  Chercher dans les combats
Un doux et glorieux trépas.
  — Jeune homme, si votre maîtresse
Vous entendait, comme moi, croyez-vous
  Qu'elle pourrait voir, sans courroux,
  Dans son amant tant de faiblesse?
  Sans doute, il faut verser des pleurs
  Quand tombe une tête chérie;
C'est le premier mouvement de nos cœurs;
Mais devons-nous, augmentant nos douleurs,
  Prendre en aversion la vie?
  Moi-même, hélas, voyant mourir
  Le cher objet de ma tendresse,
  Celle qui devait soutenir
  Les pas tremblants de ma vieillesse.
  N'ai-je pas donné libre cours
  Au torrent de mes justes larmes?
  A m'en repaître tous les jours,
  N'ai-je pas trouvé mille charmes?
    Mais l'horrible penser

17.

De hâter mon heure suprème,
Dans ma plus grande douleur même,
N'est jamais venu m'oppresser;
Je recherchai la solitude;
Je voulus, habitant de ce sauvage lieu,
Suivre cette douce habitude
De ne vivre plus que pour Dieu.
Le Seigneur voyant ma misère,
Ma résignation, hélas! dans mon malheur,
A versé dans le cœur d'un infortuné père,
Quelque baume consolateur...
Vois-tu ce tertre vert où mille fleurs nouvelles
Étalent leurs riches couleurs?
Sais-tu qu'il cache aux yeux la dépouille mortelle
De celle qui m'a causé tant de pleurs?
Là, dès que l'aube matinière,
Dore les coteaux d'alentour,
Je vais commencer ma prière,
Et je m'adresse tour à tour
Au grand Dieu, maître du tonnerre,
A son auguste et sainte Mère,
A tous les esprits bienheureux...
Et quelquefois je me figure
Voir descendre, du haut des cieux,
Une forme céleste et pure...
Elle vient à moi souriant...
C'est ma fille!... et s'agenouillant
Sur sa tombe, au milieu des roses,
De ses lèvres à demi closes
Elle presse la croix de bois;
Puis, quand j'ai fini ma prière,
Je la vois,

Ainsi qu'une vapeur légère,
Fuir, se dissiper dans les airs...
Au séjour des sacrés concerts
Si tu portes le saint cantique
Qu'exhale ma tremblante voix,
Ma fille!... un chant redit par ta bouche angélique
Doit plaire au Roi des rois!...
Tout en elle était beau : le corps, l'esprit et l'âme.
Ces dons charmants causèrent son malheur.
Elle brûlait, mais d'une chaste flamme,
Pour un jeune seigneur.
Je ne le vis jamais; une lointaine guerre
Me retenait dans un autre hémisphère,
Quand il obtint et sa main et sa foi.
Il était bien digne de toi,
Pauvre fleur si tôt moissonnée!
Encore quelques jours et les nœuds d'hyménée
Les avaient unis...
Mais un prince ayant vu ma fille
En devint brusquement épris.
Croyant que l'éclat dont il brille
Va soudain fasciner ses yeux,
Il vient, il découvre ses feux...
Mais de ma fille il n'obtient autre chose
Que des mépris...
Eh! qu'importe? Il la veut, il la veut à tout prix!...
Deux jours après, à la nuit close,
Il me la volait
Et la recélait
Loin, bien loin de notre famille...
Pour la fléchir, en vain aux regards de ma fille
Il étale tous ses trésors...

Lassé de ses dédains, il résolut alors
        De prendre par la violence
Ce qu'il ne pouvait pas espérer autrement;
          Mais au moment
        Où d'une femme sans défense
        Le monstre va ravir l'honneur,
        Ma fille tombe prosternée
        Aux pieds du lâche suborneur...
        Elle s'était empoisonnée!!! .
     Eh bien! mon fils, comprends-tu ma douleur?...
— C'est elle! Chère Inès!... Quoi! vous êtes son père?
        Le père de ma chère Inès!
Oui, je veux demeurer près des tristes cyprès
Qui protègent, hélas, son urne cinéraire;
        Oui, je veux rester dans ce lieu;
        Et comme vous, dans cet asile
              Tranquille,
Consacrer tous mes jours au service de Dieu.

                                        1838

A DEUX SŒURS

Je vous comparerais aux Grâces, couple aimable,
Mais vous n'êtes que deux, les Grâces sont trois sœurs;
Et d'ailleurs, qui pourrait vous être comparable,
        Vous qui possédez tous les cœurs?

Pâris, viens juger, si tu l'oses,
A laquelle appartient le prix :
Si votre sœur, Ondine, a la fraîcheur des lis,
N'avez-vous pas l'éclat des roses ?

1843.

LE VOILE

Serait-ce par caprice, ô femmes !
Que vous voilez vos traits ?
Ou par pudeur, mesdames,
Les déroberiez-vous aux regards indiscrets ?
— Non. Si nous nous servons de voiles à tout âge.
C'est que, sous leurs légers tissus,
Restent inaperçus
Les défauts de notre visage.

1836.

LA VAPEUR

..... *Docili nunc igne superbus*
Trajicit Oceanum, flamma duce et auspice flamma
Nunc simul innexis rapido volat impete rhedis,
Ferratosque legit, volucris velut æthera, tractus.

Vainqueur du feu qui lui obéit, tantôt l'homme traverse l'Océan, conduit par la flamme, protégé par la flamme ; tantôt dans une longue suite de chars, il glisse sur des voies ferrées, aussi prompt que l'oiseau dans l'air.

(H. RIGAULT, *le Daguerréotype*, pièce couronnée au grand concours en 1839.)

Quand je songe aux tombeaux, gigantesques débris
Que l'Égypte offre encore à nos regards surpris ;
Quand je vois l'homme, à l'onde imposant des barrières,
De leur lit primitif expulser les rivières ;
Aplanir ces hauts monts dont les fronts orgueilleux,
Rendez-vous de l'orage, allaient frapper les cieux ;
Du tonnerre, à la voix terrible et menaçante,
Conjurer, enchaîner la fureur impuissante ;
Conquérir sur la mer, qui cherche à l'engloutir,
Le terrain où sans crainte il se plut à bâtir ;
Quand je l'observe, dis-je, armé d'une autre foudre,
D'un mot, d'un geste seul réduire tout en poudre ;
Je m'écrie : Est-ce là cet être si petit,
Si fragile de corps, qu'un rien anéantit,
Qui passe, disparaît comme une ombre ? Il me semble
Être un dieu qui commande aux éléments ensemble !
— Mais, sans doute, épuisé de ses premiers travaux,
L'homme ne promet plus de prodiges nouveaux,

Il se repose... Non ! car la vigueur humaine
Est loin de son déclin. Si, pour reprendre haleine,
L'homme un instant s'arrête, il repart aussitôt,
Et son vaste génie alors vole plus haut.
D'ailleurs, ouvrez les yeux, regardez s'il sommeille...
Il dote l'univers encor d'une merveille.

Heureuse découverte, admirable trésor !
Oui, le libre génie, en son rapide essor,
Ne connaît point de borne, ignore les entraves.
Il arrache à leur joug les nations esclaves,
Et sur le monde entier s'épanchent ses faveurs
Ainsi que la rosée, au matin, sur les fleurs.

O docte antiquité, des arts illustre mère,
Dont la science encor nous charme et nous éclaire,
Nous t'avons dépassée en nos inventions ;
Tu dois céder la palme aux jeunes nations
Elles qui du savoir reculent les limites.
Mais quel honneur pour toi de les avoir instruites !
Tu leur as épargné d'infructueux essais,
Tu leur ouvris la route et hâtas leurs succès.
Aujourd'hui toutefois, elles n'ont plus de maître ;
Les chefs-d'œuvre si grands qui viennent d'apparaître,
Et qu'avec tant d'ardeur notre siècle cherchait,
Portent sur eux empreint le moderne cachet.
Peut-être avais-tu vu, dans la vapeur subtile
Que l'onde en s'échauffant autour d'elle distille,
L'emblème du néant des choses d'ici-bas ?
Mais son pouvoir, jamais tu ne le soupçonnas !
Est-ce toi qui saisis, d'une main souveraine,
Cette force, au-dessus de toute force humaine,

Qui t'appris à guider ce moteur si puissant,
De nos travaux sans nombre infatigable agent?

Observez ce coursier qui bondit dans la plaine;
Il part, et dans son vol notre œil le suit à peine,
Il fuit, on le dirait par les vents emporté,
Tant il franchit l'espace avec rapidité.
Mais, trop lent à son gré, l'homme enfin le néglige;
Il a construit des chars que la vapeur dirige.
Sur le sol sillonné de longs rubans de f.r,
Ils glissent avec ordre, aussi prompts que l'éclair,
Entraînant sans effort une foule bruyante,
Ainsi que l'aquilon la fleur des champs mourante.
La vapeur! elle emporte, en son fougueux élan,
Ces navires légers qui fendent l'Océan,
Et de l'homme toujours utile auxiliaire,
Semble donner la vie à l'inerte matière.

Mais avant que docile elle sût obéir,
Que de luttes contre elle il fallut soutenir!

Non, il n'est point de siècle au nôtre comparable;
Plus vertueux sans doute il serait préférable,
Mais que d'art, de science en ses travaux divers!
Soit que l'homme dispute aux habitants des airs
Les campagnes des cieux, leur antique apanage,
Et comme eux, sans pâlir, il perce le nuage,
Au ballon qui l'enlève abandonnant son sort;
Sur le fil de métal qu'il disposa d'abord,
Prompt comme la pensée et fidèle estafette,
Soit qu'un éclair au loin, en un clin d'œil transmette

Par des signaux connus ce qu'on lui confia ;
Soit que l'argent auquel l'iode s'allia,
Reproduise à l'instant une image durable
Des objets présentés sous un ciel favorable,
Tout prouve que sublime en ses conceptions,
Notre âge est l'âge-roi par ses créations.

Voilà donc des mortels les immortels ouvrages !
En voyant de notre art les pompeux témoignages,
Je bénis dans mon cœur le Maître souverain,
Source de la science et du génie humain.

A quel peuple appartient cette noble conquête ?
Ah ! laissez-moi gémir... C'est nous qui l'avions faite !
Et les fiers habitants de l'antique Albion,
Les éternels rivaux de notre nation,
En possèdent encor l'illégitime gloire.
Oui, deux Français, à peine en parle notre histoire,
Avaient de la vapeur proclamé les effets ;
Leur voix fut sans écho, leurs efforts sans succès.
Ah ! d'un siècle fameux coupable indifférence !
Albion récolta ce que sema la France [1].
La Grèce, les mettant au nombre des héros,
Eût confié leurs traits au marbre de Paros,
D'une orgueilleuse main composé leurs couronnes,
Et buriné leurs noms sur l'airain des colonnes !...
Et nous !... Je cherche en vain, avec étonnement,
De nos honneurs tardifs un humble monument.

O France, désormais tu peux voler aux armes !
Tes enfants répondront au premier cri d'alarmes ;

Sors de ce vil repos et montre à l'étranger
Que tu sais le punir quand il t'ose outrager ;
La vapeur entraînant tes légions fidèles,
Tu pourras subjuguer cent peuples avec elles.
Ah! si l'on avait su diriger la vapeur,
Quand à Napoléon souriait le bonheur !
Glissant victorieux sur la terre et sur l'onde,
Il a conquis l'Europe, il eût conquis le monde.

L'imprimerie est riche en nobles résultats ;
Elle civilisa les modernes États
En propageant au loin, sur le double hémisphère,
Les précieux travaux des enfants de la terre ;
Elle donna naissance à des relations
D'amitié, de talent, parmi les nations,
Et sut les préparer au grand jour qui commence,
Où la vapeur enfin, effaçant la distance,
Fait des peuples divers, par sa rapidité,
Comme les habitants de la même cité.

1846.

NOTE

1. M. Arago, le premier, a restitué à la France et à Salomon de Caus, né
en Normandie, où il est mort en 1630, l'honneur de la découverte des
propriétés de la vapeur comme force motrice, que les Anglais attribuaient
au marquis de Worcester*.

Denis Papin, né à Blois en 1647, se retira en Allemagne après la révo-
cation de l'édit de Nantes ; il mourut en 1710. Il a publié en 1690 un

* *Annuaire du Bureau des longitudes de* 1830.

mémoire sur l'emploi de la vapeur comme moteur universel. M. Kuhl-mann, professeur à Hanovre, a même découvert en 1852 des documents qui constatent que Papin a fait construire, sur la Fulde, un bateau à roues mues par une machine à vapeur *.

Nicolas Cugnot, né à Void (Lorraine) en 1725, mort à Paris en 1804, construisit vers 1770 la première voiture à vapeur. De nos jours, MM. Seguin et Pelletan ont mis les locomotives en état de rendre les services auxquels elles sont destinées.

« Il suffit d'avoir assisté à une inauguration pour se faire une idée des bienfaits que les populations attendent d'une voie nouvelle. Une inauguration de chemin de fer est un séduisant tableau, où, au milieu des habitants de la localité et des environs, parés d'habits de fète, au milieu des autorités, au milieu des soldats rangés sur les deux côtés de la voie, la locomotive s'avance, ornée de fleurs, comme une conquérante pacifique, etc. » (*Extrait de la page* 238 *de la curieuse et savante thèse pour le doctorat, sur la législation des chemins de fer, par mon jeune ami M. Anthony Bresson, avocat à la cour impériale. — Paris, Napoléon Chaix*, 1858.)

Ainsi que M. Perdonnet le faisait remarquer dans l'un de ses cours, les chemins de fer n'ont point enlevé, mais seulement déplacé le mouvement pour les voies ordinaires; les canaux mêmes y ont gagné.

A MADAME L***

En lui adressant le poëme *Amour et Charité.*

O gentille petite dame,
Reine des cœurs.
Vos regards enchanteurs
Jettent le trouble dans notre âme.

---

* *Dictionnaire historique* de MM. Dezobry et Bachelet.

Daignez favoriser
D'un gracieux sourire
Votre poëte, car sa lyre,
Un seul dédain peut la briser...
Oui, ce livre, ma toute belle,
Bien plus heureux que son auteur,
Verra, dans son bonheur,
Sur lui se promener votre douce prunelle...
C'est votre livre, il chante Amour et Charité,
Et les Grecs de ces noms appelaient la Beauté.

1857.

SUR DEUX SAVANTS

Lubin, chez lui, magnétise, et son frère
Académiquement pérore dans sa chaire.
Qu'ils voudraient bien, entr'eux, changer de sort!
L'un n'endort pas toujours, l'autre toujours endort.

1855.

DISTRIBUTION DES PRIX

DANS L'ORPHELINAT DE M. LE MARQUIS DU B***.

C'est une des jeunes élèves qui parle.

Nous venons vous offrir, mes compagnes et moi,
En ce jour solennel pour notre heureuse enfance,
Un gage, désormais notre plus douce loi,
Un gage de tendresse et de reconnaissance...
— Vous avez des enfants... et vous les adoptez !
Dira cet homme froid que l'égoïsme presse ;
      Pourquoi ces libéralités ?
Voulez-vous épuiser, en dons, votre richesse ?
Jouissez de vos biens, goûtez votre bonheur !
      — O mortel dépourvu de cœur !
Tu n'as donc pas compris ? et faut-il, pauvre fille,
Que je t'apprenne à toi ce qu'on voit tous les jours :
      Dieu bénit la grande famille !
Ne comptes-tu pour rien le plaisir que toujours,
A l'âme du chrétien, qu'une foi vive éclaire,
      Rapporte un seul bienfait rendu ?
      Va, tous les trésors de la terre
      Ne valent pas un acte de vertu.
On dit que dans ce monde, où règne l'injustice,
Il est des insensés qui, dans leurs rêves creux,
Pâles de jalousie, ont l'infernal caprice
De bannir la richesse ainsi qu'un monstre affreux.

Eh ! ne nous privez pas, malheureux, de nos pères !
Vous n'eûtes donc jamais de tendres bienfaiteurs ?
Est-ce vous qui sauriez adoucir nos misères,
　　　　Tarir nos premiers pleurs ?
Ah ! jetez les regards sur ce pieux asile,
Vous ne trouverez plus la richesse inutile...
Dieu fournit aux oiseaux, ces fils légers de l'air,
Le grain qui les nourrit, un abri dans l'hiver...
Mais au pauvre orphelin, seul, en ce vaste monde,
A la veuve plaintive, au vieillard sans vigueur,
Au malade qui gît sur son grabat immonde,
A cette jeune fille, aimable et tendre fleur
Que du vice éhonté le vent si tôt menace,
Le Ciel laisse ici-bas, afin qu'il le remplace
Dans l'emploi de ses dons, le riche et ses trésors.
　　　　O vous qu'un zèle inimitable
　　　　Soutient dans vos pieux efforts,
　　　　Vous, de qui la main charitable
　　　　Est une mine de bienfaits ;
　　　　Puissiez-vous voir, famille sainte,
Tous vos nobles travaux couronnés de succès !
　　　　Et nous, qu'en cette aimable enceinte,
　　　　Leur bonté voulut réunir,
　　Justifions un si haut patronage !
　　　　Et pour y parvenir,
Redoublons de ferveur, mettons tout en usage.
Remercions aussi les vertueuses sœurs
　　　　Qui nous donnent des soins de mères,
　　　　Et qui, dans leurs leçons si chères,
　　　　Nous épargnent tant de douleurs.
　　　　Ce doux séjour, comme un saint temple,
Nous fournit à la fois le précepte et l'exemple !...

Mais nos faibles labeurs vont être couronnés ;
Ces prix disent encor votre munificence ;
    Vous méritez la récompense,
Augustes protecteurs... c'est vous qui la donnez !

1849.

LES CHAMPIGNONS

    Çà, qu'on fasse de ma cuisine
Déloger à l'instant ces champignons malsains !
    Chez soi, mieux vaut héberger la famine
        Que de semblables assassins.
        L'apparence en est séduisante,
        Leur chair blanche et pure nous tente ;
        On les savoure avec bonheur...
        Mais le venin qui les compose
Nous fait trouver bientôt l'épine et la douleur
          Sous la rose.
    Le mets fût-il aussi délicieux
    Que l'ambroisie et le nectar des dieux,
Je le crains, j'y renonce ! Ainsi parla le maître,
        Et le panier
        Du cuisinier
    Ne fit qu'un saut par la fenêtre.
Notre écuyer tranchant dit avec un soupir :
« Tous ne sont pas mauvais ; il suffit de choisir. »

Plus nous avançons dans la vie,
Plus nous trouvons que le monde est pervers.
Faut-il donc fuir dans les déserts
Pour éviter la perfidie?
Mais le remède est pire que le mal ;
C'est se priver du commerce agréable
Des gens de bien, pour languir misérable
Dans un abandon si fatal.
Eh ! mes amis, ne bougeons d'où nous sommes,
Seulement apprenons
A bien choisir les hommes...
Et les champignons.

1849.

A MESDEMOISELLES R***

Sur un lot de leur loterie en faveur des jeunes incurables.

Dieu des petits enfants,
Bénis ces deux petites filles
Qui vont, à de pauvres familles,
Porter le fruit de leurs travaux charmants.
Soulage aussi leurs jeunes protégées
Qui de tant de douleurs gémissent affligées ;
Et donne à ceux qui gagneront ce lot,
Vertu, santé, plaisir, le bonheur, en un mot.

1856.

LA JEUNE ESCLAVE

Le disque enflammé du soleil
Près de terminer sa carrière,
De son dernier jet de lumière
Illuminait le flot vermeil ;
Les oiseaux cessaient leur ramage
Et s'endormaient, sous le feuillage,
De la douce paix du bonheur ;
Les fleurs parfumaient la nature,
Et sur la mer tranquille et pure
Régnait un calme inspirateur.

Enfant, pourquoi te diriger
Vers le rivage, et, solitaire,
Fixer ton œil sur l'onde amère,
Et paraître l'interroger ?
Qui peut, sur le gouffre perfide,
Arrêter ton regard avide ?
Retourne à tes bosquets fleuris,
Abandonne l'humide plage ;
Va retrouver, sous le bocage,
Les jeux, les amours et les ris.

Ah ! je vois l'objet de tes vœux ;
Cette nef qui glisse en silence,
Sur le dos de la mer immense,
Fait palpiter ton sein joyeux ;

18

Elle porte, ô bonheur extrême,
L'heureux mortel que ton cœur aime.
Il est donc enfin de retour !
Dans ses bras, serrant sa maîtresse,
Comme il va bannir ta tristesse
Avec un long baiser d'amour !

Fuis, mon enfant, éloigne-toi !
Ce n'est pas cette nef si chère...
C'est la redoutable galère
Du pirate horrible et sans foi...
Il n'est plus temps ! Déjà l'infâme
S'empare de la jeune femme...
Le navire, fendant les eaux,
A bientôt, sur une autre rive,
Emporté la pauvre captive...
Résistera-t-elle à ses maux ?

Adieu tes doux rêves d'un jour !...
Sur toi verse-t-il une larme ?
Une autre peut-être le charme,
Lui, ton premier, ton seul amour !
Loin du beau ciel de ta patrie,
Ta jeune âme sera flétrie,
Et tu mourras dans ton printemps...
Là-bas, dans sa triste chaumière,
Qui donc fermera la paupière
D'un père courbé sous les ans ?

Un jour, dans ce pays maudit,
Le cœur bondissant d'allégresse,

Un jeune homme aborde; il s'empresse
De revoir celle qu'il chérit...
Il a racheté la captive;
Plein d'espoir, près d'elle, il arrive :
« C'est moi!... j'ai traversé les mers,
« Pour délivrer tout ce que j'aime!... »
Plus prompte, hélas! que l'amour même,
La mort avait brisé ses fers!..

                                    1848.

FAUT PRENDRE LE REMÈDE OU ON LE TROUVE

Chez son curé, maître Pierre, un dimanche,
        Après les vêpres se rendit,
Et lui baisant dévotement la manche,
        D'un air tout patelin lui dit :
        Mon bon pasteur, ma pauvre femme,
N'a pas, depuis dix jours, fermé l'œil un seul brin ;
Elle est fort mal ; je me meurs de chagrin.
Faut qu'elle dorme, ou bien elle rend l'âme.
        Ah! de grâce, venez la voir...
Répétez-lui votre sermon ce soir.

                                    1855.

MADRIGAL EN VIEUX STYLE

Petits amours, enfançons de Cythère,
Quèrent tout esperdus,
Ceinture de Vénus [1]
Qu'on a desrobée à leur mère.
Jà vous accuseroient de ce larcin charmant,
Tant leur paroissez belle,
Si ne cernoient en vous la grasce naturelle
Qui n'eut onc besoing d'ornement.

1838.

NOTE

1. La ceinture de Vénus, qu'on appelait *Ceste*, renfermait, dit Homère (*Iliade*, xiv, 214), tout ce que les charmes ont de plus séduisant. Vénus eut soin de s'en orner lorsqu'elle voulut capter les suffrages de Pàris.

A MON FILLEUL ET PUPILLE

En lui donnant le *Dictionnaire historique* de MM. Dezobry et Bachelet.

Mon bon petit Henri, je le reconnais, lire,
    C'est un besoin, pour toi, c'est un bonheur;
Reçois donc cet ouvrage, un peu gros; à vrai dire,
    Des gros livres tu n'a pas peur.
    Là, sont rangés, par ordre alphabétique,
    Beaucoup d'hommes bons ou mauvais.
Qu'à suivre les premiers ton cœur loyal s'applique :
Quant aux seconds déjà tu maudis leurs forfaits.
Aussi j'ose espérer que tu suivras la route
    Que suivent les gens vertueux;   [doute,
Tu comprendras plus tard, mieux qu'aujourd'hui sans
Qu'il n'est pas de moyen plus sûr pour être heureux.
Garde-toi, mon ami, d'oublier que ton maître,
    A toi qui n'es encore qu'un enfant,
Comme au plus puissant roi que la terre ait vu naître,
    C'est Dieu! crois en Dieu fermement!
    Reste insensible aux moqueries
    De ceux qui sont trop orgueilleux
    Pour supporter un être au-dessus d'eux.
Ne tombe point non plus dans les mesquineries
De ces hommes étroits qui taillent le Seigneur
    A la mesure de leur cœur.
Dieu, notre père, est grand : il veut de grandes choses,
    Faciles d'exécution,

18.

Car sa douce religion
A moins d'épines que de roses.
Elle nous dit d'aimer, d'un tendre amour,
Ceux qui nous ont donné le jour,
De préférer leurs volontés aux nôtres;
De faire aux autres
Ce que nous voudrions nous-mêmes qu'on nous fît;
De toujours être en paix avec sa conscience,
D'écouter ce qu'elle nous dit,
Car c'est Dieu qui l'inspire... Est-il une science
Plus simple en tout que la divine loi ?
Je te tiens un discours bien sérieux pour toi,
Mon ami; mais le temps si promptement s'envole !...
Qu'est-ce que la vie? Un instant!
Tu n'auras pas toujours le bonheur d'être enfant,
Trop tôt tu seras homme !... Écoute ma parole...
Honore un jour de tes vertus
Ton ami qui ne sera plus.

15 juillet 1860.

LA PETITE FAMILLE D'OISEAUX

C'était la Saint-Louis, le patron de la France :
A ma mère, arrachée à l'humaine souffrance,
Je voulais souhaiter sa fête, et tristement
Suspendre une couronne à son froid monument.
Naguère, plus heureux, en embrassant ma mère,
Je pouvais lui prouver comme elle m'était chère.

Pour ses beaux cheveux blancs, aussi purs que son cœur,
De son front calme et doux l'auréole d'honneur,
Quel respect j'avais! fier de me dire à moi-même :
« Je ne suis pas le seul qui l'estime et qui l'aime. »
Mais, hélas! j'ai perdu mon plus précieux bien :
Les cieux m'ont envié mon bon ange gardien.

Devant le jardinet où ma mère repose,
Sous l'abri parfumé du jasmin, de la rose,
D'un bel acacia, verdoyant parasol,
Je m'arrête et je pose un genou sur le sol...

Aux pieux souvenirs des amis de ma mère,
Que recueille et protége un petit toit de verre,
J'allais joindre le mien, quand soudain un moineau
S'échappe du vitrail, et va, sur un rameau,
Devant moi se percher avec inquiétude.
Et je compris pourquoi tant de sollicitude.
C'est que, sur cette tombe, un couple avait aimé,
C'est qu'au sein de la mort la vie avait germé.

Ne vous effrayez pas, aimables créatures,
    Cet asile est sacré pour moi ;
Je ne veux pas soumettre, à d'horribles tortures,
    Votre pauvre mère en émoi.

Croissez, petits oiseaux, au milieu des couronnes
    Que vos parents prirent pour nid ;
Je ne troublerai pas le repos que tu donnes,
    Ma mère, sur ton dernier lit.

Eh ! n'est-ce pas, pour moi, le précieux symbole
       Du bien que tu fis ici-bas ;
Tu veux me rappeler ta vertueuse école,
       Même encore après ton trépas.

Coulez, coulez heureux votre vie éphémère,
       A votre mère je vous rends !
Hélas ! trop malheureuse est une pauvre mère
       Quand elle a perdu ses enfants !

Vous avez tant besoin de l'aile tutélaire
       Qui, faibles, vous protége tous !
Mais quand vous n'aurez plus besoin de votre mère,
       Chers oiseaux, y songerez-vous ?

Adieu, petits oiseaux, écoutez la voix chère
       Du tendre objet de votre amour ;
Je sais trop ce que c'est de n'avoir plus de mère,
       Pour vous en priver à mon tour !

                      Septembre 1839.

FIN.

TABLE DES MATIÈRES

UN MOT, JE VOUS PRIE...................... v

PROLOGUE. — LA BUTTE MONTMARTRE. — PARIS............ 1

SATIRE I. — JACQUES BONHOMME........................ 9

    I. Le Bon vieux temps. — Don Quichottes
       patriotes........................... 11
    II. La Femme libre...................... 15
    III. Bigots libéraux..................... 18
    IV. Table rase......................... 21
    V. Titres de noblesse du peuple........... 22

SATIRE II. — SEULE CONTRE LA MISÈRE... ET L'HOMME!....... 25

SATIRE III. — LE LUXE............................... 29

    I. Ventre de son, habit de velours. — L'Ou-
      vrière duchesse. — Le Gérant respon-
      sable............................. 31
    II. Les Vierges folles.................... 34
    III. La Leçon des joujoux. — Rosières........ 35
    IV. Luxe des boutiques, luxe des habillements.
      — L'habit ne fait pas le moine. — Denrée
      matrimoniale...................... 38
    Notes de la Satire III................... 43

SATIRE IV. — FAUT VOIR, TROP NE FAUT.................... 47

SATIRE V. — L'IMMUABLE UNIVERSITÉ...................... 51

    I. Nos mandarins en *us*. — La Sorbonne sous
      les Pharaons à venir................. 53
    II. Petites friandises de la muse en *us*. — Mac-
      Adam universitaire. — Le Grand moule
      et les grands ciseaux................. 55

SATIRE V. — III. Le Brevet de science s. g. d. g. — Pana-
cée en *ès* et en *us*...   57

IV. Ce que prouvent souvent les examens....   59

V. Le français, bête noire de l'Université....   60

VI. Le grec et le latin sur le mode parisien...   62

VII. Petit conseil à nos grands savants en *us*. —
Dom Barbarisme. — Dame Routine. —
Assassinats universitaires............   64

VIII. Le Ver rongeur et le Ver rageur. — Les
Marchands de soupe...   67

IX. Ce que doit être l'enseignement.........   70

X. Les Petits aiglons de nos aigles..........   72

XI. Les Ombres plus ou moins chinoises......   74

XII. Les Étudiants.....................   76

Notes de la Satire V...................   79

SATIRE VI. — LES PARVENUS..........................   91

SATIRE VII. — LA PLAIE DE L'OR.......................   97

I. Financiers finassiers. — La Bourse... ou la
vie !........   99

II. L'Idole.......................   103

III. Et les Idolâtres...................   106

IV. Et les fanatiques destructeurs de la création
et de la créature.....   109

V. Et le vrai Dieu qui frappe les premiers-nés
des Égyptiens. — Qu'est-ce que l'économie?.....   112

VI. Un grain de coquetterie financière.......   115

VII. Les Loups et les Agneaux. — Chinoiserie
médicale et financière. — Hélas! hélas!   117

Notes de la Satire VII.................   121

SATIRE VIII. — LES GRANDS MANGEURS DE CRUCIFIX............   123

I. Être et paraître........   125

II. Caïn, qu'as-tu fait de ton frère?........   130

SATIRE IX. — LE MONDE INTELLECTUEL...   133

I. De drôles de corps...................   135

II. Mystification chinoise................   138

III. Nos grands prédicateurs..............   141

IV. Génies méconnus...................   143

SATIRE IX. — V. Petits travers poétiques................. 144
VI. La Courte-échelle littéraire............. 146
VII. Les Bas-bleus et le cousinage....... 149
VIII. Camélia dramatique.................... 153
IX. La Plus belle fleur du bouquet.......... 155
X. Petite farce d'un grand entrepreneur de littérature......... 156
XI. Qu'est-ce qu'un journal ? — Le *Siècle* et l'*Univers*......................... 159
XII. Les *Débats*. — La *Gazette de France*, le *Constitutionnel*, la *Presse*, etc.......... 162
XIII. Deux opinions valent mieux qu'une. — Le Philtre amoureux........... 165
XIV. Le Champignon littéraire..... 168
XV. Amen !. 170
Notes de la Satire IX... 172

CHARITÉ DIVINE ET HUMAINE.   175

SATIRE X. — L'HOMME DEVANT LA CHARITÉ DE L'HOMME....... 177
Notes de la Satire X.... 182

SATIRE XI. — LA CHARITÉ DES LAÏQUES ET LES OEUVRES PIES.. 185
Notes de la Satire XI..................... 208

SATIRE XII. — LA CHARITÉ DE DIEU ET LA CHARITÉ DES PRÊTRES. 213

I. Le Maître......... 215
II. Les Disciples..... 217
III. La Charité remuerait des montagnes...... 221
IV. Morale des ministres du Dieu humble et pauvre........................ ... 222
V. Morale du Dieu humble et pauvre....... 223
VI. Aux grands maux, les grands remèdes... 225
VII. Problèmes......... 226
VIII. Les Papes se succèdent, mais ne se ressemblent pas..... 228
IX. Pourquoi et parce que................ . 230
X. Servir le pauvre, c'est servir Dieu........ 232
XI. Eau bénite et coup de goupillon........ 234
XII. Faut payer les pots cassés............. 238
XIII. Aujourd'hui et il y a dix-huit siècles....... 241

SATIRE XII. — XIV. Lisez S. V. P............................ 243
                Notes de la Satire XII.................. 245

          PARCE, DOMINE!............................ 259

                    FIEL ET MIEL   271

Stances... 273
Rêverie... 275
L'ancien Collége de Saint-Germain en Laye. — Visite du gé-
    néral Bonaparte. — La chambre d'Eugène et de Jérôme... 276
A Hipp. Rigault... 283
A Marie... 285
A Mlle D.. 286
Enseigne pour la boutique d'un maître de pension........ 287
Premières rêveries...................................... 288
Modèle de procuration trouvée chez un notaire poëte...... 291
A un Pédant... 292
Pandore... 293
A Mme G.. 294
L'Ermite.. 296
A deux Sœurs.. 300
Le Voile.. 301
Le Vapeur... 302
A Mme L... 307
Sur deux Savants.. 308
Distribution des prix dans l'Orphelinat de M. le marquis du B. 309
Les Champignons... 311
A Mlles R... 312
La Jeune esclave.. 313
Faut prendre le remède où on le trouve.................. 315
Madrigal en vieux style................................. 316
A mon Filleul et Pupille................................ 317
La Petite famille d'oiseaux............................. 318

Paris. — Typ. de PILLET fils aîné, rue des Grands-Augustins, 5.

ERRATA.

Les mots en plus gros caractères sont les corrections.

Pag.	lign.	
5	—	24	Tu brises les pouvoirs, **tu te** rives des chaines.

6 — 3 Ponctuez ainsi :

Non point que du passé flattant les défenseurs,

13 — 26 Supprimez les guillemets après gouverne! et rétablissez deux vers passés :

« C'est un tas de voleurs et de propres à rien ;
« Sautons sur la gamelle, et régalons-nous bien ! »

20 — 17 Point d'**alinéa ;** rapprochez les vers qui suivent.

34 — 8 Et leurs adulateurs n'ont plus que **des** mépris.

36 — 28 Quand donc **aurai**-je aussi belle robe et voiture ? ? »

39 — 5 Ponctuez ainsi :

Un bon pain que je sais être de pur froment.

45 — 1 Premier mot : (de nos) **jours**, comme au temps de Juvénal,

45 — 5 Lisez : **Abeillard**, comme à l'épigraphe de la page suivante. Même observation pour les pages 173 et 174. Dom Gervaise, t. I, p. 6, Vie d'Abeillard, montre que ce nom, venant du mot *abeille*, doit s'écrire ainsi. Saint Bernard confirme cette étymologie quand il appelle Abeillard *Apis de Franciâ*, l'Abeille de la France.

49 — » 1er vers de l'épigraphe, pas de **point** après optimus ille est

59 — 16 S'ils subissaient encor leurs examens **passés.**

62 — 7 Qu'un enfant du Pirée, à la façon moderne.

Le **dise.**

79 — 7 ..... Pluche..... qui **pense** qu'une petite lettre, dans leur propre langue.

80 — » Petite note au bas de la page, ligne 2, supprimez *Id.*, et lisez : **2. II, 2**.

87 — » Note 12, lisez : lig. 3, **blâment** — 5, **celui** — 6, dans **le**

89 — 22 Ponctuez ainsi : copié au greffe de la justice de paix d'une ville importante, d'une sous-préfecture etc.

Pag.	lign.	
106	— 3	Privés du **fer** surtout, le vrai roi des métaux,
110	— 16	Le désespoir tramer son **complot** homicide.....
116	— 18	« Mieux que **Barrême** encor vous savez calculer.
		Par un usage bizarre, on écrit généralement Barême
		le livre de Comptes-faits dont Barrême est l'auteur.
138	— 1	On m'a conté qu'en Chine, **une gloire inédite,**
145	— 13	Qui sont, à tout propos, le **sujet** ridicule
146	— »	§ VI, rapprochez Mihi tibi, tibi mihi ! etc., de la première
		épigraphe.
150	— 21	Un beau prix **Montyon** paraît-il vous sourire ?
		C'est ainsi que l'Académie française écrit ce nom.
158	— 2	**Il** jette le volume, un peu mortifié.
160	— 17	Un magasin d'**ana,** plus ou moins pleins de sel,
168	— »	§ XIV, sous l'épigraphe, lisez : M. **Lachambeaudie,** etc.
196	— 29	Puis en **patronnant** tout, en s'occupant de tous,
198	— 30	Loin du monde réel, dans **un** monde cloîtré ?
205	— 8	Ponctuez ainsi :
		Trop pauvres pour aller mourir à l'hôpital [4].
209	— »	Note 3, dernière ligne : Ensuite, comme il y a **là** aussi,
		toujours des médecins, etc.
211	— »	Petite note au bas de la page, lisez : [2] **M. M.** F. et L. La-
		zare, Dictionnaire des rues de Paris, etc.
240	— 23	Ce qu'un vœu solennel nous **permit** d'espérer.
245	— 11	(et **intinctionis** sera obstructa),
280	— 8-9	Bezout, lisez : **Bézout,** orthographe des livres publiés de
		son temps.
304	— 9	Sur le sol sillonné de longs rubans de **fer,**
317	— 5	Ponctuez ainsi :
		Là , sont rangés, par ordre alphabétique.

www.ingramcontent.com/pod-product-compliance
Lightning Source LLC
Chambersburg PA
CBHW072348030726
47505CB00014B/1247